KB204469

성경에 정말 이런 내용이 있어?

God is Disappointed in You

GOD IS DISAPPOINTED IN YOU

성경에 정말 이런 내용이 있어?

마크 러셀 지음 | 섀넌 휠러 그림 | 김태령 옮김

책이 있는 마을

성경에 정말 이런 내용이 있어?

개정판 1쇄 인쇄 · 2020년 6월 25일
개정판 1쇄 발행 · 2020년 6월 30일

지은이 · 마크 러셀
그린이 · 섀넌 휠러
옮긴이 · 김태령
펴낸이 · 이춘원
펴낸곳 · 책이있는마을
기 획 · 강영길
편 집 · 이경미
디자인 · 디자인오투
마케팅 · 강영길

주 소 · 경기도 고양시 일산동구 무궁화로120번길 40-14(정발산동)
전 화 · (031) 911-8017
팩 스 · (031) 911-8018
이메일 · bookvillagekr@hanmail.net
등록일 · 2005년 4월 20일
등록번호 · 제2014-000024호

잘못된 책은 구입하신 서점에서 교환해 드립니다.
책값은 뒤표지에 있습니다.

ISBN 978-89-5639-329-2 (03840)

이 도서의 국립중앙도서관 출판예정도서목록(CIP)은 서지정보유통지원시스템 홈페이지(http://seoji.nl.go.kr)와 국가자료공동목록시스템(http://www.nl.go.kr/kolisnet)에서 이용하실 수 있습니다.(CIP제어번호: CIP2020024369)

차례 CONTENTS

프롤로그 ······ 9

구약성경

1장 모세5경 ······ 15

창세기 ······ 18
출애굽기 ······ 26
레위기 ······ 31
민수기 ······ 35
신명기 ······ 40

2장 역사서 ······ 45

여호수아 ······ 47
사사기 ······ 51
룻기 ······ 61
사무엘 상 ······ 67
사무엘 하 ······ 77
열왕기 상 ······ 83
열왕기 하 ······ 91
역대 상 ······ 98
역대 하 ······ 102
에스라 ······ 107
느헤미야 ······ 115
에스더 ······ 121

C O N T E N T S

3장 시가서_지혜와 시 ······ 131

욥기 ······ 132
시편 ······ 134
잠언 ······ 137
전도서 ······ 140
아가(雅歌) _ 솔로몬의 노래 ······ 143

4장 대예언서 ······ 147

이사야 ······ 148
예레미야 ······ 155
예레미야 애가(哀歌) ······ 160
에스겔 ······ 164
다니엘 ······ 171

5장 소예언서 ······ 181

호세아 ······ 182
요엘 ······ 185
아모스 ······ 187
오바댜 ······ 191
요나 ······ 193
미가 ······ 198
나훔 ······ 201
하박국 ······ 203
스바냐 ······ 206
학개 ······ 208
스가랴 ······ 211
말라기 ······ 214

C O N T E N T S

신약성경

6장 복음서 ······ 219

마태복음 ······ 220
마가복음 ······ 232
누가복음 ······ 243
요한복음 ······ 254

7장 바울의 활동과 편지 ······ 267

사도행전 ······ 268
로마서 ······ 279
고린도 전서 ······ 282
고린도 후서 ······ 287
갈라디아서 ······ 290
에베소서 ······ 294
빌립보서 ······ 297
골로새서 ······ 300
데살로니가 전서 ······ 303
데살로니가 후서 ······ 306
디모데 전서 ······ 307
디모데 후서 ······ 311
디도서 ······ 314
빌레몬서 ······ 316

C O N T E N T S

8장 그 밖의 편지와 계시록 ······ 319

히브리서 ······ 321
야고보서 ······ 325
베드로 전서 ······ 328
베드로 후서 ······ 331
요한 1서 ······ 333
요한 2서 ······ 335
요한 3서 ······ 337
유다서 ······ 339
계시록 ······ 341

에필로그 ······ 347

| 프롤로그 |

인류 역사에서 가장 중요한 책은《성경》일 것이다. 그것은 세계 주요 종교들 중에서 적어도 3개 이상의 종교에 영향을 주었다. 모르몬교를 믿는 사람에게는 4개 종교일 것이다. 사람들은《성경》을 타국의 폭탄 공격에서 지역 박람회의 치즈품평회에 참가하는 데 이르기까지 별의별 것의 지침으로 삼는다. 하지만 짐작건대《성경》의 가르침을 따르며 산다고 주장하는 10억 이상의 사람들 중에《성경》이 진정 무엇을 말하고자 하는지 아는 사람은 그다지 많지 않을 것이다. 이 책을 쓰기 전에 내가 그랬듯이, 십중팔구 그들도 주일학교에서 떠먹여준 지극히 적은 양의《성경》만을 알고 있을 것이다. 그 나머지 부분은 어떤 종교적 핫도그 안에 무엇이 들었는지 감도 잡지 못한 채 그저 믿고 먹는 것이다.

이 책을 처음 기획했을 때, 신앙생활을 하며 자랐고 그리스도교계 학교를 다니면서 일과처럼《성경》을 배웠음에도《성경》에 대해 별로 아는 것이 없음을 깨닫고 놀라지 않을 수 없었다. 교사들이 살균하거나 누락하거나 잘못 이해한 이야기들이 얼마나 많던지, 은밀하거나 유쾌하거나 심오한 구절들은 또 얼마나 많던지. 하지만 나는 그런 것을 배운 적이 없었고, 그것은 아마 내가 얌전히 앉아 당근을 먹으며 죄책감을 느끼는 법을 배우기만 바랐기 때문일 것이다.

아무튼 《성경》이 무엇이며 그 책을 왜 사랑해야 하는지 아무도 가르쳐주지 않았다. 그래서 이 책을 통해 보지 못하고 지나친 것들을 바로잡고 싶었다. 농축시킨 진액일지언정 이 책에 《성경》 전체를 담았다. 아울러 역사적 배경을 가미하여 바로 뒤에 읽을 내용에 필요한 맥락을 제시하고자 했다. 《성경》 66권이 저마다 취하고 있는 나름의 방식을 따르려고 했고, 아마 예상하지 못한 이야기들이 담겨 있을 것이지만 《성경》 자체를 이해하는 데 방해가 되는 끝없이 이어지는 계보와 난해한 언어와 반복은 걷어냈다.

이 책을 읽으면서 머릿속에 맨 먼저, "《성경》에 정말 이런 내용이 있어?"라는 의문이 들 것이다. 한마디로 대답해 "그렇다." 물론 대화와 표현은 내 것이다. 예컨대 《성경》의 서書들 중에 질의응답 방식으로 쓰인 서는 없다. 〈하박국〉과 〈히브리서〉를 그런 방식으로 구성한 것은 내가 선택한 서술 방식이었다. 또한 내가 아는 바로는 야고보가 누군가를 '부지깽이'라 일컬은 적이 없다. 예리한 관찰자는 다윗 왕이 헤비메탈 위상을 이용하지 않았지만 그의 가사들 중 일부는 안식일에 가정에서 쉽게 찾아볼 수 있다는 데 주목할 것이다. 분명코 나 자신의 언어와 알레고리를 이용하여 그것을 현대의 독자들에게 걸맞은 책으로 바꾸면서 수천 년 전《성경》에 쓰인 그대로 사건과 그 의미를 서술하려고 했다.

이 책에는 잡지 〈뉴요커New Yorker〉의 만화가이자 'Too Much Coffee Man'의 창작자인 섀넌 휠러Shannon Wheeler가 참여했다.《성경》의 서들을 저마다 2~3페이지로 농축하는 일은 쉽지 않았다. 섀넌이 그것을 한판의 그림으로 바싹 졸여 훨씬 흡수하기 쉽게 만드는 골치 아픈 일을 맡아주었다. 이것은 결코 처음 하는 시도가 아니다. 실제로 대성당들의 이면에 숨겨진 기본 개념이기도 하다. 주교의 설교가 지루할 때면 사람들은 늘 스테인드글라스 창문을 둘러보며 고래에게 잡아먹히는 요나나 목이 잘린 세례자 요한의 생생한 만화를 감상하고는 했다. 복잡한 무언가를 설명하고자 할 때 시각 자료의 도움을 받는 것은 나쁘지 않다.

나는 이 책을 통해《성경》을 조롱하거나 홍보하려는 것이 아니라 접근하기 쉽게 그것 나름의 방식으로 소개하여, 내가 처음으로《성경》을 발견한 순간에 느낀 황홀한 감정을 전하고 싶었다.《성경》을 고대의 미신으로 무시하건 거룩한 하나님 말씀으로 따르건, 그것은 각자의 몫이다. 다만 그 핫도그 안에 무엇이 들었는지 알고 싶을지도 모른다고 생각했다.

– 마크 러셀

구약성경

"그것 좀 다른 데 가서 하지 않으련?"

1장
모세5경

하나님이 길에서 인간 종족을 태우고는 길 한복판에서 차를 세우겠다고 위협하는 상황에서 유대인은 지키기 손쉬운 율법 613가지를 받고, 이발理髮이 한 민족에 유행하다.

모세5경은 《성경》 첫머리의 5편에 해당한다. 그것은 천지창조로부터 유대 민족이 정립되어 이스라엘 땅에 정착하기까지 인간 종족의 역사에 대한 이야기이다.

하나님은 인간 종족을 창조하여 애완동물로 삼으셨다. 애완동물을 처음 키우는 사람이 그렇듯이 하나님은 현명하게도 작게 시작하기로 하시어 단 두 사람, 아담과 이브를 만드셨다. 하지만 새끼 악어와 마찬가지로 그들은 애완동물로는 혐오스러웠고, 그래서 물을 흘려 하수구에 버렸지만 그곳에서 번성하여 하수구가 하악질과 으르렁거림으로 소란스럽고, 음란하고 우상을 숭배하는 길들여지지 않는 야생 인간들로 넘쳐났다. 그래서 하나님께서 다시 물을 흘려버리셨다. 이번에는 대홍수였다.

홍수에서 살아남은 자들이 몸을 말리고서 지상에 다시 번성하자 하나님은 인간 종족을 절멸하지 않고 길들여보기로 하셨다. 그래서 이번에도 작게 한 가족, 현명하고 지극히 순종적인 아브라함의 가족으로 시작하기로 하셨다. 하나님은 아브라함과 그의 자손들에게 일련의 율법을 내리셔서 대소변을 가리는 훈련을 하셨다. 그러고는 그들에게 좋은 서식지, 하나님이 구상하신 애완동물 놀이의 전체적 방향을 나머지 인간 종족에게 보여주어 본보기가 되어줄 약속의 땅을 찾아주셨다.

하지만 사실 하나님이 약속의 땅을 '찾으신' 것은 여러 면에서 내 어머니가 올리브 가든Olive Garden 1)을 찾으신 것과 비슷했다. 그곳은 이미 누구나 알고 있었던지라 그녀가 도착했을 때 이미 사람들로 만원이었지만, 아무러면 어떤가, 브레드스틱breadstick은 무한 리필이지 않은가!

약속의 땅에 도착한 유대인은 그곳이 이교도로 북적이는 것을 보고는 조금 짜증스러웠다. 약속의 땅에는 여러 종족이 저마다 독특한 문화와 생활방식에 따라 살고 있었다. 가나안인, 아모리인, 기르가스인……. 우리는 편의상 그들을 '인디언'이라고 부르기로 하자.

유대인이 인디언과 싸워 승리할 때마다 하나님은 남자와 여자와 아이를 모두 죽여 승리를 축하하라고 명하셨다. 또한 소와 양을 죽이고 살림살이를 화톳불에 던지라고 명하셨다.

---

1) 미국 이탈리안 레스토랑 프랜차이즈체인. 식전 음식인 브레드스틱과 샐러드가 무한 리필이다. 쫄깃하고 짭짤한 막대 모양의 빵이 유명하다.

마치 인디언이 존재한 적이 없었다는 듯이 말이다. 말하자면 이런 것이었다.

"있잖아, 우리가 정말 올리브 가든을 찾았던 거야."

유대인이 이교도와 그들의 살림살이를 말끔히 청소하고 나서 새 나라의 이름을 '이스라엘'이라고 지었지만 이로써 이야기가 끝난 것은 아니다. '하나님의 선택받은 백성'이 된다는 것은 늘 롤러코스터 타기와 같은지라……. 이는 롤러코스터의 첫 코스에 불과했다.

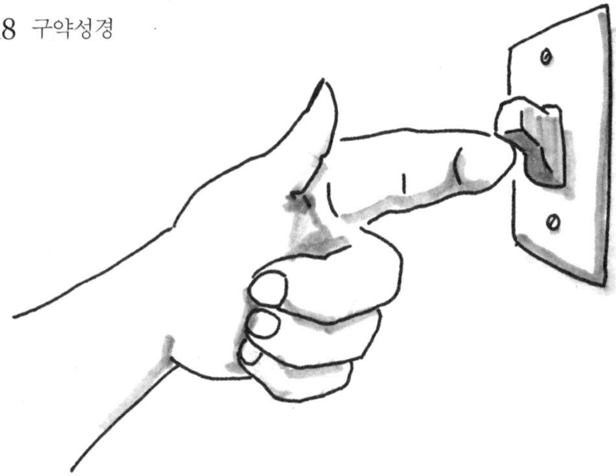

창세기

태초에 하나님은 외로우셨다. 그래서 대다수의 독신 남자들이 그렇듯 똑같은 실수를 하셨는데, 밖에 나가 사람을 만나기로 하셨다. 다만 그곳에 사람은 아무도 없었던지라 자신을 만드셔야 했다. 그래서 아담과 이브를 만들어 친구로 삼으셨다.

하나님은 이라크에 아름다운 정원을 꾸미셔 아담과 이브가 살도록 하셨다. 아담과 이브는 벌거벗은 채 여기저기 돌아다니거나 원반던지기 놀이를 하며 세월을 보냈다. 그들은 온갖 열매를 먹었다. 그것은 마치 그레이트풀 데드Grateful Dead 2) 콘서트를 즐기는 것과 비슷했다. 하나님이 정하신 계율은 정원 한가운데 있는 마법의 나무 열매를 먹어선 안 된다는 것밖에 없

---

2) 미국의 사이키델릭 록 그룹. 1960년대 중후반 미국 샌프란시스코 지역의 히피 문화를 이끌었고, 공연에서 즉흥 연주로도 유명하다.

"'네 탓이오' 놀이는 그만하면 좋겠구나!"

었다. 왜 그분이 그곳에 그 나무를 심으셨는지는 나로서도 알 길이 없다. 다만 그 나무가 정원 전체를 아우르고 있었다.

두말할 나위 없이 아담과 이브는 이 마법나무에 대한 호기심에 사로잡혔다. 정원에 수천 그루의 나무들이 있는데도 그들은 그 열매를 먹지 못해 안달했고……, 게다가 말하는 뱀까지 끊임없이 그들을 부추겨댔다. 그래서 아담과 이브는 금단의 열매를 먹었고, 먹자마자 선과 악에 대한 인식을 얻었다. 그것은 주로 그들이 벌거숭이라는 사실에 대한 긴장된 인식이었다.

열매가 없어진 것을 아신 하나님이 미친 듯이 화를 내셨다. 아담과 이브에게 고함을 지르시며 정원에서 내쫓은 것은 물론이고 그들에게 부모가 되는 벌을 주셨다. 덕분에 아담과 이브가 낳은 자식들이 세상을 채우는 역효과가 나서, 그들은 서로 죽이고 우상을 숭배하고 거인들과 섹스를 하면서 하나님의 지상 계획을 완전히 망쳐놓았다.

이에 하나님이 크게 노하셔 대홍수로 인간 종족을 멸하셨다. 물론 전부는 아니었다. 노아라는 사내에게 귀띔을 해주셨다. 노아는 홍수가 나기 전에 거대한 배를 지어 발견한 모든 동물을 배에 실었고, 그렇게 세계 최초의 선원이자 세계 최초의 애니멀 호더animal hoarder 3)가 되었다. 배가 빼곡히 들어차자마자 홍수가 시작되었다. 40일 밤낮으로 비가 내리고 고기 위주의 식사를 하고 나서야 물이 잦아들고 육지가 드러났다. 지상에 널린 수백만 구의 시체를 보신 하나님은 당신이 과잉 반응을 한 것은 아닌지 궁금하셨다.

그래서 하나님은 상황을 바로잡고 싶으셨다. 하지만 무엇을 하실 수 있겠는가? 지상의 생명을 거의 다 죽인 것을 무엇으로 보상할 수 있겠는가? 마침내 묘안이 떠올랐다. 그렇지! 무지개는 다들 좋아하잖아? 하나님은 고운 무지개를 띄워 다시는 지상에 홍수를 일으키지 않겠노라 약속하셨다.

하지만 노아는 마른 대지에 오르자마자 술에 취했고, 인간 종족은 곧장 예전 길로 돌아가 하나님을 실망시켰다.

---

3) 반려동물 대량 사육자.

그래서 하나님은 마음에 드는 다른 사람을 구하셨다. 하나님은 아브라함이라는 75세 남자에게 홀딱 반하셨다. 아브라함과 그의 아흔 살 아내 사라에게는 자식이 없었는데도 하나님은 그들로부터 위대한 민족을 세우고 싶다고, 아브라함의 자손은 하나님의 선택받은 백성이 될 것이라고 이르셨다. 계약을 확정짓기 위해, 아브라함은 그의 집안에서 태어나는 남자들은 모두 성기를 조금 잘라내기로 했다. 당시의 계약서는 다르게 작성되었다.

아브라함은 새 민족을 시작하기 위해 광야로 나아갔다. 조카 롯Lot이 따라왔지만 그는 도시 생활의 맛을 알게 된지라 아브라함과 헤어져 가족을 데리고 쌍둥이 도시 소돔과 고모라로 옮겨갔다.

하나님은 소돔과 고모라를 몹시 싫어하셨다. 그곳 사람들은 대상이 무엇이든 가리지 않고 섹스하기를 좋아했다. 심지어 하나님이 롯에게 도시를 떠나라고 알리기 위해 보낸 두 천사와도 섹스를 하려고 했다. 천사 강간은 하나님께 밉보이기 딱 좋은 짓이다. 그래서 하나님은 주민과 도시를 유황불로 태워 잿더미로 만드셨고, 오직 롯의 가족만 탈출을 허락하셨다. 그들이 도시를 탈출하는 동안 롯의 아내가 불타는 고향을 돌아보는 잘못을 저질렀고, 향수죄에 대한 벌로 하나님께서 그녀를 소금 기둥으로 만드셨다.

롯의 딸들은 어머니가 소금 기둥으로 변해 롯이 대를 이를 아들을 얻을 수 없게 된 것이 아쉬웠다. 그래서 아버지에게 술을 먹이고선 섹스를 했고, 둘 다 임신을 하면서 롯은 뭐랄까, 자신의 장인이 되었다.

한편, 아브라함은 나이가 90대에 접어들었고 아내 사라도 햇병아리가 아니었다. 그때까지 고령인 그들의 섹스는 무수한 골반 탈구와 부은 발목 말고는 아무것도 잉태하지 못했다. 그런데도 하나님은 그들로부터 위대한 민족을 세우시겠다고 고집하셨다. 하지만 사라는 하나님의 약속이 지켜지지 않을 때를 대비해 아브라함에게 하녀와 잠자리에 들라 요구했고, 그러면 적어도 후보 선수를 얻을 수 있었다. 아브라함은 요구받은 대로 하녀 하갈Hagar과 잠을 잤고, 곧 아들 이스마엘Ishmael이 태어났다. 아브라함은 득남을 기념하여 모든 사람들에게 무료로 할례를 해주었다.

아브라함의 비전통적인 가족은 사라가 모든 역경을 딛고 임신을 하기 전까지 온전한 가족으로 지냈다. 마침내 아브라함은 적통의 상속자를 얻었고, 아이의 이름을 이삭Isaac이라 지었다. 더 이상 후보 선수가 필요 없어지자 사라는 아브라함에게 하갈과 아들 이스마엘을 없애라고 시켰다.

슬픈 일이었지만 아브라함은 그들에게 물과 요깃거리를 주어 사막으로 떠나보냈다. 다시는 아들 이스마엘을 만나지 못할 것이다. 하지만 집에 돌아가면 이삭이 있고, 하나님이 약속을 지키셨다는 사실을 위안으로 삼았다.

그러던 어느 늦은 밤, 하나님이 아브라함을 깨우시고는 이삭을 제단에 묶은 다음 죽여 인간 제물로 바치라고 명령하셨다. 아무래도 하나님은 좋아하는 사람에게만 이런 종류의 명령을 하시는 듯하다.

아브라함은 슬픔으로 제정신이 아니었지만 명령에 순종했다. 그가 이삭을 산꼭대기로 데리고 올라가 바위 제단에 묶고는 제사용 칼로 이삭의 가슴을 막 찌르려는 순간, 하나님이 그를 제지하셨다. 그것은 알고 보니 믿음의 시험이었지만 달리 보면 참으로 잔인한 장난이 아닐 수 없다. 아브라함은 아들의 목숨을 하나님이 요구하신 밤참으로 올리는 선택을 했고, 그것이 하나님이 필요로 하시는 그분의 가족, 즉 그분의 선택받은 백성이라는 증거였다.

인간 제물로 죽을 뻔한 이삭은 장성하여 슬하에 에서Esau와 야곱Jacob이라는 두 아들을 두었다. 야곱은 다정다감한 편이라 집에 엄마와 머물면서 요리와 청소와 파이 굽는 일을 거들었다. 반대로 에서는 사내다운 편이었다. 그는 사냥꾼이라 야외로만 나돌았고, 버트 레이놀즈 같은 털북숭이였다.

야곱은 에서가 털북숭이인 것에 착안하여 양털을 뒤집어쓰고서 아버지를 속여, 에서의 상속권을 받아냈다. 하지만 신분을 위장한 이 절도 행각 이후로 여러 해 동안 야곱은 사기당한 형을 피해 도망 다녀야 했다. 야곱이 도망가던 중에 한 농장에 이르러 잠시 그곳에 묵어도 되는지 물었다.

"여기 묵어도 괜찮네만." 농부가 말했다.

"내 두 딸은 건드리면 안 되네."

하지만 야곱은 그의 딸 라헬Rachel과 사랑에 빠졌고, 결혼을 허락해주는 대가로 7년 동안 농장에서 일하겠다는 제안을 했다. 7년이 지나자 교활한 농부는 그를 속여 큰딸 레아Leah와 결혼을 시켰다.

"라헬과 결혼하고 싶었는데……." 그가 불평을 했다.

"그렇게 하게나." 농부가 대답했다.

"다시 7년 동안 농장에서 일을 해주면 라헬과 결혼을 허락해주겠네."

야곱은 14년 동안 사내의 농장에서 일을 했다. 하지만 그의 인생이 진정 바닥을 친 순간은 그가 천사와 겨루다가 팔이 부러진 때였다. 하나님은 야곱의 이름을 '이스라엘'로 바꾸셨고, 그것은 '하나님과 겨룬 사람'을 뜻했다. 나로서는 이스라엘이 씨름선수의 이름을 따서 이름을 지은 유일한 국가로 알고 있다.

이스라엘과 그의 두 아내는 아들 열둘을 두었는데, 그중 한 아들의 이름이 요셉Joseph이었다. 다른 아들들이 요셉을 몹시 싫어했고, 그도 그럴 것이 그들만 탓하기는 어려웠다. 요셉은 누가 봐도 아버지가 가장 사랑하는 자식인 데다 늘 가장 좋은 선물을 받았고, 또한 형제들에게 이 사실을 상기시킬 기회를 결코 놓치지 않았다. 형제들이 모두 그 앞에서 엎드려 절하는 꿈을 꾸었다는 요셉의 말은 그들을 돌이킬 수 없게 만들었다. 요셉은 구덩이에 던져졌다가 노예로 팔려갔다.

"덕분에 주제 파악 좀 하겠지."

그들은 멀어져가는 노예 상단을 바라보면서 말했다. 하지만 요셉은 주제를 모르는 것이 아니라 사실 잘난 척할 만했다. 이집트에 비루한 노예로 끌려갔는데도 그는 금세 거물이 되었다.

파라오가 토실토실한 암소 일곱 마리가 나일강에서 나와 비쩍 마른 암소 일곱 마리를 게걸스럽게 먹어치우는 괴이한 꿈을 꾸었다. 요셉은 이 꿈이 이집트에 7년간 대풍이 든 후에 7년간 기근이 든다는 것을 의미한다고 설명했다. 파라오는 요셉에게 농무성의 책임을 맡겼고, 파라오의 꿈에 근거해 이집트 경제를 계획한 요셉의 이례적인 정책 덕분에 이집트는 가혹한 기근을 면했다.

뒤끝 없는 사내인 요셉은 형제들에게 편지를 보내 그가 거물로 영향력을 행사하고 있는 데다 먹을 것도 풍부한 이집트에서 살자고 권했다. 꿈대로 되었다. 결국 형제들은 그 앞에 엎드려 절을 해야만 했다. 하지만 아무리 굴욕적이어도 그것이 굶어 죽는 것보다는 차라리 나았다. 그래서 형제들은 짐을 꾸려 이집트로 이주했고, 이 열두 형제의 자손들은 장차 이스라엘의 열두 지파가 될 터였다.

하나님은 아브라함의 아흔 살 허리에서 한 민족을 세우셨다. 이제 인간 종족이 혐오스러울 때도 그분이 어울려 놀 수 있는 한 무리의 백성은 남을 터였다.

"적지만 믿음직한 친구." 하나님이 홀로 되뇌셨다.

"그것이면 족하지."

출애굽기

파라오가 이스라엘 민족이 모두 이집트에 살고 있는 것을 알고는 생각했다.

"이런 젠장! 불법 체류자들이 골치로군."

그래서 파라오는 하나님의 선택받은 백성을 노예로 삼아 청대콩을 따고 집의 골조를 짓는 등속의 일을 시켰다. 아들이 노예로 자라는 것을 바라지 않은 한 부인이 아기를 밀짚 바구니에 담아 나일강에 흘려보냈다. 파라오의 딸이 수영하러 나왔다가 우연히 바구니를 발견했다. 후에 소년은 입양되어 모세Mose라고 불렸다.

모세는 가장 좋은 학교를 다니고, 가장 좋은 음식을 먹고, 가장 좋은 개와 놀고, 대체로 풍족한 삶을 누리며 성장했다. 그것은 모두 노예의 고통 위에 지어진 것이었다. 그러던 어느 날 그는 두려운 사실을 알게 되는데, 자신이 귀족 혈통의 이집트인이 아니라는 것이었다. 사실 그는 불법 체류자의 아들

이었다. 파라오의 가족이 된 사연을 알게 된 후 모세는 자신과 궁궐 밖에서 채찍을 맞고 있는 노예의 차이는 오직 바구니 타기에 있다는 생각이 들었다. 이 깨달음으로 말미암아 모세는 실존적 위기를 맞이했다. 그래서 입양된 가족과 컨트리클럽과 여피족 친구들을 저버리고 문제를 해결하기 위해 사막으로 떠났다.

사막에 머무는 동안 하나님이 불붙은 떨기나무의 형상으로 모세 앞에 나타나 형제인 이스라엘 백성을 노예 신세에서 해방시키라고 이르셨다. 자, 이제부터 불타는 떨기나무가 무언가를 이르면 순종하도록 하자.

이집트로 돌아온 모세는 이스라엘 노예들의 해방을 요구했다. 파라오는 자신의 급진적인 손자가 한때 그러다 말 뿐이라고, 그래서 완강히 버티기만 하면 결국 모세가 수염을 깎고 체 게바라 포스터를 벽에서 떼어내 모든 것이 제자리로 돌아올 것이라고 생각했다. 하지만 모세는 심각했고, 하나님도 심각하셨고, 이즈음 나일강이 피로 변하고, 개구리 떼가 나타나고, 모든 사람들의 피부에 종기가 나면서 그는 사태의 심각성을 이해했다. 이 참사들을 고려하여 파라오는 소와 양을 두고 가는 조건으로 이스라엘 민족이 떠나는 것을 허락했다. 모세는 그것으로 충분하지 않았다. 그것은 앞으로 육포나 가죽 가구 없이 살아야 한다는 것을 의미했기 때문이다. 그래서 판을 키우려고 죽음의 사자를 불렀다.

그날 밤 이스라엘 민족은 집 문설주에 양의 피를 발랐고, 그러면 죽음의 사자가 그들의 집을 지나쳐 이웃집으로 간다는 것을 알았고, 죽음의 사자는 이웃집의 장자를 죽일 터였다. 유대인의 유월절 축제는 여기서 유래했다.

이스라엘 민족은 소와 양을 키울 수 있게 되었다. 아울러 이집트도 떠날 수 있게 되었다. 하나님은 모세에게 백성들을 이끌고 사막으로 가서 추후의 지시를 기다리라고 이르셨다.

이집트인들이 정부를 운영하는 것은 쉬워 보였을지라도 그것이 만만치 않은 일이라는 것을 모세는 쉽게 이해했다. 특히 한 민족의 무리를 이끌고 40년에 걸친 자연탐사 도보여행을 떠나게 되었을 때는 더욱 그러했다.

모세는 누가 이웃을 죽이지는 않는지, 이웃의 음식을 훔치지는 않는지, 이웃의 아내와 섹스를 하지는 않는지, 무언가를 먹고 병이 나지는 않는지 살피기 위해 모든 곳에 존재할 수가 없었다. 그리고 누군가를 현행범으로 체포했을 때조차 그것을 처리할 방법도 많지 않았다. 하루에 16킬로미터를 행군하면서 누군가를 감옥에 가두어둘 수는 없다.

모세는 질서를 유지하려고 최선을 다했지만 질병과 분쟁이 그치지 않았고, 급기야 사람들은 진저리를 치며 이집트로 돌아가려고 했다. 잠시지만 범죄와 혼란의 아수라장에서 이스라엘 지파들이 와해되고 사람들이 뿔뿔이 흩어질 것 같았다.

모세는 도보여행자 민족을 한데 모을 방법을 찾느라 골머리를 앓았다. 결국 하나님께서 모세를 구해주기로 결정하셨다. 그래서 모세를 시나이산 정상으로 불러 한 뭉치의 석조 명패를 주셨다.

"이것이 나에게서 온 것이라고 모든 이들에게 알리라."

하나님이 그에게 말씀하셨다.

"이 율법을 따르면 언제 어디서든 그들을 지켜줄 것이다."

하나님이 말씀하셨다.

"이는 계약이다."

하나님과 이스라엘 민족의 계약을 기념하여 하나님은 모세에게 언약궤, 그러니까 천사로 장식한 여행용 황금 트렁크를 만들라 이르셨다. 트렁크 안에는 십계명과 다른 기념품들을 보관했다. 언약궤 위쪽에는 일종의 뚜껑이라고 할 수 있는 속죄소Mercy Seat 4)가 마련되었고, 그래서 하나님이 천국에서 지상으로 오셨을 때 운반되는 언약궤 뚜껑에 앉아 주위를 살피시며 사람들을 죽이실 수 있게 되었다.

며칠 후 모세가 한 뭉치의 율법을 들고서 산에서 내려왔고, 모세가 강압적으로 지키라고 정한 규율들과 달리 그들에게 구술하는 이 율법은 하나님이 친히 그에게 주신 것이었다. 군중들 속에서 탄식이 터져 나왔다. 이것은 본격적인 판이었다. 사람들은 모세를 거역할 때와 달리 모든 곳에 동시에 존재하실 수 있는 하나님을 거역했을 때가 더욱더 걱정스러웠다. 그래서 서로를 속이고 도둑질하고 죽이는 짓을 자제했고, 대체로 행동거지를 조심했다.

도보여행자 민족은 구원을 받았다.

4) 언약궤의 순금 뚜껑. 은혜를 베푸시는 자리라는 뜻으로 시은좌, 속죄판이라고도 불린다.

레위기

수신: 이스라엘 백성
발신: 모세
제목: 새 율법에 관하여

우리가 이제 이집트에 살지 않아도 우리에게 나름의 율법이 필요하다. 다행히도 우리가 시나이산에 모여 있는 동안 하나님께서 지키기 쉬운 율법 613가지를 주셨다. 요약하자면…….

먼저, 하나님은 너희가 제물을 바치기를 바라신다. 죄를 지었거나, 아이를 낳았거나, 하나님이 특별한 기분을 느끼시길 바라거든 그분에게 염소, 양, 소, 작은 케이크 등을 드리면 된다. 저기 왜, 그렇고 그런 것들 말이다. 하지만 제물을 바치려거든 최상품을 드려야 한다. 다리가 세 개 달린 염소라든지 불에 태운 빵은 절대로 안 된다.

이제부터 음식에 대해 말하겠는데, 너희는 모두 코셔kosher 음식을 먹어야 한다. '코셔'가 뭐냐고? 그러니까 그것은 기본적으로 너희는 먹어선 안 되는 특정한 음식을 말한다. 박쥐와 야생 조류는 먹어선 안 된다. 그 새들이 주위를 날아다니며 무엇을 했는지 모르지 않느냐? 도마뱀은 먹어선 안 된다. (미안하구나, 도마뱀을 즐기는 시몬아. 네게 특히 어려운 일일 것이다.) 비늘과 지느러미가 달린 것이라면 생선은 먹어도 괜찮다. 장어와 조개류는 좀…… 아닐지도 모르지만, 구역질난다. 발굽이 갈라진 동물은 무엇이든 먹어도 괜찮지만 돼지와 낙타와 오소리는 절대로! 먹어선 안 된다. 오소리는 왜 먹어선 안 되는지, 그 이유는 내게 묻지 마라. 그냥 먹지 마라. 날아다니는 곤충은 먹어선 안 되고 땅에 기어 다니는 곤충은 먹어도 괜찮다. 먹고 싶거든 흰개미 종류는 다 먹어도 좋다.

곰팡이 때문에 골치가 아프거든 옷가지와 담요를 불에 태우도록 해라. 몽정을 하거든 목욕을 해라. 종창이 생기거든 목욕을 하고 나서 옷가지를 불에 태우도록 해라. 피부병이 생기거든 목욕을 하고 나서 털을 모조리 깎아라. 습진에 걸린 사람이 뱉은 침이 몸에 묻거든 목욕을 하고 나서 옷가지를 모조리 불에 태워라. 우리가 역사상 가장 거룩한 백성은 못될지언정 결단코 가장 깨끗한 백성은 되어야 할 것이다.

하나님이 정말정말 중요하다고 생각하시는 열 개의 계명이 있다. 그것은 아래와 같다.

I. 다른 신을 섬겨선 안 된다. (적어도 하나님보다 더 좋아해서는 안 된다.)

II. 우상을 숭배해선 안 된다. 그것은 책상 위에 옛 여자 친구의 사진을 올려놓고 아내가 좋아하기를 기대하는 것과 같다.

III. 하나님의 이름을 헛되이 부르지 마라. 싸움을 하려거든 하나님은 빼고 해라.

Ⅳ. 안식일을 지켜라. 매주 토요일은 일하지 마라. 누구나 적어도 하루는 쉬어야 한다.

Ⅴ. 부모를 난처하게 하지 마라. 내 말을 믿어라. 나중에 자식이 생기면 이 계명이 쓸모가 있을 것이다.

Ⅵ. 서로 죽이지 마라. 나라면 이 계명이 불을 보듯 자명하기를 바랐을 것이다.

Ⅶ. 간음하지 마라. 누구나 자기 천막에서 잠을 잔다.

Ⅷ. 도둑질하지 마라. 내 것은 네 것이 아니다.

Ⅸ. 이웃에 대한 거짓말을 하지 마라. 또한 이웃의 죄에 대한 거짓 증언을 하지 마라. 잘못한 사람을 처벌할 때 우리를 바보로 만들지 마라. 그리고 마지막으로…….

Ⅹ. 이웃의 똥을 시샘하지 마라. 너희들 중에 시샘할 정도로 값진 것을 가진 자는 아무도 없다. 네 이웃집 양치기가 얼마나 잘생겼는지 관심 없으니, 그런 이유로 밤잠을 설치지 마라.

아울러 하나님은 이런 것들도 금하셨다. 클럽 샌드위치[5], 남성 동성애자의 섹스, 주술, 근친상간, 귀머거리를 놀리는 것, 수간獸姦, 면도, 문신, 설익은 스테이크, 잡담, 면과 양모

---

5) 3장의 구운 식빵 사이에 2층으로 고기와 채소를 넣어 만든 샌드위치.

로 짠 능직, 스리섬threesomes, 삐뚤어진 저울, 종과의 섹스, 사인을 모르는 짐승을 먹는 것.

하나님은 또 율법을 어겼을 때 받을 형벌도 정하셨는데, 그것이 좀 불유쾌한 데다 솔직히 말해 복잡하다. 이를테면 이렇다. 남녀가 간음을 범하거든 둘 다 죽여라. 하지만 남자가 장모와 동침해서 문제가 복잡해지거든, 설령 아내가 그 일을 몰랐다 할지라도 아내를 포함하여 세 사람을 다 불에 태워 죽여라. 가혹해도 어쩔 수 없다.

남자가 생리 중인 아내와 섹스를 하거든 그들을 그냥 추방해라. 하지만 남자가 동물과 섹스를 하거든 남자와 동물을 죽여라. 그리고 참고로 말해두는데, 민족 전체가 이 율법을 지키지 않으면 침략자들이 농작물을 먹어치우고 들짐승이 아이들을 집어삼킬 것이다. 고로 율법에 관한 한 수적으로 많다고 해서 절대 안전하지 않다.

"방금 하나님께서 새 계율을 더 내리셨네.
게이도 안 되고, 문신도 안 되고, 햄 샌드위치도 안 된다고 하시네."

이 율법에 대한 의문이 생기거든 사제에게 물어보도록 해라. 아참, 그렇지! 사제, 너희도 율법을 지켜야 한다. 무엇보다도 털을 멋지게 가꾸도록 해라. 하나님은 멋진 털을 좋아하신다. 그리고 제사를 지낼 때 반드시 올바른 기름을 사용하도록 해라. 특히 제물을 아주 조심해서 다뤄야 한다. 우리 형 아론Aaron을 알지? 그의 아들 나답Nadab과 아비후Abihu가 제물에 기름을 잘못 사용하자 하나님이 그들을 그 자리에서 죽이셨다. 따라서 이것이 결코 허튼소리가 아니라는 말은 하지 않겠다. 또한 사제들아, 너희는 숫처녀와 결혼해야 한다. 그래! 신체에 흠이 있는 여자도 안 된다. 그들은 하나님과 아무 관계가 없다.

자! 이것이 하나님이 너희에게 전하라고 주신 율법이다. 참으로 흥미롭지 않느냐?

민수기

하나님은 분노를 취미 생활 등 좀 더 긍정적인 활동으로 돌리기로 하셨다. 하나님이 부동산에 열중하시기 시작한 것이 바로 이즈음이었다. 지중해 해안가의 대토지를 발견하시고는 그분의 선택받은 민족에게 더없이 완벽한 곳이라는 생각이 들었고, 그래서 그곳을 그들에게 주셨다. 그러니까 그것은 휴게실

냉장고에서 개리Gary의 샌드위치를 꺼내주는 것과 유사했다. 그들에게는 약속의 땅이었지만 그곳은 이미 다른 민족의 소유였다. 그래서 이스라엘 민족이 약속의 땅을 얻으려면 직접 정복해서 차지해야 했다.

모세는 모든 지파의 인구를 조사하여 군사를 징집했다. 전쟁을 벌이자면 문제가 한두 가지가 아니겠지만, 그중 하나가 남자들이 전쟁터에 나가 있는 동안 여자들이 외롭다는 것이었다. 모세는 아내가 남편을 두고 바람을 피우지 않는지 시험할 방법을 생각해냈다.

그것은 이러했다. 사제들이 물에 저주를 내려 아내에게 마시게 하는 것이었다. 만약 그녀가 부정한 짓을 하지 않았다면 아무 일도 일어나지 않을 터였다. 하지만 그녀가 여러 사내와 잠자리를 하고 있다면 살이 찌고 허벅지가 썩어 문드러질 것이었다. 이것이 진짜 효과가 있을 것이라고 기대했는지, 그렇지 않으면 불안한 남편들의 마음을 달래주기 위한 궁여지책이었는지는 분명치 않다.

군대를 소집하고 방종한 아내의 버릇을 손봐줄 방법도 마련한 이스라엘 민족은 약속의 땅을 향해 전진했다. 처음에는 활기차고 유쾌하게 나팔을 불고 언약궤를 자랑하며 사막을 지나가는 사람들에게 손도 흔들어주었다.

하지만 곧 짜증이 나기 시작했다. 그들은 하나님이 마술을 부려 매일 밤 그들에게 내려주시는 빵 말고는 먹을 것이 없다

"우리가 길을 잃었어도 괜찮아요. 길을 물으려는 게 아니에요."

고 불평을 늘어놓았다. 예전에 이집트에서 먹던 생선과 오이와 멜론을 먹는 상상을 했다. 그래서 모세에게 투덜거렸다. 하나님이 마술을 부려 빵을 주실 수 있다면 팔라펠 빵falafel wrap[6]과 고기도 주시기 쉽지 않을까?

이 배은망덕한 불만에 하나님이 진노하셨다.

"어이쿠! 니들 고기가 먹고 싶다고?" 그분이 심술궂게 말씀하셨다.

"그렇다는데 고기를 주어야지."

그래서 메추라기 떼를 보내셨다. 파도가 연이어 밀려오듯이 메추라기 떼가 땅으로 쏟아져 내렸고, 사람들은 허리까지 차오른 새들의 시체 속에서 허우적거리며 걸어야 했다. 하지만 그 많은 메추라기 고기를 먹고도 불평은 끊이지 않았다.

모세는 도보여행자 민족이 전진하기에 앞서 약속의 땅을

6) 이스라엘, 아랍 등지의 야채 샌드위치.

살펴보려고 정찰대를 파견했다. 정찰대는 그곳이 정녕 '젖과 꿀이 흐르는 땅'이라는 좋은 소식을 알려주었다. 하지만 그 땅에 성난 거인들이 살고 있다는 사실을 알릴 때는 심드렁했다. 그들 중에 두 사람, 여호수아Joshua와 갈렙Caleb만이 앞으로 나아가자고 주장했다. 하지만 사람들은 거인들과 싸울 열의가 없었다. 신음소리는 두려움으로 변했고, 공공연하게 반역을 말하며 이집트로 돌아가기 시작했다. 심지어 모세의 누이 미리암Miriam까지 이 무시무시한 새 땅으로 전진하자는 모세의 결정에 이의를 제기했다.

그런데 하나님은 징징거리며 불평하는 것을 제일 싫어하신다. 불평한 죄의 벌로 미리암은 7일 동안 문둥병에 걸렸고 다른 사람들은 모두 뱀을 받았다.

독사들이 어디선가 튀어나와 사람들을 사방에서 물어댔다. 불평하는 사람들이 충분히 깨달았으리라고 생각하신 하나님이 모세에게 황동 뱀 한 마리가 휘감고 있는 지팡이를 만들라고 이르셨다. 사람들이 불평하기를 그치고 지팡이를 올려다보자 뱀에 물린 상처가 마법처럼 말끔히 나았다. 그 후로 뱀이 휘감고 있는 지팡이는 의료 기호가 되었다. 오늘날 그것은 구급차 측면에 그려져 있지만, 실제 뱀에게 물려 구급차를 부르는 일은 흔치 않다.

이스라엘 백성 수만 명은 가는 곳마다 불청객처럼 난데없이 들이닥쳐 풀밭을 짓뭉개고, 농작물을 닥치는 대로 먹어치우고, 무엇이든 마셔댔다. 그들은 마치 메뚜기 떼나 히피족 같았다.

이윽고 이스라엘 도보여행자들은 미디안인과 그들의 헤픈 여인들과 마주쳤다. 그렇지 않아도 그들이 너무 헤퍼 하나님이 몹시 진노하셨는데, 그들은 아무 때고 이스라엘 남자들을 유혹하려고 했다. 그래서 하나님이 모세에게 군대를 보내 미디안인을 멸하라고 이르셨다. 병사들이 쳐들어가 미디안 남자를 모두 죽였다. 하지만 그곳에 나타난 모세는 산더미 같은 시체를 보고서도 기쁜 기색이 없었다.

"미디안인을 남김없이 죽이라고 했거늘, 왜 저쪽에 아직도 여자와 아이들이 서 있는 것이냐?"

병사들은 무기도 없는 여자와 아이들을 죽이는 데 반대했지만 모세는 그들에게 기념품으로 숫처녀를 한 명씩 주겠노라 달래어 여자와 아이들을 죽이게 했다.

그런 쓰라린 기록들을 남기면서 이스라엘 민족은 마침내 요단강 가에 이르렀다. 강 건너편에 약속의 땅이 있었다. 하지만 강을 건너기 전에 모세는 여호수아를 책임자로 임명하고 세상을 떠났다. 여호수아는 피를 보아도 비위가 상하지 않는 사내다운 사내였고, 이제 막 살육이 시작되었던 터라 그것은 장점으로 작용했다.

신명기

숨을 거두기 직전 모세가 말했다.

"나는 보지 못할 테지만 너희는 곧 그 땅에 들어갈 것이다. 그러면 너희는 더 이상 떠돌이 지파 무리가 아니라 명실 공히 한 민족이 되는 것이다. 그래서 작별 선물로 너희가 지키면 유익할 율법 수백 가지를 더 주겠노라. 다들 준비됐느냐? 좋다. 그럼 시작하겠다.

사내들이여, 이민족 여인과 결혼하지 말지어다. 아울러 이민족이든 아니든 어떤 여인도 강간하지 마라. 만약 누군가를 강간했는데 그들이 약혼을 했다면, 너희는 돌에 맞아 죽는 벌을 받을 것이다. 만약 누군가를 강간했는데 그들이 약혼을 하지 않았다면, 그 여인과 결혼하는 것이 벌이니라.

"얼른 돌아가셨으면 좋겠어. 계속 율법을 정하시잖아."

둘 이상의 사내가 길거리에서 싸움을 하는데 그 아내들 중 하나가 싸움에 뛰어들어 상대 사내의 고환을 움켜잡았으면, 여자의 손을 잘라라. 이 부근에서 고환 집게 따위는 필요치 않다.

나중에 도시와 마을을 짓거든 도시 세 곳을 피신처로 남겨둬라. 네가 뜻하지 않게 누군가를 죽여 그의 친척들이 잡으러 쫓아오면 이 세 도시 중 하나로 도망가도록 해라. 일단 그 피난 도시 안에 있으면, 그들은 네가 그곳에 머물도록 해야 하며 아무도 너를 죽여서는 안 된다. 하지만 고의로 누군가를 죽였으면 너 혼자 알아서 해라.

결혼을 했는데 왠지 아내가 처녀가 아닌 것 같거든 그 문제를 원로들에게 가져가라. 만약 아내가 처녀가 아니라고 밝혀지면 돌로 쳐 죽여라. 하지만 아내가 처녀라고 밝혀지면 여자의 아버지에게 상품의 명예를 훼손한 대가로 100세겔shekel을 주어야 한다.

지붕에 올라간 사람이 떨어지지 않도록 난간을 만들어라. 당장은 어처구니없어 보여도, 내 말을 믿어라, 멀리 보면 덕분에 많은 슬픔을 덜게 될 터이다.

병사가 몽정을 하거든 만 하루 동안 진영 밖에 나갔다 오게 하라. 또한 진영에서 지낼 때는 구덩이에 조심해서 똥을 싸도록 해라. 하나님께서 너희 진영을 다니실 적에 너희가 싼 똥을 밟으셔서는 안 된다.

남자의 연장을 빚의 담보로 삼아서는 안 된다. 멍청아! 생계 수단을 빼앗으면 빚은 무엇으로 갚는단 말이냐? 그리고 겉옷을 담보로 삼았거든 그가 밤에 얼어 죽지 않도록 돌려줘라. 가난한 자로부터 이익을 취하지 말며 인색하게 굴지 마라. 장차 너희가 들로 수확을 나가거든 과부와 고아를 위해 무엇이든 여분의 것을 남겨두어라. 너희 땅에서 자란 포도 한 알까지 다 따지 마라. 이것이 너희의 사회안전망이 되어줄 터이다.

너희가 이대로 행하고 내가 너희에게 준 다른 율법도 충실히 지킨다면 하나님께서 너희를 다른 모든 민족 위에 놓으실 것이다. 만약 그렇지 않으면 하나님이 털북숭이 이방인을 보내셔 너희 여자 친구를 훔치게 하실 것이다. 이 많은 율법을 기억하기 어렵거든 대충 어림짐작으로 서로서로 친절히 대하라. 그러면 별탈이 없을 것이다. 하나님이 너희에게 무언가를 행하기를 원하시거든 질문은 삼가고 좀 이상야릇해 보일지라도 그대로 행하라."

모세가 말을 마치고는 숨을 거두었다.

"남들이 뭐라 하든 상관없어. 네가 좋아."

2장
역사서

사람들이 하나님의 물건에 손대지 않는 법을 배우는 동안 일련의 훈훈한 남자들이 왕위에 오르고, 하나님께 새로운 취미가 생기다.

이 서들은 이스라엘 왕국의 흥망에 대한 이야기다. 다시 말하면, 하나님의 선택받은 백성이 아마추어 '판관'들이 다스리는 느슨한 형태의 지파 연합체에서 왕과 왕정체제에 필요한 것을 두루 갖춘 나라를 세우는 과정에 대한 이야기다. 하나님이 하늘에서 내려오시어 그분이 선택하신 백성을 살피실 때 묵으실 이른바 별장과 같은 거대한 성전을 솔로몬Solomon 왕이 지어드릴 것이다. 아울러 그것은 그들이 하나님께 헌신하겠다는 언약이자 그들의 나라가 한낱 양치기와 산원숭이의 나라가 아니라 적법한 문명국가라는 증거로서 이바지할 것이다.

하나님이 편하게 통근하실 수 있도록 그들은 하늘과 땅이 잇닿은 곳이라 믿었던 곳에 성전을 지었다. 그리고 1년에 한 번씩 모든 사람들이 성전에 모여 하나님께 짐승을 제물로 바치면, 대제사장이 하나님의 전용 집무실에 들어가 악수를 하

"내 나팔을 비웃으면
어떻게 되는지
따끔한 맛을 보여주겠어."

고는 사람들이 그분을 불쾌하게 했을 모든 행위에 대한 사죄를 했다.

하나님과 그분의 백성이 그렇게 친밀한 적이 없는데도 그들을 한데 묶어주는 바로 그것 때문에 그들은 갈라설 것이다. 성전을 짓는 데 엄청난 돈과 인력이 필요했던지라 솔로몬은 백성들에게 그 비용을 물리는 폭압적인 법안을 통과시켜야 했다. 그런 데다 비용을 공평하게 분배하지 않고 대부분을 북쪽의 지파들에게 떠넘겼다. 그들은 돈이든 인력이든 비용을 지불할 여력이 없자 먹고 튀기로 했다. 북쪽의 지파들이 떨어져 나가 독자적인 왕국을 세움으로써 이스라엘은 두 개의 허약한 왕국으로 분리될 것이다. 그로부터 모든 것이 내리막길을 갈 것이다.

여호수아

모세가 죽고 여호수아가 이스라엘 민족의 새 지도자가 되었다. 여호수아는 도보여행자 군대로 가나안 땅을 정복하자면 신의 개입이 절실히 필요하다는 것을 잘 알았다. 하나님의 도움을 간구해야 할 때가 되자 하나님이 할례를 받지 않은 음경을 보고 기분 상하지 않도록 해야 했다. 그래서 여호수아는 자연 그대로 사막을 지나온 남자들을 모두 '포피의 언덕'에 모아놓고 한바탕 할례를 단행했다.

그들은 앞의 정황을 살펴보기 위해 첩자들을 선발대로 파견했다. 첩자들은 곧장 세계에서 가장 오래된 도시인 여리고 Jericho 성읍으로 갔다. 여리고 성채가 워낙 높고 넓었던지라 상점과 아파트와 사창굴이 모두 성벽 안에 들어찼다. 여리고 성에 당도한 첩자들은 아파트와 월마트를 지나 곧장 사창굴로 가서 라합Rahab이라는 매춘부의 집에 숨어들었는데, 그녀는 첩자를 숨겨주는 대가로 이스라엘 민족이 성읍을 점령했을 때 자신을 살려줄 것을 요구했다.

얼마 지나지 않아 경찰이 라합의 집 앞에 나타나 안을 둘러볼 수 있는지 물었다.

"수상한 자들이 여기 주변에서 얼쩡거리는 걸 보았다는 제보를 받았어."

"여긴 매음굴이에요." 그녀가 말했다.

"이 주변에는 수상한 자들 천지죠."

"그자들은 외국인이야. 술 장식이 달린 옷을 입고 양 냄새가 나지. 그자들은 음경이 조금 잘려 있을 거야. 그런 사람들 못 봤어?"

"아, 그래요. 그런 사내들이라면 왔었지요. 맞아요. 하지만 벌써 떠났는걸요."

"정말이야? 고작 한 시간 전쯤에 여기서 봤다고 하던데."

"제 손님들은 대개 10분 이상 머물지 않아요."

라합이 말했다. 그 이야기가 경찰들의 상상력을 자극했던지 그들은 라합만 남겨두고 가버렸다.

첩자들이 돌아와 여호수아에게 성벽의 높이와 넓이가 어느 정도인지, 매춘부 라합이 얼마나 멋졌는지 말했다.

하나님이 언약궤의 그분 자리에 올라앉으시어 정세를 살피셨다. 여리고의 성벽을 정면공격으로 공략하는 것보다는 그분 백성의 타고난 도보여행 능력을 이용하여 엿새 동안 하루에 한 번씩 성읍을 둥그렇게 에워싸는 행군을 하라고 여호수아에게 명령하셨다. 이레째 되는 날, 도시를 에워싸는 일곱 번째 행군을 해야 했다. 여리고를 둘러싸는 행군이 전부 끝난 후에, 사제들은 나팔을 불고 병사들은 가능한 한 큰 소리로 비명을 지르자 도시의 성벽이 무너졌다. 오직 매음굴이 있는 성벽만이 무너지지 않았다. 여호수아와 병사들은 안으로 밀고 들어가 도시의 남자와 여자와 아이들을 모두 죽였다.

여리고가 멸망하면서 그야말로 덜컥 6000년 역사의 문명이 종말을 고했다. 도시가 흔적도 없이 사라졌다는 것으로는 충분하지 않았던지 여호수아가 군사들에게 전리품을 사제에게 건네고는 잔해를 묻어버리라고 명령했다. 도시가 존재한 흔적을 지우는 것은 물론 도시를 재건하려는 자는 누구든 그 자식까지 죽이겠다고 위협했다. 승리를 지나치게 자랑하는 승자도 있다.

라합과 그녀의 가족은 죽음을 면했다. 반역의 대가로 이스라엘로 귀화한 그녀는 장차 매우 인상적인 가계의 가장이 될 터였다. 훗날 다윗 왕, 솔로몬 왕, 예수 그리스도가 도움을 마다하지 않은 창녀, 라합의 자손이 될 것이다.

"이 멍청한 칼이 댁의 멍청한 기름에 박혀 안 빠져요."

이어 그들은 조그마한 성읍 아이Ai를 공격했다. 여호수아는 세계에서 가장 오래된 도시를 함락시킨 뒤라 아이는 손쉽게 얻을 수 있으리라 판단했다. 그러나 아이의 군대는 여호수아의 군사들을 유인하여 매복공격으로 궤멸시켰다. 여호수아는 패배의 원인을 자신의 지도력의 실패에서 찾은 것이 아니라 누군가 여리고 전투에서 노획한 컵이나 접시를 숨겨 하나님을 진노케 한 것이 분명하다고 결론지었다.

결국 아헨Achen이라는 남자가 지목되었고, 여리고 전투에서 은화 몇 닢과 금 한 조각과 멋진 옷 한 벌을 숨겼다고 자백했다. 여호수아는 아헨과 그의 아이들과 소와 소지품과 그가 약탈한 물건들까지 전부 계곡 바닥에 차곡차곡 던지라고 지시했다. 그곳에서 그들은 돌에 맞아 죽었고, 시체는 불태워졌다. 그 이후로 약탈로 말미암은 어떤 문제도 일어나지 않았다.

허튼 짓을 용납하지 않는 여호수아의 지도 아래, 이스라엘 민족은 '약속의 땅'의 도시들을 차례차례 정복해 나갔다. 아울러 어디든지 살인광선을 쏘아대는 언약궤가 있다는 것도 나쁘지 않았다.

정복이 끝난 뒤 여호수아는 새 땅을 분할하여 12지파에게 분배했다. 마침내 이스라엘 민족에게 이스라엘이라 불러도 좋을 땅이 생겼다. 죽음을 눈앞에 두고 여호수아는 전 민족을 자기 앞으로 불렀다.

"정녕 길고도 불가사의한 여정이었다." 그가 말했다.

"하나님이 아브라함에게 민족을 세우라 이르신 이후 이집트에서 노예로 핍박받다가 황야를 방황하던 40년 세월에 이르기까지……. 하지만 이제 드디어 우리는 임무를 완수했다. 우리 스스로 새집을 지었다. 내가 가고 난 후에 얼빠진 짓은 하지 말도록 하라."

작별 연설을 끝으로 여호수아가 세상을 떠났다.

사사기

여호수아의 '임무 완수' 연설은 아무래도 조금 이른 감이 없지 않았다. 약속의 땅은 여전히 이교도로 물들어 있었고, 여호수아처럼 군대를 운용하는 강한 지도자가 없자, 더 큰 민족들이 자신의 힘으로 일어선 햇병아리 민족의 귀퉁이를 야금야금 갉아먹기 시작했다.

모압인의 병적으로 비만한 왕 에글론Eglon이 이스라엘인으로부터 공물을 갈취하기 시작했다. 이스라엘은 에훗Ehud이라는 사신을 보내어 에글론에게 조공을 바쳤다. 에훗은 왕에게 독대를 요청했다. 협실에 두 사람만 남게 되자 에훗은 그에게 돈을 주는 대신에 칼집에서 칼을 빼어 왕의 불룩한 배를 칼로 찔렀다. 에글론이 그의 악명 높은 거대한 똥을 누려고 살며시 나갔으리라고 짐작한 시종들은 그를 확인하지 않았다. 그들이 왕의 시신을 발견하고서 칼을 뽑으려 했지만 뱃살에 깊이 박혀 빠지지 않았다.

에훗은 이스라엘로 돌아와 국민 영웅이 되었다. 그리고 사사士師 또는 하나님을 대리하여 다스리는 지도자가 되었다.

하지만 이스라엘이 외국의 지배를 미룰 수 있는 기간은 그리 길지 않았다. 에훗이 죽은 뒤 하솔인이 이스라엘을 압박하기 시작했다. 새 사사, 이스라엘의 사사들 중 유일한 여자인 드보라Deborah가 군대를 일으켜 그들을 물리쳤다. 드보라의 병사들은 금방이라도 부러질 것 같은 청동검과 창만으로 무장하고 있었다. 반면 하솔인은 헬멧과 철갑옷과 전차 등 최신의 최첨단 기술의 전쟁 무기로 중무장하고 있었다.

전투가 시작되기 전날 밤 드보라는 군사를 이끌고 산꼭대기로 올라갔다. 하솔인이 드보라의 군대를 찾아내 궤멸시키는 것은 시간문제인 듯 보였다. 하지만 이튿날 아침 드보라는 신속하게 기습공격을 개시했고, 군사들이 해가 뜨는 동쪽 산등성이 아래로 쏟아져 내려갔다. 하솔의 군사들은 위를 올려다보며 자신을 방어해야 했는데 일출의 햇살 때문에 눈을 제대로 뜰 수 없었다. 아직 선글라스가 발명되지 않은 때였다.

그런 데다 하솔인의 전차는 아침 이슬에 젖은 무른 진흙 때문에 무용지물이었다. 이 진창 속에서 벌어진 혼전에서 무겁고 값비싼 갑옷은 그들을 무겁게 짓누를 뿐이었고, 반면에 이스라엘 군사들은 가볍고 값싼 무기 덕분에 민첩하게 이동하여 진창에서 허우적거리는 적들의 팔과 머리를 자를 수 있었다.

그해의 예상을 뒤엎고 이스라엘이 하솔을 상대로 완승했다. 하솔의 군대를 책임진 장수가 전투에서 도주하여 인근 농부의 천막에 몸을 숨겼다. 숨어 있는 동안 농부의 아내에게 마실 것을 달라고 요구했다. 여자는 손님에게 따뜻한 우유를 한 잔 대접했고, 그것은 당시에 환대의 행위로 높은 평가를 받았다. 하지만 그가 잠에 곯아떨어지자 그녀는 그의 두개골에 천막용 말뚝을 박아 넣었고, 그런 행위는 대개 불량한 손님 접대로 눈살을 찌푸리게 했다.

드보라의 승리 이후로 미디안인이 침략해오기 전까지 40년 동안 평화가 지속되었다. 모세의 대량 학살에도 불구하고 미디안인이 그 수를 회복한 것은 아무래도 그들만의 헤픈 기질 덕분인 듯하다.

"돌아가는 모양새를 보니 다시 도와줘야 할 모양이군."

하나님이 한숨을 내쉬셨다. 하나님은 기드온Gideon이라는 이름의 사내를 불러, 그에게 군사를 일으켜 이스라엘을 지키라고 요구하셨다.

"걱정하지 마라." 하나님이 그에게 말씀하셨다.

"넌 아주 훌륭하게 해낼 것이다. 네가 있는 곳에 내가 있을 것이다."

그래서 기드온은 모병사무소를 설치하고 지역 고등학교를 방문하기 시작했다. 얼마 후 그는 3만 명의 군사를 모집했다.

"많이도 모았구나." 하나님이 그에게 말씀하셨다.

"하지만 그 군대를 이끌고 전투를 하면 도살당할 것이다."

"왜요? 군대에 무슨 문제라도 있습니까?"

"그래, 우선 군사들이 지나치게 많다. 게다가 로인클로스 loincloth 7)에 똥을 쌀 닭살 돋는 농부들로 가득하다. 두 번째로, 이게 진짜 이유다. 그러니 내가 시키는 대로 해라. 무서운 자는 모두 집에 가도 된다고 말해라."

"하지만 전부 다 가버릴 텐데요!"

기드온이 불만스레 말했다. 그런데도 기드온은 모집 벽보와 시원한 군복에 속은 사람들은 전부 제대시켰고, 그들의 3분의 2가 집으로 돌아갔다.

"이봐, 이봐, 기드온." 하나님이 말씀하셨다.

"또 왜요?" 기드온이 발끈해서 대답했다.

"넌 내 말이 못마땅하겠지만 아직 군사가 너무 많다."

기드온이 잠자코 앉아 자신이 왜 이렇게 되었는지 궁금해하고 있을 때, 하나님이 개울에서 군사들이 물을 마시는 모습으로 적임자를 골라내라고 말씀하셨다.

"개처럼 물을 할짝할짝 핥아 먹지 않는 자들은 전부 집으로 돌려보내라. 내 말을 믿어라. 반드시 개처럼 물을 마시는 자들이어야 한다. 물속에 머리를 통째로 담그고 물을 먹는 자들에

7) 허리에 샅바처럼 두르는 천. 요의(腰衣).

게는 몰래 다가갈 수 있다. 하지만 개에게 몰래 다가갈 수 있느냐?”

기드온은 군사들이 개울에서 물을 마시는 모습을 지켜보았고, 고작 몇 백 명만이 물을 할짝할짝 마시자 기절할 지경이었다.

기드온은 군대라기보다 보이스카우트단 정도의 군사만을 남겨두었다. 고작 300명의 군사를 이끌고 전통 방식의 전투를 한다는 것은 어불성설이었다. 하지만 극소수의 군사는 은밀하고 민첩하게 이동할 수 있는 장점이 있었다. 그는 야밤에 발각되지 않도록 군대를 이동시켜 실제 전투 현장에 데려갔다. 전 병력이 어느 누구의 눈에도 띄지 않고 미디안 진영의 코앞까지 숨어들었다.

그들이 잠들지 않고 나팔을 우렁차게 불어젖힐 때 미디안인은 모두 천막에서 깊은 잠에 빠져들거나 수음을 하고 있었다. 그들은 잠자리에서 튀어나와서야 매복공격을 당한 것을 알았다. 미디안 병사들이 더듬더듬 무기를 찾았다. 그러고는 암흑 속에서 공포에 질려 서로를 찔러대거나 오밤중에 반라의 상태로 달아났다. 아마 대군의 공격을 받았다고 여겼을 것이다.

미디안군과 싸워 승리한 뒤, 사람들이 기드온에게 사사가 되어주기를 요청했지만 그는 그런 종류의 일이 자신에게 어울리지 않는다고 생각했다. 그래서 이스라엘 사람들에게 군복무에 대한 대가로 금 귀걸이 하나를 요구하고는 일선에서 물러났다.

사사들 중에는 길르앗Gilead의 아들인 입다Jephthah가 있었다. 입다는 비천한 천막주거지의 하층민 출신으로 굉장한 장사였다. 술집에서 주먹질이 벌어지면 그를 대적할 자가 없었다. 하지만 어머니가 창녀였던 탓에 다른 가족들은 그를 표백한 낡은 면바지처럼 구석에 처박아두었다가 이민족과의 추잡한 영토분쟁에 휘말리자 그에게 의지했다. 그는 그들의 지도자가 되었다.

입다는 머리띠를 졸라매고 가죽조끼를 입었다. 그러고는 로우 라이더low-rider[8]용 낙타에 올라 전장으로 달려갔다. 입다는 이민족을 상대로 한판 승부를 벌였고, 승자가 되어 집으로 돌아왔다. 입다는 기분이 너무 좋아 그가 첫 번째로 본 것을 불에 태워 제물로 바치겠다고 하나님께 약속했다. 그는 천막주거지로 달려가 앞마당에서 떼 지어 돌아다니고 있을 양이나 염소를 찾아 주위를 두리번거렸다. 그때 앞문이 벌컥 열리더니 외동딸이 뛰어나와 양팔을 벌리고는 그를 향해 달려왔다.

달려오는 딸을 본 그는 눈물을 쏟으며 비탄에 젖어 가죽조끼를 찢었다. 그는 딸에게 자신의 언약에 대해 말했다.

"하나님과 약속한 이상, 그것이 아무리 터무니없는 약속이라 해도 저버려서는 안 돼요. 제게 언덕을 둘러보고 친구들에

---

8) 차체를 크게 보이게 하려고 자동차의 차대를 지면에 닿을 정도로 내린 차. 또는 그 차를 타는 사람.

게 작별인사를 할 수 있도록 두 달만 시간을 주세요."

두 달이 지나자 입다의 딸은 돌아왔고, 인간 제물로 불에 태워져 하나님께 바쳐졌다. 이로부터 이스라엘의 처녀들이 매년 나흘 동안 집을 떠나 입다의 딸을 애도하는 전통이 생겼다.

아마 사사들 중 가장 유명한 인물은 삼손Samson일 것이다. 그는 유대인 헤라클레스라고 해도 무방할 것이다. 머리카락을 절대 자르지 않는 조건으로 하나님이 삼손에게 초자연적인 힘을 주셨다. 이즈음 블레셋인이라 불리는 해양무역 민족이 이스라엘을 점령하여 다스리고 있었다. 그들의 이름에도 불구하고 블레셋인은 사실 교양 있는 세계주의자였다. 그들은 예술을 사랑하고 포도주를 수입했다.

삼손은 블레셋인들을 상대로 싸웠지만 그렇다고 반체제 전사는 아니었다. 그는 레터맨 재킷[9]을 입고 버거킹 주차장에서 블레셋인에게 시비를 거는 열일곱 살 애송이에 더 가까웠다. 성읍을 배회하다가 블레셋인들을 닥치는 대로 때려눕히면 나중에 그들의 친구들이 그를 찾고 구석에 몰아넣었고, 그러면 그를 응징하러 몰려온 친구들을 두들겨 패거나 장난삼아 성문의 경첩을 뜯어내 가져갔다.

삼손은 또한 섹시한 블레셋 여자라면 사족을 못 썼다. 그래

9) 야구점퍼, 스타디움 재킷이라고도 불린다. 120여 년 전 미국의 동부 8개 대학 중심의 아이비리그에서 시작된 형태로, 레터맨은 모교의 이니셜을 달 수 있는 영광을 허락받은 선수, 엘리트 선수를 뜻한다.

서 한 블레셋 여자와 결혼을 했는데 그녀가 그를 걸고 내기를 한 뒤로 그녀를 집에서 내쫓았다. 또한 자애로운 전 남편도 아니었다. 그녀가 재혼을 하자 삼손은 결혼 선물이라며 꼬리에 불을 붙인 여우 300마리를 밀밭에 풀어놓아 블레셋인의 농작물을 망쳐놓았다. 그 후로 블레셋인 1000여 명이 싸움으로 엉망진창인 삼손의 집으로 몰려왔지만 삼손은 때마침 근처에 놓여 있던 당나귀 턱뼈로 그들을 모두 죽였다.

첫 번째 결혼의 실패에도 불구하고 삼손은 또다시 블레셋 여인 델릴라Delilah에게 홀딱 반했다. 델릴라는 사고뭉치로 소문난 여자였다. 결혼을 하자마자 그녀는 삼손에게 괴력의 숨겨진 비밀을 알려달라고 조르기 시작했다. 그래서 거짓말로 그녀에게 새 밧줄로 그를 동여매면 아기처럼 약해질 것이라고 말해주었다.

그가 잠이 든 동안 델릴라는 그를 밧줄로 꽁꽁 묶었다. 그러고는 블레셋인들을 집 안으로 불러들였다. 그들은 집 안으로 쏟아져 들어와 삼손을 때려 굴복시키려고 했다. 하지만 삼손에게 그들의 작고 여린 주먹질은 마치 발톱 빠진 고양이가 마구 때리는 것 같았다.

"아, 그것 참 귀엽군."

그가 잠에서 깨어 말했다. 그러고는 거미줄을 걷어내듯이 밧줄을 끊고 맨손으로 블레셋인들을 때려눕혔다.

결혼생활에서 신뢰의 문제가 분명했는데도 삼손과 델릴라

"다 듣어만 주세요."

는 아무 일도 없었다는 듯이 정상 생활로 돌아갔다. 그리고 오래지 않아 델릴라는 다시금 그를 그토록 강하게 만드는 것이 무엇인지 알려달라고 바가지를 긁어댔다. 결국 삼손은 굴복하고 말았고, 자신의 힘이 길고 아름다운 마이클 랜던Michael Landon 10) 풍의 머리카락에서 나온다고 말했다.

그날 밤, 삼손이 잠이 든 사이 델릴라는 그의 머리카락을 모조리 밀어버렸다. 아무래도 삼손은 잠귀가 어두웠던 모양이다. 마침내 블레셋인들이 집을 급습하여 주먹이나 짐승의 몸의 일부에 살해되지 않고 대머리 삼손을 체포할 수 있었다.

---

10) 미국 배우 겸 감독. 〈보난자〉에서 조 카트라이트, 〈초원의 집〉에서 찰스 잉걸스 역 등을 했다.

블레셋인은 어떤 모험도 하고 싶지 않았고, 그래서 삼손의 눈을 도려내고는 지하 토굴에 던져버렸다.

세월이 흘러 성대한 축하연을 벌이고 있던 블레셋 왕은 삼손을 연회 선물로 내놓으면 재미있겠다는 생각이 들었다. 그들은 삼손을 지하 토굴에서 끌어올려 누구나 잘 볼 수 있도록 왕궁의 중앙 기둥 사이에 세웠다. 하지만 그들은 삼손의 머리카락이 다시 자랐다는 것을 알아차리지 못했다.

새우 칵테일[11]과 버섯 애피타이저들 가운데 서서 삼손은 너무 많은 젊음을 허비했고, 하나님이 그에게 주신 엄청난 힘을 당연하게 여긴 것을 후회했다. 삼손은 마지막으로, 자신의 목숨을 바쳐 유익한 무언가를 할 수 있도록 한 번만 더 힘을 돌려달라고 하나님께 간구했다.

눈이 멀고 사슬에 묶인 삼손의 이두박근이 솟아오르며 젊은 날에 익숙하게 느꼈던, 아드레날린이 용솟음치는 기분을 느꼈다. 삼손은 양손을 뻗어 기둥을 잡고 혼신을 다해 끌어당겨 자신과 블레셋의 왕, 칵테일 시종, 연회 손님들을 모두 죽였다. 하나님은 머리카락의 힘을 통하여 블레셋 정부를 무너뜨리고 다시 한 번 이스라엘 민족을 해방시키셨다.

---

11) 목이 있는 칵테일용 유리잔에 삶은 새우와 케첩, 잘게 다진 양파, 고추, 그 밖의 향신료를 소스로 이용하여 정식 식사 전에 먹는 음식.

룻기

〈룻기〉는 나오미Naomi라는 이민족 여인과 이스라엘 남자의 결혼생활에서 시작한다. 나오미는 아들 둘을 낳았는데, 두 아들은 모압 여자 오르바Orpah와 룻Ruth을 아내로 맞았다. 나오미의 확대가족의 삶은 세 남편이 잇달아 죽으면서 아내들이 위태로운 상황에 남겨지기 전까지는 행복했다. 그 당시에 여자의 재정적 안전은 땅을 일구고 농작물을 팔고 많은 아들의 아버지가 되어줄 남자가 주위에 있는지에 전적으로 달렸다. 나오미는 자그마한 땅 한 뙈기를 물려받기는 했으나 남편이나 아들이 없는 데다 그 어느 것도 더 얻기에는 나이가 너무 많았다. 나오미로서는 더없이 암담한 현실이었다.

인생이 돌이킬 수 없는 비극이 되었음을 깨달은 나오미는 오르바와 룻에게 모압의 친정으로 돌아가라고 말했다. 오르바는 두말할 필요가 없었다. 주저 없이 다음 낙타를 잡아타고 친정으로 돌아갔다. 하지만 룻은 시어머니가 굶어 죽든, 코요테에게 잡아먹히든, 당시의 늙은 과부들에게 일어날 수 있는 어떤 일이 생기든 상관없이 버려두고 떠날 수가 없었다.

그래서 룻과 나오미는 한 쌍의 노숙자가 되어 곤궁한 생계를 꾸려갔다. 그들은 주로 모세가 만든 복지제도에 의지해 먹을거리를 장만했다. 룻은 이삭줍기로 일했는데 그것은 이미 수확이 끝난 밭을 헤집고 돌아다니며 밭에 떨어진 것은 무엇이든 닥치는 대로 줍는 사람이었다. 그녀가 밭에서 긁어모을 수 있는 것은 무엇이든 그녀와 나오미의 생계를 유지하는 데 없어서는 안 되는 식량이었다.

어느 날 농장 주인이 수확을 감독하러 나왔다가 밭에서 불구자와 술주정뱅이 등 히브리 사회에서 버림받은 이들에 섞여 이삭을 줍고 있는 아름다운 젊은 여인을 보았다. 강한 흥미를 느낀 농장 주인은 살짝 캐고 들었고, 룻이 시어머니를 보살피기로 하는 영웅적인 선택을 하는 과정을 듣고 몹시 감동해서 그녀를 데려오라고 했다.

“난 보아스Boaz라고 하오.” 그가 말했다.

“저기, 그대가 뱀과 잡초에도 불구하고 밭에서 일하는 것이 마음에 걸리오.” 그가 말했다.

“여기 천막 옆에서 다른 여종들과 일하지 않겠소? 목이 마

“오프라가 아니라 오르바예요. 다들 잘못 알고 있더라고요.”

르면 물도 얼마든지 마실 수 있고, 이곳에선 농장 일꾼들이 수작을 걸지도 못할 거요."

일이 끝난 후 룻에게 이 뜻밖의 일자리에 대한 이야기를 듣는 나오미의 두 눈이 반짝였다. 나오미는 룻이 새 남편을 낚아챌 수 있는 황금 같은 기회의 냄새를 맡았다. 그래서 구역을 여러 번 돌아다니며 혼인을 성사시킬 방법을 궁리했다.

"자, 우선 말이다." 그녀가 룻에게 말했다.

"목욕을 해라. 향수는 있니? 집에 가져오는 비트와 콜리플라워로 향수 만들 수 있겠지? 사내는 달착지근한 향기가 나는 여인을 좋아한단다. 그건 그렇고, 내일 일하러 갈 때 몸매가 도드라져 보이는 옷을 입도록 해라."

"몸에 붙는 옷을 입고는 일을 못하잖아요." 룻이 반대했다.

"그걸 입고 일을 못해도 괜찮다. 지금 넌 남자의 마음을 얻으려는 거지 '올해의 비트 줍기 우승자'가 되려는 게 아니잖니. 일이 끝나거든 그 사람이 어디서 잠을 자는지 알아내어라. 그리고 그곳으로 가서 그의 담요 밑에 손을 집어넣고 묻혀 있는 보물을 찾아내거라. 찾는 건 그다지 어렵지 않단다. 그다음부터는 그 사람이 알아서 할 거다."

"글쎄요……."

"이런, 기운을 내거라!" 나오미가 그녀를 다독였다.

"남자를 낚기 위해 살짝 유혹을 한다고 해도 문제가 되지 않아! 그건 부끄러운 짓이 아냐! 여생을 버려진 콜리플라워를 먹으며 살 테냐?"

이튿날 룻은 마지못해 시어머니의 조언을 따르기로 했다. 룻은 보아스가 타작마당에 혼자 있는 것을 알았다. 그래서 그곳에 숨어 보아스가 셔츠를 벗고 땀에 젖어 번들거리는 팔로 땀을 줄줄 흘리며 보리를 탈곡하는 모습을 몰래 지켜보았다. 이윽고 보아스가 일을 마치고 나서 밤술을 조금 마시고 자리에 누워 쉬었다. 이번에는 그녀의 차례였다. 그가 잠이 들자 룻은 살금살금 기어들어가 담요를 걷었다. 보아스가 깜짝 놀라며 잠에서 깨어 벌거벗은 자신을 보았고, 바로 옆에 땀에 젖은 보리와 향수 냄새 속에, 룻이 무릎을 꿇고 있었다.

"룻, 밭에서 그대를 처음 본 순간부터 그대를 원했소." 보아스가 말했다.

"이제껏 그대만큼 훌륭한 여인은 본 적이 없소. 내 아내가

"보스하고 잠을 자서 밭에서 일하기에는 너무 귀한 사람이 누군지 알아맞혀봐."

되어주지 않겠소? 하지만 이런 일에도 지켜야 할 율법이 있다오. 우리 민족은 모세의 율법을 지키며 살고 있소. 우라질, 웬 율법을 이렇게 많이 만든 거야. 모세의 율법에 따르면, 여자가 과부가 되면 남편의 가장 가까운 남자 친척에게 과부와 결혼할 기회가 가장 먼저 주어진다오. 율법에 따라, 내가 그대와 결혼하기 전에 그 남자를 찾아 그에게 그대와의 결혼할 것인지 물어야 하오. 내 마음은 그러고 싶지 않지만 그래야 한다오."

"그렇다면 제가 그 사람에게 가야 한다는 말씀인가요?" 룻이 물었다.

"저기, 난 그렇게 말하지 않았소." 보아스가 대답했다.

두 사람은 타작마당 바닥에서 함께 밤을 보냈다. 이튿날 아침, 머리카락은 들러붙고 옷매무새는 헝클어진 채로 허둥지둥 달아나는 모습을 들키고 싶지 않았던지라 룻은 일찍 일어났다.

그런데 보아스는 다른 남자에게 단지 룻과 결혼하라고 제안만 해도 그녀가 매우 아름다워 그 남자가 냉큼 응할 가능성이 높다는 것도 모르지 않았다. 그래서 보아스는 꾀를 냈다. 그것은 이러했다. 보아스는 나오미의 작은 땅뙈기를 팔려고 내놓았다. 그러고는 룻의 남편의 친척을 불러 그에게 작은 땅을 사라고 권했다. 보아스는 사내에게 땅이 정말 멋지고 기름지다고 말하고 나서는 물건을 정말 사고 싶은 마음이 들게 하려고 최저가를 불렀다. 그러자 사내가 냉큼 제안을 받아들였다.

그런데 고대 이스라엘에서 계약을 확정짓기 위해서는 구매자와 판매자가 샌들을 주고받아야 했다. 그 상황에서 나중에 어느 한쪽이 계약을 파기하려고 하면 다른 한쪽이 법정에서 상대의 샌들을 꺼내 보여줄 수 있었고, 그러면 판사가 상대에게 이렇게 물었다.

"네가 계약을 맺지도 않았는데 어째서 저 사람이 네 샌들을 갖고 있는 것이냐?"

이쯤 되면 거래를 했다고 인정하든지, 아니면 자신이 지나치게 말랑말랑해서 누군가가 자신을 때려눕히고 샌들을 빼앗는 것을 막지 못했다고 둘러대든지 해야 했다. 둘 중 어느 쪽이든, 법은 그의 손을 들어주지 않았다.

아무튼 두 남자가 샌들을 주고받기 직전에 보아스가 넌지시 말했다.

"아참, 그런데 말이오. 전에 말을 했는지 모르겠지만 이 노부인의 땅을 사면 부인의 홀로 된 며느리와도 결혼을 해야 하오."

어딘가 수상쩍은 이 세부 조건이 즉시 구매자에게 적색경보를 보냈다.

"잠깐, 방금 뭐라고 했소?"

보아스는 다시 룻과의 결혼 조건에 대한 사항을 웅얼거렸다. 그러자 사내가 말했다.

"아, 무슨 수작인지 알겠어. 지금 웬 노처녀를 떠넘기려는 속셈이군. 그럼 그렇지. 값이 너무 싸서 이상했어. 고맙지만 사양하겠소. 저 말이지, 그렇게 좋은 거래면 당신이 땅도 사고 과부와 결혼도 하지 그러오?"

보아스가 의도한 그대로였다. 보아스와 룻은 결혼을 했고, 나오미는 그들의 집으로 들어왔다. 곧이어 행복한 신혼부부는 아기를 낳아 오벳Obed이라고 이름 지었다. 어린 오벳은 장차 다윗 왕의 할아버지가 될 터였다. 룻에 앞서 라합이 그랬듯이 그녀는 장차 역사적으로 가장 유명한 가계의 모계 조상이 될 터였다. 장차 다윗 왕, 솔로몬 왕, 예수 그리스도가 창녀와 노숙자 여인의 자손이 될 터였다.

사무엘 상

고대 세계는 어디든지 엿 같은 곳이었다. 하나님마저도 조금 엿 같은 데가 있었다. 목숨이 어찌나 하찮은지 한두 사람을 죽여서는 비난받지도 못했다. 그렇다면 죽인 자는 죽음을 모면할 수 있었을까? 그런 자비는 어림도 없었다. 사람들이 약속을 지키기를 기대하는 것이 최선이었다. 하지만 사람들은 하나님하고만 약속을 하려 했다.

어느 날 오후 한나Hannah라는 여인이 성막으로 비틀거리며 들어와 구슬피 울었다. 그녀는 자식이 없었던지라 하나님께 아들 하나만 점지해달라고 간구했다. 그 대가로 아들을 사제로 바치겠노라 약속했다. 대제사장 엘리Eli가 소란스런 이유를 알아보려고 나왔다가 술 취한 여자이겠거니 짐작하고는 한나를 새를 쫓듯이 성막 밖으로 내보냈다.

하지만 그녀의 기도는 효험이 있었다. 한나는 곧 임신을 했다. 그녀는 아이의 이름을 '사무엘Samuel'이라고 지었는데 그것은 '하나님이 들으셨다'라는 뜻이었다. 그녀는 약속을 지켜야 했기 때문에 아들을 성막으로 데려갔다. 뒤이어 한나는 자식들을 더 낳았다. 그래서 더더욱 첫 아이가 사제가 되어야 했다.

엘리는 사무엘을 훈련시켜 사제로 삼았다. 또한 그의 아들들도 훈련시켜 사제로 삼았는데, 그들은 그런 계통의 일에 전혀 어울리지 않았다. 그들은 늘 성막 일꾼들과 잠이나 자고 고기를 가로채기나 했다.

당시에 사람들이 하나님에게 제물로 바칠 황소나 암소를 가져오면 사제들이 그것을 불에 굽곤 했다. 사제들은 구워지는 소고기를 살이 셋인 갈고리로 찔러보아도 되었고, 그것을 당겨 얻은 것은 무엇이든 팁으로 가져갔다. 하지만 엘리의 아들들은 고기가 간신히 붙어 있을 때까지 고기를 찔러대 육즙을 짜냈고, 덕분에 그들은 가장 맛있는 부위를 자신의 몫으로 잘라낼 수 있었다. 요컨대 그들은 계산대의 돈을 야금야금 빼돌리고 있었다.

하나님은 식성이 까다로운 분이시므로 그분의 고기를 훔치는 짓 따위는 하지 않는 것이 좋다. 하나님은 엘리의 아들들을 내치기로 작정하셨다.

이스라엘은 적이 많았지만, 특히 블레셋인은 구역 라이벌과 같은 존재였다. 블레셋인은 자주 이스라엘을 공격했다. 블레셋인은 쉴 새 없이 이스라엘을 공격했다. 엘리의 아들들은 전에 수도 없이 했듯이 언약궤를 운반용 장대에 묶어 전장으로 신속하게 운반했는데, 그래야 하나님이 〈레이더스–잃어버린 성궤를 찾아서〉에서처럼 밖으로 살인광선을 발사하시어 적들을 죽이고 내장을 터뜨리고 얼굴을 불살라버리실 수 있었다.

그런데 궤는 아무것도 하지 않았다. 전투는 차츰 격렬해지는데 궤는 총격전에서 총알이 발사되지 않는 권총처럼 제자리에서 아무런 변화도 없었다. 비밀 병기가 작동하지 않는 바람에 이스라엘인은 블레셋인에게 완패했다. 이스라엘은 언약궤를 전리품으로 빼앗겼다. 엘리는 두 아들이 죽고 언약궤를 빼앗겼다는 소식을 듣고는 의자 뒤로 넘어지는 바람에 목이 부러져 죽었다.

블레셋인은 처음에는 이스라엘의 까칠한 하나님이 타고 다니신다는 언약궤를 빼앗았으므로 흐뭇하기 그지없었다. 그들이 궤를 신전에 보관했으므로 신 다곤Dagon에게는 손님이 생긴 셈이었다. 그렇지만 둘은 마음이 맞지 않았다. 하나님이 블레셋인에게 종기와 쥐 떼를 보내시어 거주 환경에 대한 불만을 토로하셨다. 블레셋인도 눈치가 없지는 않았다. 그래서 궤를 황소들이 이끄는 수레에 실어 이스라엘로 돌려보냈다. 그런 무시무시한 저주를 일으킬 수 있는 하나님과 같은 신에 대한 존경의 표시로, 그들은 쥐와 종기 모양의 작은 황금 조각상을 기념품으로 함께 보냈다.

언약궤가 황소들에게 끌려 성읍으로 들어오는 것을 본 이스라엘 사람들이 흥분했다.

"여보게, 저길 봐! 언약궤가 돌아왔어!" 그들은 일제히 함성을 질렀다.

"언약궤가 아직도 고장 났을까?"

마치 자동차의 후드 속을 들여다보려는 듯이 궤의 뚜껑을 열자마자 70명이 죽었다.

"됐어. 아주 제대로구먼!"

이제 하나님은 고기에 제멋대로 손대지 않을 사람으로 사제들을 다시 손보셔도 되었다. 엘리의 뒤를 이어 사무엘이 이스라엘의 대제사장이 되었다. 사무엘이 착하기는 했지만, 착한 사람이 흔히 그렇듯이 어리석은 사람을 잘 믿었다. 이 경우에는 그의 아들들이었는데, 그들이 무능하고 타락했는데도 그들을 사사로 임명했다.

이스라엘 백성들은 아마추어의 통치에 신물이 났다. 그들은 이제 진정한 민족이었으므로 다른 모든 사람들과 마찬가지로 프로페셔널 왕의 통치를 받기를 원했다.

사무엘은 그들의 요구를 받아들여 이스라엘 백성에게 왕을 찾아주기로 했다. 안타깝게도 왕을 찾기 위한 사무엘의 영재 발굴 방식은 많은 면에서 아이돌 그룹을 결성하는 방식과 비슷했다. 사무엘은 우연히 사울Saul이라는 잘생긴 10대와 마주쳤는데 그는 잃어버린 당나귀들을 찾아다니던 중이었다. 사무엘이 이것을 모종의 계시로 여기고는 사울을 왕으로 만들었다.

결국 당나귀를 찾아다니는 것이 한 국가를 다스릴 수장으로서 최상의 자격증은 아니었던지, 사울은 재앙에 가까웠다.

오래지 않아 블레셋인이 다시 쳐들어왔다. 고대 역사에서 가장 현명한 군사작전 중 하나가 분명해 보이는데, 블레셋인이 이스라엘을 급습한 목적은 오직 대장장이를 죽이기 위해서였다. 이쪽에서 대장장이 몇을 잃고 저쪽에서도 대장장이 몇을 잃고 나자, 금세 무기 제조법을 아는 사람이 남지 않았다. 그래서 이스라엘 군사들은 쟁기와 머리 자르는 가위와 외바퀴

손수레로 무장하여 함성을 지르며 전투를 개시했다. 농기구로 맞서 싸웠는데도 이스라엘은 용케도 전투에서 승리했다. 하지만 그것은 주로 신의 개입 덕분이었다.

그제야 사무엘은 자신이 저지른 잘못을 깨달았다. 사울의 피해망상과 기벽은 점점 심해져갔다. 그는 하나님과 맺은 계약을 지키지 않는 것은 물론이고, 한술 더 떠서 하나님의 양을 훔치려고 했다.

하나님은 그분의 백성들에게 다른 왕을 찾아주라고 사무엘에게 이르셨다. 그래서 사무엘은 또다시 이스라엘의 왕이 될 젊은 인재를 찾아 길을 나섰다. 아이돌 그룹 메누도Menudo에 합류할 다음 멤버는 다윗David이라 불리는 열두 살 소년인데, 사무엘이 그를 찾았을 때 그는 양 떼를 지키며 하프를 연주하고 있었다.

"거래를 하자꾸나." 사무엘이 설명했다.

"하나님께서 네게 이런저런 것들을 요구하실 것이다. 때론 자비를 베풀라 요구하시고 때론 죽이라 요구하실 것이다. 하나님께선 네가 상냥한지 고운지는 관심이 없으시다. 단지 네가 그분의 사람인가에만 관심이 있으시다. 하나님께서 언젠가 너를 이스라엘의 왕으로 삼으실 것이며 그 대가로 하나님은 네게 요구하신 것을 해주기를 원하실 것이다."

하나님의 신뢰를 잃었다는 사실을 알게 되면서 사울은 더욱더 변덕스럽고 괴팍해졌다. 궁정 사람들은 그의 과민한 신

"걔한테 새총이 있다는 말을 아무도 안 해줬어."

경을 달래주려고 하프 연주자를 고용했다. 그리고 잠시 동안은 뉴에이지 곡들이 효과가 있어 안정을 되찾은 듯했다. 그렇지만 이는 장기적으로 볼 때 사울의 정신을 위해 그들이 취한 최악의 조치였는데, 그들이 고용한 하프 연주자가 사무엘이 사울을 대신해 왕으로 정한 소년 다윗이었기 때문이다.

사울의 군대와 블레셋인과의 전투가 교착 상태에 빠졌다. 그래서 병사들에게 샌드위치와 우유를 배달하도록 새 하프 연주자를 전장으로 보냈다. 전장에 있는 동안 다윗은 블레셋의 장군으로 8척 장신의 거인인 골리앗Goliath을 보았고, 그는 자신과 싸울 배짱이 있는 사람은 누구든 나오라 애걸하며 이스라엘 군사들을 조롱하고 있었다.

다윗에게 욕설과 음담패설이 빗발치자 그는 도전을 받아들였다. 골리앗은 흥에 겨워 마치 나뭇잎을 갈퀴질하러 나가는 것처럼 다윗을 죽이러 걸어왔다. 소년 다윗은 다짜고짜 새총을 꺼내어 라켓볼 크기의 돌멩이를 쏘았고, 두개골을 정통으로 맞은 골리앗은 그 자리에서 죽었다. 다윗은 거인의 육중한 칼을 허공으로 들어 올렸다가 털썩 내려놓아 골리앗의 목을 잘랐다.

블레셋인은 방금 샌드위치 배달 소년이 자신의 최고 전사에게 한 짓에 혼비백산하여 달아났다.

누구든지 다윗을 좋아했다. 그는 거인들을 도살하고 전투를 승리로 이끈 데다 놀라우리만큼 춤을 잘 추었다. 다윗의 인기가 높아갈수록 사울은 자신이 철 지난 달력이 된 기분이었다. 다윗이 공주 미갈Michal과 혼인하겠다고 하자, 사울은 지참금으로 비위생적인 블레셋인의 포피 200개를 요구하여 다윗을 제거하려고 도모했다. 하지만 그것은 단지 그의 전설을 더해줄 뿐이었다. 다윗은 블레셋인 200명을 죽여 포피를 잘라내고도 두드러기조차 나지 않았다.

계략을 꾸미기도 지겨웠던지 사울은 잠자는 다윗을 죽이라고 한 소대의 군사들을 보냈다. 하지만 다윗의 눈치 빠른 아내는 다윗이 도망가는 동안 암살범들을 속이려고 다윗의 침대에 인형을 집어넣었고, 이것은 그야말로 가장 고리타분한 속임수이다.

이제 도망자가 된 다윗은 놉Nob으로 달아났고, 그에게 호의적인 사제들이 성생활을 하지 않는 남자들을 위한 성찬식용 빵 몇 덩이를 주었다. 아울러 그들은 그에게 박물관 소장품인 골리앗의 검도 주었다. 사울이 이 소식을 듣고 미친 듯이 뛰면서 놉 성읍의 사제들과 사람들을 모두 죽이라고 지시했다.

골리앗의 검과 금욕의 빵으로 무장한 다윗은 술친구 600명을 불러 모았고, 그들을 '용자들Mighty Men'이라고 불렀다. 사울과 군사들이 이스라엘 전역을 훑으며 다윗과 용자들을 추격했다. 그가 어찌나 바싹 쫓아왔던지 '들염소 바위Crag of Wild Goats'에서는 그들과 마주칠 뻔했다. 안에 다윗과 용자들이 숨어 있는지도 모르고 사울이 오줌을 누려 동굴로 들어왔다. 용자들은 연신 싱글거리며 다윗의 팔꿈치를 쿡쿡 찔러댔고, 사울이 오줌을 누고 있는 동안 목을 자르라며 다윗을 부추겼다. 그렇지만 다윗은 왕의 겉옷에 달린 자그마한 은 한 개를 살그머니 잘라냈다. 사울이 진영으로 돌아갈 때 다윗이 동굴에서 나와 그를 큰 소리로 불렀다. 왕이 돌아서서 다윗이 쥐고 있는 옷 조각을 보았고, 그것은 다윗이 마음만 먹었으면 사울을 얼마든지 죽일 수 있었다는 증거였다.

다윗이 베푼 자비에 사울은 수치심을 느꼈지만 수치심이 부족했던지 다윗을 죽이기 위한 추격전을 멈추지 않았다. 이스라엘에서는 안전하게 사는 것이 불가능했던지라 다윗과 친구들은 블레셋인 구역에 가서 살았다. 그들은 술을 마시고 인근 성읍을 노략질하면서 소일했다. 블레셋 왕이 다윗에게 노략질을 사주하면 그들은 어김없이 습격에 나서곤 했다. 다만 이스라엘 성읍이 아니라 블레셋 성읍을 습격했다. 습격 대상이 남자든 여자든 아이든 가리지 않고 전부 죽였기 때문에 어느 누구도 그를 밀고할 수가 없었다. 왕은 약탈품을 얻었고 다윗은 블레셋인을 죽였다. 이것은 두루 득이 되는 윈–윈 상황이었다.

"인생 그냥 이렇게 살다 가는 거지."

다윗이 무장 강도가 되어버린 자신의 처지를 체념하듯이 말했다. 그러던 어느 날 다윗이 일하고 돌아와서 보니, 블레셋인들이 잔치를 벌이고 있었다. 이스라엘을 상대로 큰 전투를 벌여 승리한 참이었다. 사울은 포로가 되지 않으려고 자살했다. 하나님이 그분 편의 약속을 지키시기 위해, 다윗을 이스라엘의 새 왕으로 삼으시기 위한 길을 닦으신 것이었다.

거래는 거래이다.

사무엘 하

약간의 설득 작업을 거친 끝에, 그것이 주로 사람의 배를 찌르는 것으로 이루어졌지만, 다윗은 이스라엘의 왕이 되었다. 하지만 다윗은 왕이 되는 데는 사람의 배를 찌르는 것 말고도 더 많은 것이 필요하다는 것을 깨달았다. 사람들이 왕으로 인정하기 전까지는 결코 진정한 왕이 아니다. 하지만 염소 농장에서 왕국에 이르기까지 다스린다는 것은 사람들에게 자신이 왕이라고 납득시키는 것이 아니다. 그래서 과시적 소비가 존재하는 것이다. 다윗은 수도와 왕궁과 하렘이 필요하다는 것을 깨달았다. 그것은 합법적 군주의 품질보증 마크였다.

이스라엘 변경에 여부스Jebus라는 도시가 있는데 수도로서 더없이 멋진 곳이었다. 그리하여 다윗은 재직 중의 첫 공무로 도시를 정복하여 주민을 몰살했다. 시체를 태우고 피를 말끔히 닦아낸 후에 다윗은 새 수도의 이름을 '평화의 도시'를 뜻하는 예루살렘Jerusalem이라고 지었다.

그러고는 자신을 위한 궁전을 지었다. 다윗은 새 궁전에서 아늑함을 느끼자 언약궤를 예루살렘으로 옮기라고, 또한 대대적인 행진을 벌여 궤를 맞이하라고 지시했다. 사무엘은 오래전에 죽었지만 다행히 예언자 나단Nathan이 있었고, 그가 제사를 준비하고 행진의 진행 상황을 점검했고, 언약궤는 아무도 죽이지 않았다.

그런데 세상에는 기본적으로 두 부류의 사람이 존재한다. 행진을 싫어하는 사람과 저능아를 싫어하는 사람. 이 특별한 날에 다윗은 후자에 속했다. 그는 행진에 너무 흥분해서 귀빈석에서 벌떡 일어나 춤을 추기 시작했다. 군중이 환호성을 지르자 춤사위는 더욱 격렬해졌다. 두 다리가 허공을 찔러댔다. 팔다리를 어찌나 열심히 흔들어댔던지 뜻하지 않게 백성들에게 거시기를 보여주고 말았고, 그 때문에 아내 미갈은 화가 났다.

"잘했어, 다윗. 정말 잘했어!" 미갈이 그를 나무랐다.

"그 지독한 춤을 보여주는 것으로도 충분하지 않아 거시기까지 보여주시려고? 노예와 만백성한테?"

"이혼 법정에서 만납시다."

다윗이 주눅이 들어 웅얼거렸다.

"뭐라고?" 미갈이 을러댔다.

"그러니까 끝이 살짝 삐져나왔을 뿐이라고."

"망신스러워라, 망신스러워! 설마 농장 동물들이 당신을 키운 건 아니겠지?"

"아닌 건 아니지만."

다윗은 과거 하층민 시절을 상기시키는 것을 좋아하지 않았다. 그래서 미갈에게 굿나이트 키스도 하지 않고 잠자리에 들었다. 하나님이 미갈에게 불임의 저주를 내리신 것으로 보아 아무래도 하나님은 다윗 편이신 듯하지만, 그것은 다윗이 그녀와 잠자리를 그만하겠다고 말할 괜찮은 구실일 수도 아닐 수도 있다.

다윗은 미갈에 대한 열정은 식었지만 여자에 대한 열정은 여전히 뜨거웠다. 곧 그는 매치박스Matchbox 12) 자동차라도 되는 양 처첩을 수집하기 시작했다.

다윗이 이웃한 암몬인의 왕이 죽었다는 소식을 듣고는 사절을 보내, 왕 대 왕으로서 애도의 뜻을 표했다. 하지만 암몬의 새 왕은 다윗의 사절을 첩자로 의심했고, 그래서 재미삼아 그들의 수염을 네모지게 자르고 그들의 고환이 보일락 말락 할 정도로 옷자락을 짧게 자르게 했다. 그러고는 그 우스꽝스

---

12) 미니어처 자동차 제품 이름.

런 옷차림으로 사절들을 이스라엘까지 걸어 돌려보냈다.

“내가 우스워 보여? 그래?” 다윗이 물었다.

미니스커트를 입은 사절들이 고개를 저었다.

“날 진짜 왕으로 여기지 않는 거야. 그렇다면 진짜 왕이 뭔지 보여줘야지.”

사절들이 옷을 갈아입는 사이 다윗은 전쟁을 선포했다.

전쟁 계획을 세우다가 잠시 휴식을 취하려고 발코니로 나온 다윗은 궁전 밖에서 목욕을 하고 있는 밧세바Bathsheba의 모습을 보았다. 그는 첫눈에 그녀에게 홀딱 반했다. 그녀가 유부녀라는 사실을 알고는 그녀의 남편 우리아Uriah라는 병사에게 자살 특공임무를 주어 암몬인 지역으로 파견했다. 일단 우리아가 제거되자 다윗은 밧세바와 결혼했고, 그녀는 다윗이 가장 총애하는 아내가 되었다.

다윗은 유능한 장수이자 성공한 왕이었다. 암몬인을 박살내고 블레셋인을 몰살했다. 그는 혼자 힘으로 이스라엘을 지지부진한 나라에서 세계적 강국으로 이끌었다. 그렇지만 집안꼴은 엉망진창이었다. 아내들은 늘 서로를 음해했고 자식들은 서로를 물어뜯었다.

진짜 문제는 대개 딸 다말Tamar이 이복오빠 암논Amnon에게 강간을 당하면서 시작되었다. 율법은 이런 문제에 대하여 모호했다. 율법에 따르면 한편으로는 다말을 강간했으니 암논이 다말과 결혼해야 했고, 다른 한편으로는 남매간의 결혼이 금지되어 있었다. 이것이야말로 모세가 예견하지 못한 허점이었다.

이러지도 저러지도 못할 처지에서 다윗의 해결책은 사건을 전부 묻어버리는 것이었다. 그래서 다말의 친오빠 압살롬Absalom이 동생의 강간범을 죽임으로써 직접 정의를 집행했다.

길고 풍성한 머리카락으로 유명한 압살롬은 줄행랑을 놓았다. 그는 수십 년 전 아버지가 했던 그대로, 친구와 지지자를 규합하여 왕을 자처했다. 그러고는 예루살렘으로 쳐들어와 반항하는 자들은 전부 칼로 찔러 죽였다. 다윗은 칼에 찔리고 싶지 않았던지라 성도를 떠나 시골에 은신했다. 다윗이 왕좌를 되찾으려고 군사를 모으는 동안 압살롬은 아버지의 궁전에서 느긋하게 지내고 있었다.

아버지와 마찬가지로 압살롬도 백성들로부터 진짜 왕이라는 것을 인정받으려면 어떻게 해야 할지 고민했다. 어쩌다 떠오른 생각이 지붕 위에서 다윗의 후궁들과 섹스를 하는 것이었는데 그러면 누구나 그를 볼 수 있기 때문이었다.

이스라엘의 왕위가 위태로운 상황에서, 다윗은 군사를 대거 이끌고 돌아와 압살롬의 군사를 곤죽으로 만들었다. 전투에 패해 도망치던 압살롬은 길고 아름다운 머리카락이 나뭇가지에 걸리는 바람에 말 잔등에서 낚여 나무에 대롱대롱 매달리는 신세가 되었다. 피냐타piñata 13)처럼 나뭇가지에 걸려 있

13) 멕시코나 중남미 국가에서 어린이 생일이나 축제에 사용되는 과자나 장난감 등을 넣어 깨지기 쉽게 만든 종이 인형.

는 압살롬을 발견한 추격자들은 그를 칼과 창으로 찌르지는 못하고 후려칠 수밖에 없었다. 안타깝게도 압살롬에게선 사탕 대신 피와 내장이 쏟아져 나왔다.

다윗은 압살롬이 왕위를 찬탈하고 자신의 여자 친구들과 섹스를 했는데도 그가 죽었다는 소식을 듣자 슬픔으로 마음이 찢어지는 듯했다.

다윗의 치세는 대성공이었지만 여기저기서 아들과 딸을 잃고 있었다. 이제 궁전, 수도, 전리품 따위는 그의 안중에 없었다. 그는 비탄에 잠긴 근심 많은 사내였다.

"하나님이 요구하신 걸 다 안 했나?" 다윗은 궁금했다.

"선량한 이민족을 다 죽이지 않았나? 하나님께서 내게 왜 이러시는 거지?"

예언자 나단이 이 수수께끼의 답을 알고 있었다. 그는 다윗에게 인근에 사는 부자 농부에 대한 이야기를 해주었다. 이 농부가 얼마나 부자냐면, 조금 보태 말해 양과 염소를 똥으로 쌌다. 그런데 그의 이웃집 사내는 얼마나 가난한지 양이 한 마리밖에 없었고, 그 작은 짐승이 그가 세상에서 소유한 전부였다. 부자 농부가 그를 죽여 수천 마리의 가축에 죽은 사내의 양 한 마리를 보탰다.

"폐하, 이 농부를 어떻게 하는 것이 좋을까요?" 예언자 나단이 물었다.

다윗 왕이 냉큼 대답했다. "뭘 어떡해? 그자를 끌고 오시오. 당장 죽여버리게."

그제야 나단은 그 농부가 다윗이라고 말했다. 농부의 죄는 다윗이 가엾은 우리아에게 한 짓이었다.

"폐하께서 하신 짓을 했다는 이유로 농부를 처형하겠다고 하시면서, 어떻게 폐하께서는 하나님께 더 많은 것을 기대하십니까? 하나님께선 폐하께서 왕이 되시기를 바라실 테지요. 하지만 하나님께서 폐하를 그런 엿 같은 짓을 해도 되는 자리에 올리셨다고 해서 그분께옵서 폐하께 관대해야 하는 것은 아니겠지요." 나단이 말했다.

열왕기 상

다윗은 노쇠해졌다. 그의 몸이 너무 차고 쇠약했던지라 궁중에선 어린 처녀를 구하여 그를 부여안고 잠을 자게 했다. 물론 섹스는 하지 않았다. 궁중에선 아름다운 사람을 구하는 데 중점을 두었지만 그의 오그라진 육신은 지글지글 소리를 내다가 말았다.

인간 핫팩도 죽어가는 다윗을 회생시키지는 못했다. 아내 밧세바는 그가 죽은 후에 아들 솔로몬이 형들에게 죽임을 당할까 봐 두려웠다.

그래서 밧세바는 다윗을 속여 왕세자 아도니야Adonijah를 제치고 막내아들인 솔로몬을 후계자로 지명하게 했다. 이것은 장차 형들을 상대로 사기를 칠 때 흔한 작전으로 사용될 테지만, 그녀는 다윗에게 그가 이미 그것을 약속하고도 잊은 것이라고 말했다.

다윗이 죽고 솔로몬이 이스라엘의 왕이 되었다. 아도니야가 상당히 거북했을 가족을 만나러 궁전에 잠시 들렀을 때 밧세바가 그를 맞이했다.

"웬일이야?" 그녀가 물었다.

"저기, 제 걱정은 하지 말라고 말하러 왔어요. 이제 솔로몬이 왕이잖아요. 아무러면 어때요." 그가 말했다.

"일이 항상 뜻대로 되진 않지요. 겸허히 받아들일 수밖에요. 아무튼 말썽을 부리려는 게 아니라 작은 청이 있어 왔어요. 들어주시기를 바라요."

"뭔데?"

"인간 핫팩하고 결혼하고 싶어요."

"그래? 그게 다야? 왕국이나 다른 걸 절반 달라고 할 줄 알았는데."

"제게 좀 못 말리는 몽상가 기질이 있잖아요!" 그가 어깨를 으쓱해 보였다.

밧세바는 솔로몬에게 가서 아도니야의 청에 대해 말했다.

"이렇게 된 마당에 제법 실속 있는 요구지 않니?" 그녀가 덧붙였다.

"어머니, 정신 차리세요! 결혼을 허락하는 건 형에게 왕위를 고스란히 넘겨주는 것과 같아요. 아무리 낙관적으로 보려고 해도 제 왕권이 위태로운 건 사실이잖아요. 그 둘이 결혼을 해서 인간 핫팩이 어머니나 제가 아버지를 독살했다는 이야기를 꾸며내기라도 하면 어떡하시려고 그래요? 아니면 우리가 아버지가 주무실 때 질식시켜 죽였다고 해보세요. 그럼 어떻게 되겠어요? 그런 데다 십중팔구 궁궐 여기저기에 그의 여자 친구들이 있을 거라고요. 그자들 중에서 '기미상궁Taster of Meats' 승진을 대가로 제 수프에 비소를 슬쩍 집어넣을지 누가 알아요? 맙소사, 그런 말에 홀딱 속아 넘어가다니 도저히 믿을 수가 없어요. 완존 대박이야, 엄마!"

이제 솔로몬은 형이 반역을 도모하고 있다는 것을 알게 되었고, 아버지가 그랬듯이 치밀하고 침착하게 위기에 대처했다. 이를테면 그는 사람을 고용하여 아도니야의 두개골을 몽둥이로 때려죽이게 했다. 그러고는 사울의 친족과 다윗의 옛 장수들의 머리를 몽둥이로 때려죽이는 한바탕의 살인극을 벌였다. 이 지독한 두더지 잡기 게임은 솔로몬이 왕권을 위협하는 인물들이 모두 제거되었다고 느낄 때까지 계속되었다.

솔로몬이 자신을 왕으로 옹립하는 과정은 그의 아버지처럼 피로 얼룩졌지만 결국 압도적 승리를 거두었다. 언제나 승자를 좋아하시는 하나님이 솔로몬의 소원을 하나 들어주기로 하셨다. 막강한 권력, 엄청난 부, 길이 10인치의 음경, 정상적인 사람이라면 누구나 소원할 것들을 말이다. 그런 것들을 제쳐두고, 솔로몬은 하나님에게 큰 지혜를 달라고 청했다. 하나님은 그런 고상한 소원을 들어주게 되신 것을 소름 돋아 하시며 솔로몬을 세상에서 가장 지혜로운 사람이 되게 하셨다.

그로부터 얼마 후 솔로몬의 새 지혜는 시험대에 올랐다. 무슨 까닭인지 이스라엘의 왕은 때때로 양육권 분쟁을 주재해야 왕이 되곤 했다. 솔로몬은 자기가 아기 엄마라고 주장하는 두 창녀의 사건을 심리하고 있었다. 창녀의 주장이 서로 달랐던지라 솔로몬은 아기의 가운데를 잘라 두 여자에게 반씩 나눠주는 것이 공평한 처결이라고 판결했다.

"그것 괜찮네요. 하나도 못 갖느니 반이라도 갖는 편이 낫

"이렇게 하는 게 좋겠다."

겠지요." 한 여자가 말했다.

다른 한 여자는 바닥에 무너지듯 주저앉아 솔로몬에게 상대편 창녀가 아기를 키울 수 있도록 해달라고 애원했다.

두 여자를 구슬려 얻은 본질적으로 다른 반응을 통하여 솔로몬은 아기의 목숨을 구해달라고 애원하는 여자가 진짜 엄마라고 판단했고, 그래서 그녀로 하여금 아기를 키우게 했다. 물론 통째로 말이다!

솔로몬의 빈틈없는 판결에 대한 소문이 삽시간에 온 나라로 퍼졌다. 운명의 장난인지, 이 이야기는 알레고리로서 기능했다. 그러니까 그 창녀가 진짜 어머니일 수도 아닐 수도 있지만, 그의 통치하에서 손상되지 않은 온전한 나라를 바라기보다는 사악한 창녀처럼 내전을 일으켜 나라를 반으로 쪼개려는 반역자나 야심에 찬 왕족에게 보내는 도덕적 경고이기도 했다.

현명하고 논란의 여지없는 솔로몬의 통치하에서 이스라엘은 황금기를 맞이했다. 영토는 두 배로 늘었고, 솔로몬은 세계에서 가장 부유한 왕이 되었다. 그는 두 다리가 무력해질 때까지 무화과와 가젤 고기를 먹었다. 또한 물고기와 새들에게도 강연을 했다. 세계 각지에서 온 사람들이 그의 명석함에 혀를 내둘렀다.

솔로몬이 하나님께 성전을 지어드리기로 한 때가 되었다. 하나님은 솔로몬에게 구상하신 청사진을 제시하셨고, 솔로몬은 수만 명을 투입하여 공사에 착수했다. 완공된 성전은 세계 최고 수준이었다. 성전의 내부 벽은 고상하게 삼나무 널빤지를 붙였고, 궤를 보관할 방의 벽에는 순금을 붙였다. 조금 화려한 감이 없지는 않았지만 하나님은 그런 스타일을 좋아하신다. 성전은 청동 황소 상들로 장식되었고, 수백 개의 세숫대야와 심지 자르는 가위가 비치되었다. 하나님은 이보다 더 행복하실 수 없었다.

성전이 완공되고 나자 솔로문은 완공 기념으로 자신을 위한 웅장한 궁전을 새로 지었다. 그는 궁전이 필요하기도 했다. 아버지가 그랬듯이 솔로몬도 여인의 맛을 알았고, 곧 아내가 700명이 넘었다. 이후로 솔로몬은 여생을 마음껏 즐기며 아내들과 어울려 놀고, 잠언을 짓고, 음악 경력을 시작하려 노력했다.

하지만 그런 좋은 날들이 영원히 계속되지는 않았다. 솔로몬이 성전 외에도 이민족 아내들의 신을 모시는 신전도 지었던지라 하나님이 질투를 하셨다.

"대관절 왜 그러는 거야?" 하나님은 궁금하셨다.

"내가 들어주지 않은 소원이라도 있어? 몰록Molock과 그모스Chemosh의 신당까지 지을 건 뭐야. 그 자식들은 완존 양아치라고! 분명히 말해두는데 이제 솔로몬과는 끝났어. 이스라엘도 마찬가지고. 이다음에 곤경에 처하거든 여자 친구 몰록한테나 구해달라고 해."

멋지고 오랜 치세를 누린 솔로몬이 세상을 떠나면서 온 나라가 금세 긴 침체기에 접어들어 개골창에 떨어졌다. 이스라엘은 내전에 휘말렸고, 창녀의 아기와 달리 왕국은 두 조각으로 갈라져, 북쪽의 이스라엘은 새 왕이 등극했고, 남쪽의 새 왕국 유대Judah는 솔로몬 아들이 다스렸다.

예전의 위대한 왕국은 이제 평범한 두 왕국으로 나눠져 타락한 남자와 나약한 후계자가 다스렸다. 그중에서도 최악은 아합Ahab이라는 사내인데, 그가 이스라엘의 왕으로 군림했다. 아합의 아내 이세벨Jezebel은 그야말로 오락거리로 예언자를 죽이는 이교도였다. 아합과 이세벨은 바알Baal이라는 비의 신을 모셨다.

이에 분노하신 하나님이 예언자 엘리야Elijah를 보내시어 바알에게 요리 경연을 신청하셨다. 바알의 사제들과 엘리야가 각자 제단을 만들었다. 그들은 각자 황소를 죽인 뒤, 각자의 신에게 제물로 바칠 고기를 요리할 수 있도록 하늘에서 불을 내려달라고 기도했다. 바알 신상이 묵묵히 앉아 앞만 뚫어져라 바라보고 있는 동안 그 앞에서 사제들이 온몸을 마구 흔들며 춤을 추었다.

하나님이 훨씬 더 나았다. 거룩한 프로판가스 통에서 분출되듯이 하늘에서 이글거리는 화염줄기가 발사되었고, 즉석에서 고기는 구워지고 바알의 사제들은 화장되었다. 하나님이 요리 경연에서 승리하셨다. 이런 고대의 게임 쇼들에서 흔하듯이 패자는 그 자리에서 죽임을 당했다. 하지만 왕족들은 여전히 냉정했고, '그럴 수도 있는 일'로 대수롭지 않게 무시하고서 이교도 생활을 계속했다.

아합이 우연히 채마밭을 만들면 안성맞춤일 듯이 보이는 땅을 발견했다. 그는 땅주인을 찾아가 땅을 팔라고 제안했다. 주인은 대대로 물려온 가문의 땅이라고 말하며 아합의 제안을 정중하게 거절했다.

후에 저녁식사 자리에서, 아합이 이세벨에게 토지 거래가 불발된 사연을 이야기했다.

"거참 생각할수록 아깝단 말이지. 채마밭으로 완벽했는데 말이야. 오이를 심으면 제격인 땅이야. 한쪽에는 대황을 심어도 좋고……. 거래가 성사되지 않아 애석하기 짝이 없어."

"이런 겁쟁이 같으니." 늘 아합을 비웃는 이세벨이 말했다.

"왕 노릇은 어떻게 해요? 걱정하지 말아요. 당신한테 채마밭을 구해줄 테니."

이세벨은 저녁식사를 대접하겠다며 땅주인을 궁전으로 초대했다. 그가 도착하자 그녀는 그를 수상쩍어 보이는 인물들 사이에 앉혔다. 식사를 하던 중에 한쪽 남자가 벌떡 일어나더니, 이세벨이 사주한 대로, 땅주인이 왕을 저주했다고 비난했다.

"저도 들었어요!"

다른 쪽 남자가 말하며 혐의를 뒷받침해주었다.

이세벨은 근위대를 들라 하여 침을 튀기며 변명하는 가엾은 땅주인을 반역죄로 그 자리에서 처형했다. 이제 땅은 왕의 것이었다. 아합이 기뻐하며 새 채마밭을 계획하고 있을 때 엘리야가 입구에 나타나 그와 마주섰다.

"무고한 사람의 피로 얼룩진 채마밭을 일구는 것을 용인하지 않으시겠다는 하나님의 말씀을 전하러 왔소." 엘리야가 말했다.

"하나님께서는 그대와 그대의 사악한 아내와의 관계를 끊으셨소. 그대가 지은 죄 때문에 그대의 왕가는 멸문지화를 당할 것이오. 그대의 가족은 새와 개에게 잡아먹힐 것이오. 그럼 완두콩과 즐거운 시간 보내시지요."

그 후로 얼마 지나지 않아 아합이 전투 중에 화살을 맞고 죽었다. 그래서 짐승이 접근하지 못하도록 시신을 땅에 묻었지만 개들이 파고 들어가 피를 빨아 먹었고, 덕분에 엘리야는 일부나마 예언자로서 인정을 받는다.

열왕기 하

어느덧 하나님과 유대인은 단순한 친구 이상의 관계가 되었다. 사실 하나님은 스스로 유대인과 결혼했다고 생각하셨다. 수많은 결혼생활이 그렇듯이 그것은 육체적 관계가 없는 연애 사건이었지만, 수많은 결혼생활이 그렇지 않듯이 그것은 어영부영 시간을 보내지 않았다. 하나님과 유대인의 결혼생활은 격정적이고 원한이 서린 연애 사건이었다. 유대인은 노상 지나치게 많은 술을 마시는 데다 다른 신들에게 작업을 거는 반면, 하나님은 화를 참지 못해 집을 뛰쳐나가곤 하셨다.

때론 하나님이 예언자를 임명하시어 일종의 결혼상담사 역할을 맡기곤 하셨다. 이 예언자들은 으레 하나님과 유대인의 관계를 땜질하려고 했다.

예언자 엘리야의 결혼상담사 임무도 끝이 났다. 하나님이 그의 은퇴식에 황금마차를 보내셨는데, 그것은 하늘에서 급강하하여 벌거벗은 엘리야를 천국으로 데려갔다. 엘리야의 결혼상담소는 제자 엘리사Elisha에게 인계되었다.

엘리사는 하나님과 그분의 백성들 사이에 감정적 쐐기를 박는 우상숭배자를 저주했고 무시당한 하나님의 심정을 확인시켰다. 그러고는 유대인을 '공감 모험'으로 이끌어 버림받은 하나님의 심정을 이해시키려고 했다. 하나님은 엘리사에게 기적을 일으키는 권능을 부여하시어 그의 업무를 도우셨다. 엘리사는 온 나라를 순회하면서 권능을 이용하여 과거 하나님을 향한 불꽃같은 감정을 유대인에게 상기시켰다.

엘리사가 일으킨 기적은 제법 실용적이고 유익했다. 그 기적은 주로 적은 양의 음식을 늘려 큰 연회를 베푼다든지, 사막에서 물이 솟아나게 한다든지, 식중독에 걸린 사람을 치료해준다든지 하는 것들이었다. 심지어 강에서 잃어버린 도끼를 찾아주기도 했다.

"와우, 엘리사, 고맙습니다!" 사람들이 말하고는 했다.

"결국 우리는 하나님과의 문제도 잘 해결할 거예요."

엘리사의 기적들이 전부 상서롭기만 한 것은 아니었다. 엘리사는 대머리였는데 그것에 아주 민감했다. 사실 대머리들이 그렇기는 하다. 그가 벧엘Bethel 성읍에 당도했을 때 아이들이 몰려와 그를 '대머리'라고 놀려댔다. 그러자 엘리사는 한 무리의 야생 암곰을 소환하는 것으로 조롱에 대응했다. 곰들은 아이들의 살을 찢어 죽였고, 아이들 42명의 피투성이 유해가 땅 위에 어지럽게 흩어졌다.

엘리사가 머리카락이 수북한 머리를 소환하는 기적을 부리지 않은 이유는 아무도 모른다.

"이것을 교훈으로 삼도록 해라."

아합이 죽은 후에도 바알을 숭배하는 그의 일족이 여전히 이스라엘을 다스렸다. 엘리사는 리더십의 변화가 하나님과 이스라엘 간의 잃어버린 애정을 되찾고 상호 신뢰의 불씨를 되살릴 수 있는 쉬운 길이라고 판단했다. 그래서 엘리사는 그 지역의 건달인 예후Jehu에게 정부를 인수하라고 말했다.

예후는 말을 타고 이스라엘의 새 왕인 요람Joram의 집으로 갔다. 멀리서 다가오는 예후를 본 요람과 측근들은 전차를 타고서 그를 만나러 갔다.

"여긴 웬일이야?" 요람이 물었다.

"좋아, 굳이 알고 싶다면 말해주어야지." 예후가 대답했다. "널 죽이러 왔어."

요람이 전차를 돌려 멀어질 때 예후가 등에 화살을 쏘았다. 요람이 고꾸라졌고, 죽었다. 공포에 사로잡힌 측근들이 요람의 시체를 근처 밭에 팽개쳐두고는 현장에서 도망쳤다. 아이러니하게도 요람의 시신이 누워 있던 밭은 새들이 게걸스레 파먹고 있었는데, 그것은 다름 아닌 아합이 채마밭을 만들려고 불의한 방법으로 훔친 그 밭이었다.

예후가 궁전에 당도했을 때, 화장을 끝낸 이세벨이 내시 경호원을 양옆으로 대동하고는 발코니로 느긋하게 걸어 나왔다.

"오, 이게 누구야. 내 손자를 죽인 바로 그 산원숭이 녀석이로군." 그녀가 말했다.

"무슨 변명을 하려고?"

"내 새 왕국에서 일할 사람을 구한다는 말을 하러 온 것뿐이요."

옆에서 지켜보던 내시들이 좋은 이직 기회를 알아채고는 이세벨을 발코니에서 던져 죽였다. 시신은 질질 끌려 나갔고 개들이 먹어치웠다. 어디선가 하나님과 엘리야가 손바닥을 마주치며 기뻐했고, 이로써 엘리야의 예언은 3개 중 2개 반이 적중했다.

이스라엘의 새로운 왕이 된 예후는 바알의 사제들에게 그들 신과의 순조로운 관계를 위하여 신전에서 만나자고 요구했다. 이것은 일종의 함정수사였다. 사제들이 모습을 드러내자 예후는 그들을 모두 죽였다. 그러고는 바알 신전을 공중화장실로 개조했다. 장난삼아 예후는 신전 출입구에 걸린 간판의 글귀, '바알, 하늘들의 주인'을 뜻하는 바알세불Beelzebul을 '바알: 파리 대왕'을 뜻하는 바알세붑Beelzebub으로 바꾸었다.

정권 교체가 하나님과 유대인의 관계에 긍정적인 영향을 끼치리라는 엘리사의 판단은 틀리지 않았다. 예후의 책임하에서 하나님과 이스라엘은 치유 과정을 시작할 수 있었고, 덕분에 잠시나마 파경을 면했다.

결혼상담사로서 엘리사의 직장생활도 끝이 났고, 뭔 말이냐면 그가 죽었다는 말이다. 그러나 엘리사를 위한 전차는 오지 않았고, 그는 현지 공동묘지에 매장되었다. 재미있는 여담으로, 근처의 무덤에서 다른 장례식이 진행 중이었는데 강도의 습격을 받는 바람에 그 장례식이 중단되었다. 시신을 옮기던 사람들이 실수로 사랑하는 이의 시신을 엘리사의 무덤에 떨어뜨렸다. 그 시신이 여전히 기적을 행하는 엘리사의 시신 위로 떨어졌고, 그가 즉시 살아 돌아왔다. 나로서는 그가 얼마나 황당했을지 상상할 수 있을 뿐이다.

예후 왕이 죽고 난 뒤에 이스라엘 왕들은 다시 이민족의 신들을 숭배하는 길로 돌아갔고, 하나님과 이스라엘의 관계는 최악의 상황으로 치달았다. 하나님은 끊임없이 떠나시겠다고 위협했다. 결국 하나님은 그 위협을 실행에 옮기시게 되었다. 참을 만큼 참으신 하나님은 아시리아로 하여금 이스라엘을 정복하여 거주민을 추방하게 하셨고, 그로부터 이스라엘 12개 지파 중에서 10개 지파가 영원히 흩어지게 되었다.

이스라엘 사촌 나라인 남쪽의 유대는 이스라엘이 멸망하자 몹시 당황했고, 그래서 유대의 왕은 즉시 백성들에게 하나님께 헌신할 것을 요구했다.

어쩌면 부부가 서약을 갱신하기로 마음먹을 때보다 결혼생활이 심각한 위기에 직면했다는 것을 보여주는 뚜렷한 징후도 없을 것이다. 유대의 왕은 하나님에게 헌신하겠다는 유대의 서약을 재확인하기 위해 신전에서 성대하고 요란한 의식을 베풀었다. 그것은 아름다운 의식이었고, 모든 사람이 이구동성으로 하나님이 위대해 보인다고 칭송했다. 하지만 의식 전반에 걸쳐 어딘가 강요된 웃음과 가장된 경멸의 냄새가 풍겼다.

사람들은 결혼을 축하하며 건배를 제안했지만, 샴페인을 홀짝거리고 전채요리를 먹으면서도 그것이 얼마나 오래 지속될지를 놓고 서로 은밀히 키득거렸다.

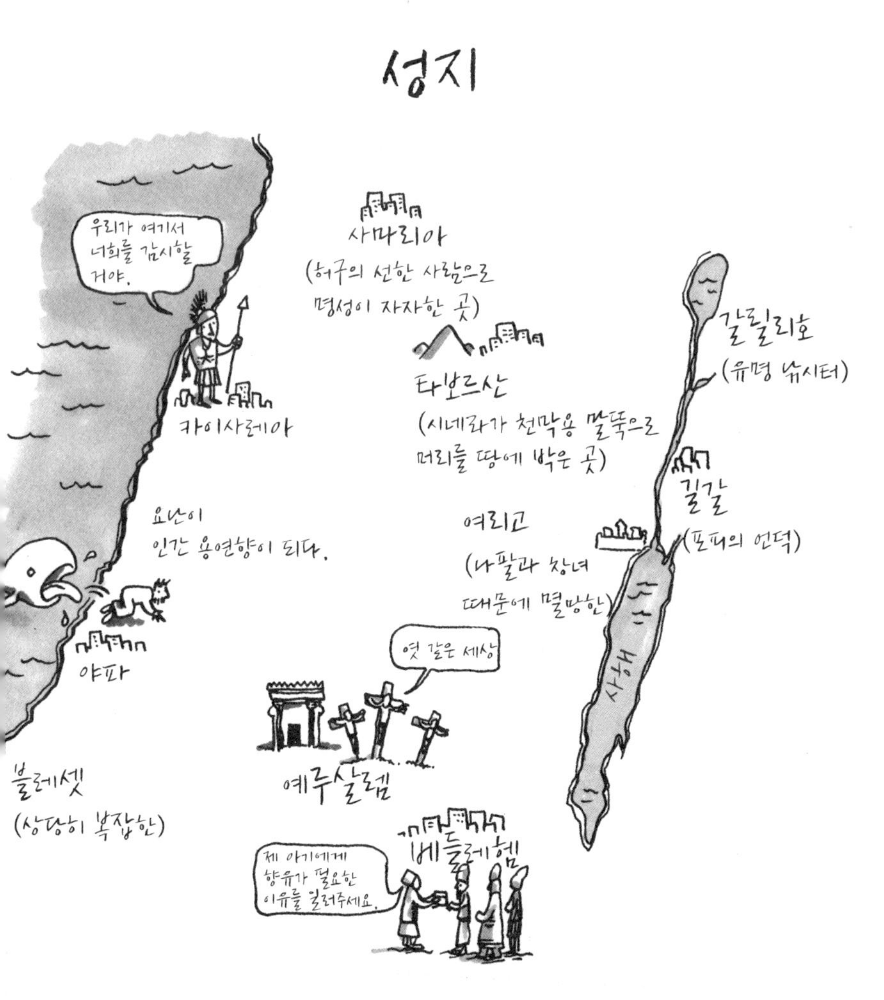

역대 상

다윗이 이스라엘 왕이 되니 하나님은 과거에 행하신 대로 이스라엘을 끊임없이 곤경에서 구하실 필요가 없었다. 그래서 하나님은 상당히 많은 여가시간과 정력을 새 취미생활인 스크랩북 만드는 일에 다시 집중하셨다.

그분은 사제들에게 '소중한 추억들Precious Memories' 스크랩북에 담을 이야깃거리 수천 개를 편찬하는 일을 맡기셨다. 사제들은 〈역대〉 첫머리 9장을 아담과 이브로부터 시작해서 수백 명의 출생 기록과 계보와 시시콜콜한 가십으로 채우기에 충분한 이야깃거리를 수집했다. 그러고는 지칠 줄도 모르고 향수 어린 추억들이 정리된 두루마리를 차곡차곡 엮었다.

하나님은 그분만의 집, 휴식을 취하고 친구를 만나고 스크랩북 작업을 할 수 있는 어떤 곳, 사제들이 양피지와 풀과 클립아트를 보관할 수 있는 곳이 필요하다는 결론을 내리셨다.

다윗은 양을 지키고 궁전에서 하프를 연주하여 팁을 받던 날들 이후로 크게 출세했다. 그는 왕인 데다 하나님의 절친한 친구이기도 했다. 하나님과 다윗은 죽고 못 사는 절친한 사이였다. 다윗은 왕이 되자 짐꾼을 고용하여 언약궤를 궁전으로 가져오게 했고, 그리하여 하나님과 그는 어쩌면 룸메이트가 될 수도 있었다. 다윗은 최고의 기량을 보여주는 두 남자가 부닥칠 곤란을 전부 상상해보았다.

"아마 사람들이 우리에게 어울리는 별명을 붙여주겠지. '뇌성과 굉음Thunder & Crash'이라든가 말이야." 그는 생각했다.

"그러곤 말하겠지. '저기 뇌성과 굉음이다.' 완존 슈퍼스타가 따로 없을 거야."

하나님이 언약궤 뚜껑인 속죄소에 앉아 예루살렘으로 오실 때 갑자기 도로가 울퉁불퉁해지기 시작했다. 언약궤가 황소 수레에서 이리저리 미끄러지기 시작했다. 그래서 운반하는 일꾼 하나가 궤가 떨어지지 않도록 손을 뻗었지만 궤를 만지는 순간 하나님이 그를 때려죽이셨다. 하나님은 언약궤를 만지는 사람을 좋아하지 않으신다.

소식을 접한 다윗은 하나님이 그다지 좋은 룸메이트가 아닐지도 모른다고 생각했다. 그래서 언약궤를 궁전으로 옮기는 대신, 사제들이 하나님의 스크랩북 작업을 도와드리고 그분께 맛있는 제물을 대접할 수 있도록 언약궤를 별도의 천막에 보관했지만, 다행스럽게도 그분은 아무도 죽이지 않으셨다.

다윗이 성대한 거리 행진을 준비하여 궤의 도착을 널리 알렸다. 풍악이 울려 퍼지고 불에 구운 제물과 케이크가 무료로 제공되었다. 그러고는 하나님께 천막을 보여드렸다.

"너와 함께 사는 줄 알았는데." 하나님이 말씀하셨다.

"아, 그게 좀 불편하실 거예요." 다윗이 대답했다.

"제가 워낙에 코를 고는 데다가 노상 궁전을 벌거벗고 돌아다니거든요. 제 말을 믿으세요, 거처를 따로 쓰시는 게 훨씬

"언약궤를 주문할까요?"

더 편하실 거예요."

하지만 하나님은 편하지 않으셨다. 캠핑이 지겨우셨다. 다윗의 궁전과 같은 당신만의 궁전이 필요하셨다. 그래서 다윗의 아들 솔로몬에게 멋지고 널찍한 성전을 지으라고 지시하는 것이 좋겠다고 다윗에게 이르셨다.

"그때나 심각한 스크랩북 작업은 차분히 시작할 수 있겠군!" 하나님이 혼잣말을 하셨다.

한편 다윗은 인생의 대부분을 집을 떠나 전쟁을 하면서 보냈다. 전쟁을 치르던 도중에 다윗은 인구조사를 하기로 결정했는데, 무슨 까닭인지 그것 때문에 하나님이 진노하셨다.

"이번 기회에 진정한 주인이 누구인지 다윗에게 가르쳐주는 게 좋지 않을까." 하나님은 생각하셨다.

하나님이 다윗에게 교훈을 주실 요량으로 세 가지 벌 중 하나를 선택하라고 이르셨다. 이스라엘이 3년 동안 기근으로 고생하든지, 석 달 동안 승산 없는 전투를 하든지, 사흘 동안 가차 없는 하나님의 마구잡이 분노를 감당하든지.

되도록 빨리 끝나기를 바란 다윗은 사흘간의 거룩한 분노를 선택했다. 고작 72시간 만에 하나님은 7만 명을 몰살하셨다. 다윗이 넋이 나가 옷을 찢어발기고는 온몸에 재를 퍼부으며 하나님에게 그만하시라고 애원했다.

"알았다. 시끄러우니 그만 울어라. 원, 아기도 아니고." 하나님이 말씀하셨다.

"어쨌거나 풀칠하는 데 필요한 양피지는 구했구나."

하나님은 새로이 '창조의 기억Creative Memories' 스크랩북 작업에 몰두하셨다. 이즈막에 〈역대〉 상권은 잠시 쉬어가면서 6장에 걸쳐, 하나님이 애정하시는 음악가와 병사들을 비롯한

"만져봐. 한번 해봐."

저명한 인물들의 출생 기록과 진가에 대해 열거하고 있다. 심지어 예루살렘 성문지기의 안부까지 전하고 있다.

전쟁이 끝나고 왕국이 안정되자 다윗은 집에서 가족과 더 많은 시간을 보내기로 했다. 그는 음악에 대한 애정을 재발견하여 다시 하프를 켜기 시작했고, 곡을 지었다. 아들 솔로몬 또한 음악적 소질이 있었다.

다윗은 죽기 전에 수년 동안 전리품으로 축재한 목재와 금은보화를 전부 긁어모아, 하나님의 성전 건축 설계도와 함께 솔로몬에게 주었다.

"무슨 일이 있어도," 다윗이 아들에게 충고했다.

"성전 공사를 질질 끌지 마라. 머잖아 하나님이 스크랩북 만드시는 일을 지겨워하실 거다. 누구나 그렇잖아. 그때가 되면, 날 믿어봐, 그분의 뚜껑이 열릴 빌미를 찾으실 거다."

역대 하

솔로몬은 왕으로 즉위한 후에 열정적으로 성전 공사를 시작했다. 부자 나라들이 대개 그렇듯이 이스라엘도 외국인 노동력에 전적으로 의지했다. 솔로몬은 예산을 초과하지 않고 대규모 공사를 완수하려면 불법체류자가, 그것도 아주 많은 인원이 필요하다는 것을 알았다. 그래서 이스라엘 이민자를 잡아다가, 채석장에서 석재를 다듬어 공사현장으로 나르는 일에 투입했다. 그러고는 세계 각지에서 최고 기량의 건축가와 장인과 실내 디자이너를 구해다가 성전을 짓고는 화려하지만 고상하고 우아한 감각을 불어넣었다.

완공된 성전은 금도금과 얕게 아로새긴 야자나무와 벽 여기저기에 박힌 보석들로 장식했다. 심지어 목걸이에 매달린 펜던트처럼 쇠사슬에 매달린 사과까지 있었다. 또한 사제들이 손을 씻는 세면대 수십 개와 거대한 제단과 왕관 모양의 물대야가 놓였는데, 그것도 모두 가장 질 좋은 금으로 만들었다.

개관식 잔치를 위하여 솔로몬은 황소와 양 2000마리를 도

축했다. 하나님은 그분의 새집에 몹시 감동하신지라 하늘에서 불을 내려주셨고, 불길은 위아래로 휘돌면서 성전에 놀라움을 금치 못하는 사람들을 먹이기 위한 고기를 다 구웠다.

하나님은 언약궤의 뚜껑에 앉으시어 의식의 순서에 따라 새집으로 들어가셨다. 그 누구도 그런 것을 본 적이 없었다. 그것은 정녕 건축학적 경이였고, 이윽고 그것은 세계 도처에 솔로몬의 성전으로 알려졌다.

집들이 잔치 중에 한 사제가 궤 안을 들여다보는 터무니없는 실수를 저질렀는데도 하나님은 즐거운 시간을 보내고 계셨던지라 마음이 온화해져서 사제를 죽이지 않으셨다.

나중에 그 사제가 다른 사제들에게 그 이야기를 했고, 그들은 놀라 까무러치려 했다.

"뭐? 궤 안을 들여다보았단 말인가?" 한 사제가 말했다.

"자네 제정신이야!"

"안에 뭐가 있던가?" 다른 사제가 물었다.

"텅 비었던걸." 사제가 어깨를 으쓱해 보였다.

"석판 두 장만 덩그러니 놓여 있더라고."

이제껏 하나님은 언약궤 안에 수세기 전 모세에게 주신 석판만을 보관하고 계셨다. 그분과 유대 민족이 그분의 백성이 되겠다며 맺은 계약서인.

"정말 엄청난 일을 해냈구나. 성전 말이다." 하나님이 솔로몬에게 말씀하셨다.

"내가 머릿속으로 그리던 그대로야. 내 마음에 쏙 든다. 오늘이 내 인생에서 가장 행복한 날일 듯싶구나!"

"솔로몬아, 긴히 할 말이 있는데." 하나님이 말씀하시고는 솔로몬을 잠시 한쪽으로 데려가셨다.

"이 말은 꼭 하고 싶었다. 때로는 내가 좀 찌질해 보일 거다. 천장에 사과를 매달고 순금 손대야를 달라고 하니 말이다.

그래. 내가 좀 다혈질인 데가 있는 것도 안다. 하지만 내가 질투하는 데는 다 이유가 있다. 사실 말이지, 난 내 백성을 사랑하는데 가끔은 내가 사랑하는 만큼 그들이 날 사랑하지 않는 것 같단 말이지. 그래서 내가 삐치는 거야. 성전이 내 백성들이 자랑스러워하는 곳이기를 바라기 때문에 내겐 아주 소중한 곳이다. 그들이 나를 자랑스러워하듯이 말이다.

내가 새집을 사랑하지만, 그곳이 아무도 더 이상 진지하게 받들지 않는 잊힌 신을 위한 박물관이 되는 걸 보느니 차라리 허물어버리는 게 낫다. 솔로몬아, 여태껏 아무에게도 말한 적이 없다만 언제고 유대 백성이 나를 더 이상 사랑하지 않게 된다면 내가 무슨 짓을 할지 나도 모른다."

이튿날 아침 개관 잔치의 술기운에서 깨어난 사람들은 하나님의 집이 얼마나 멋진 곳인지를 알고는 당황하지 않을 수 없었다. 하룻밤 새에 솔로몬의 성전은 이스라엘의 고동치는 심장이 되었다.

불행히도 영원한 것은 없다. 애초의 성전에 대한 흥분이 잦

아들고 나자 사람들은 하나님을 외면하며 다시금 이민족의 신을 받들기 시작했다. 뒤이은 왕들도 다른 신의 신전을 짓기 시작했고, 조상들이 집 없는 도보여행 민족이던 시절에 하나님과 맺은 계약을 지킬 것이라고 기대하기에는 그들이 너무 부유하고 교양 있다는 데 모두 동의하는 듯했다.

하나님은 그분과 그분의 집이 점차 여행자들에게 바가지나 씌우는 곳으로 전락하는 것을 지켜보셔야 했다. 상심이 크셨던 하나님은 곧 침대 밖으로 나오시는 것도 귀찮아하시고, 기적도 일으키지 않으시고, 스크랩북 작업도 안 하시고, 심지어 그분의 백성들을 이민족의 침략으로부터 구해주려고도 하지 않으셨다.

하나님은 그분의 백성이 처음에 아시리아인에게, 그다음 바빌로니아인에게 정복당하는 것조차 아는 척하지 않으셨다.

"이제 우리가 블로그도 읽어야 할 것 같아."

성전에 들이닥친 바빌로니아인들은 벽을 때려 부수고 보물을 훔치고 여기저기에 불을 놓았다. 사제들은 잿더미 속에서 언약궤와 하나님의 스크랩북을 골라내야 했다. 성전의 보물, 사제들, 언약궤, 하나님의 스크랩북, 누구를 막론하고 사람이란 사람은 전부 전리품으로 짐수레에 실려 바빌로니아로 끌려가는 동안 예루살렘은 완전히 불타버렸고, 죽은 나라처럼 연기 나는 재만 남았다.

에스라

유대를 정복한 후 바빌로니아는 예루살렘을 초토화시켰다. 성벽은 무너지고 성전은 난자당하고 보물은 약탈당했으며, 가장 현명하고 가장 예쁘고 가장 부유한 사람들은 모두 바빌로니아로 이주해야 했다. 유대 민족은 바빌로니아가 페르시아 제국에게 순식간에 잡아먹히기 전까지 40년 동안 유배 생활을 했다.

페르시아 왕 고레스Cyrus는 왜 사람들이 의지와 상관없이 바빌로니아에서 억지로 살아야 하는지 이해할 수 없었다. 그래서 유대 민족이 고향땅으로 돌아가는 것을 허락했다. 아울러 그들의 귀향 여행을 위한 경비까지 지불했다. 정말 근사한 젊은이지 않은가!

이런 특전에도 불구하고 어느 누구도 약속의 땅으로 돌아가려고 하지 않았다. 전 지역이 폐허로 변해버려 어디든지 잡초만 무성한 데다, 그들은 바빌로니아에서 편안한 삶에 익숙해져 있었다.

고레스는 성전을 재건하면 그들을 고향땅으로 돌려보낼 수 있으리라고 생각했다. 그래서 유대 민족의 일부를 예루살렘으로 보내 성전을 재건하도록 했다.

이 소식을 들은 이웃 왕국들은 몹시 불쾌했다. 그들은 이웃 나라에 흥미로운 새 관광명소가 생기는 것을 원하지 않았다. 성전 재건을 막기 위하여 그들은 고대 세계에서 가장 파괴적인 작전으로 알려진 편지 쓰기 운동을 전개했다.

"좋은 소식은 내가 하나님을 찾았다는 것이고,
나쁜 소식은 너희가 더 이상 쓸모가 없다는 것이야."

100개 민족의 주인이신 페르시아 임금님께.

유프라테스강 건너편에서 인사 올립니다! 먼저 저희가 페르시아 제국을 얼마나 사랑하는지 알아주시기를 바라옵니다. 이 흥분되는 시대에 저희는 앞으로도 오래오래 페르시아의 신민으로 만족스런 삶을 살기를 고대하고 있습니다. 안타까운 것은 누구나 다 저희만큼 페르시아의 지배를 지지하지 않는다는 것이죠. 근자에 들으니 유대인들이-그것참, 고자질쟁이가 되기는 죽기보다 싫은데-도시의 성벽을 다시 쌓고 있다더군요. 그들이 허가는 받고 그런 일을 하는 것인지 알고 계시나요? 그냥 신전만 재건하기로 되어 있지 않았나요? 그런데 신전 대신 도시의 성벽 공사를 하다니 이상하잖아요. 물론 모종의 반역을 도모하고 있는 것이 아니라면 말이죠. 그냥 말이 그렇다는 거죠. 하지만 혹시 모르니, 조사를 해보시는 게 좋지 않을까요.

이만 총총
충성스런 백성이자 열렬한 지지자 올림.

편지를 받는 왕은 준공 검사관의 조사가 끝날 때까지 공사를 전면 중지시켰다. 수년 동안 공사를 연기한 후에 유대인이 반역을 도모하지 않는다는 것을 확인하고 나서야 성전 공사를 재개했고, 신속하게 또 한 통의 편지가 도착했다.

하늘과 땅을 다스리시고, 개미와 새와 만물의 주인이신 임금님께.

다시금 유프라테스강 건너편에서 인사 올립니다! 저기요, 혹시 몰라서 살짝 알려드리는 건데요. 지난 주말에 저희가 유대 지방으로 드라이브를 갔던지라 유대인들이 성전 공사를 재개한 것을 보지 않을 수가 없었습니다. 그래서 그들에게 건축 허가서를 보여달라고 했더니, 아 글쎄, 그것이 그들에게는 없지만 페르시아의 문서철에는 있다는 거예요. 그게 사실인가요? 원칙주의자가 되는 건 싫지만 허가가 입증될 때까지 성전 공사를 중지해야 하지 않을까요?

이만 총총
관련 신민 올림.

왕은 문서철에서 정확한 허가서를 찾는 동안 또다시 성전 공사를 중지시켰다. 귀찮게 구는 사람들에게 질린 왕이 그들에게 답장을 보냈다.

유프라테스강 건너편 친구들에게.

오래도록 모조리 뒤진 끝에 우리는 그대들이 요청한 허가서를 찾았고, 그것이 절차에 따라 작성되었음을 확인했다. 짐은 성전 공사의 적법성 때문에 그대들이 수많은 불면의 밤

을 보냈다니 슬프기 그지없구나. 이 문제가 더 이상 그대들의 마음을 짓누르는 것을 바라지 않는지라 금후로 성전 공사를 중단 없이 진행해 나갈 터, 또다시 편지를 보내거나 공사를 중지시키라 왈가왈부하면 누구를 막론하고 그자의 집에서 들보를 뽑아내어 들보에 못으로 박아버릴 테다.

이로써 그대들의 우려가 안식에 들기를 희망하며.

이만 총총

그대들이 사랑하는 임금.

성전 공사는 중단 없이 진행되었다. 페르시아 왕은 그의 필경사들 중에서 에스라Ezra라는 자에게 편지를 보냈다.

에스라에게.

페르시아는 가치 있고 동기부여된 노동 인력이 제국 성공의 열쇠라는 것을 인정한다. 그런 이유로 우리가 신민의 고유한 문화와 종교적 믿음을 널리 알리기 위해 전념하는 것이다.

안타깝게도 우리가 그대의 민족이 그대들의 다채롭고 활기찬 미풍양속을 되찾을 수 있도록 설득하는 데서 약간의 어려움을 겪고 있는 것 같다. 여기 페르시아 제국에서는, 신민의 권리는 교육으로 시작하여 권한 부여로 끝이 난다고 믿는

다. 그 목적을 달성하기 위하여 그대가 사제와 판관과 장인의 무리를 이끌고 예루살렘으로 돌아가 옛 전통을 재발견하고, 종교적 정체성을 육성하고, 그대 조상의 고국을 페르시아 제국 안에서 포섭과 기회의 횃불로써 널리 알려주기를 바란다.

그대가 일을 시작하는 데 도움이 되기를 바라며 은 4톤, 밀 18톤, 포도주 600갤런을 동봉하니, 부디 받아주기 바란다.

다양성과 권한 부여를 통한 우수성에 전념하며,
페르시아 임금.

에스라는 자라면서 수없이 들어온 땅을 보게 된다는 기대감에 왕의 제안을 흔쾌히 수락했다.

그런데 노련한 여행가들이 말하듯이 어딘가를 마음속에 낭만적으로 상상하다 보면, 그곳에 도착하여 반드시 실망하게 된다. 그리고 그런 일이 에스라에게도 일어났다. 마침내 예루살렘으로 돌아온 에스라는 충격에서 헤어나지 못했다. 그곳은 난파선과 같았다. 아직 그곳에 살고 있는 유대인들이 행하는 종교의식은 그야말로 허술하기 짝이 없었고, 원칙대로 행해지는 것도 없어 보였다. 그리고 이보다 나쁠 수 없는 것은 남자들이 이교도 여자와 결혼하는 데 몰두해 있다는 점이었다. 이

때문에 에스라는 돌아버릴 지경이었는지 맨손으로 자신의 턱 수염을 뽑아버렸다.

"너희는 정녕 아무것도 배우지 못했느냐?"

수염을 잡아 뽑은 지 얼마 되지 않아 턱의 상처가 아직 아물지 않은 에스라가 아우성을 쳤다.

"애당초 하나님이 우리가 정복당하도록 허락하신 까닭은 우리가 이민족의 신을 받들기 시작했기 때문이다. 우리가 이민족 신을 받들기 시작한 까닭은 이민족 여인한테 지분거리기 시작했기 때문이고……. 자, 50년의 유배 생활 끝에 우리에게 다시 기회가 주어져 이 자리에 있다. 그런데 너희는 무슨 짓을 하고 있는 거냐? 이 악순환을 다시 시작하고 있잖으냐!"

"알았어요, 알았어. 다 맞는 말이오." 남자들이 아우성쳤다.

"그래, 우린 죄를 지었어요. 우린 이민족 여자와 결혼도 했고, 그들의 신들과 조금 변태적인 짓도 했죠. 하지만 어쩔 수 없어요. 이젠 우리와 그 여자들 사이에는 자식이 있다고요. 이 문제는 어떻게 해야 하는데요?"

"방법이 없진 않다." 에스라가 대답했다.

"헤어지면 된다. 너희 이민족 아내와 어린 이민족 자식들과 말이야. 그래, 그건 개나 하는 더러운 짓이지. 하지만 그건 애초부터 율법을 지키지 않은 너희 잘못이다."

"뭐? 아내와 자식과 헤어지라고요? 지금? 비가 오잖아요! 이런 밤에 누구든 집 밖에 나가면 안 돼요. 더군다나 우린 지금 우리 가족에 대한 이야기를 하고 있는 거잖아요. 작별인사를 할 시간은 있어야죠."

"맞아!" 다른 누군가가 소리쳤다.

"유종지미라고 들어는 보셨나요?"

에스라가 마지못해 승낙했다.

"좋다. 날씨가 좋아질 때까지 기다리도록 하자. 하지만 그때는 그들과 꼭 헤어져야 한다."

하늘이 맑고 햇살이 비추는 날이 되었다. 이민족 여자와 결혼한 남자들이 식구들을 차례로 세워놓고는 도시락을 나눠주었고, 눈물을 흘리며 하나님만이 아시는 곳으로 긴 여행을 보냈다.

"내가 앞뒤가 꽉 막힌 사람이라서가 아니라," 에스라가 말했다.

"내 일은 민족을 재건하고 미풍양속을 재창조하는 거다. 내가 아무것도 행하지 않았으면 우리의 혈통과 풍습과 종교는 희석되어 위태로운 지경에 이르렀을 테고, 종국에는 팬티도 입지 않은 양치기들의 그렇고 그런 집단이 되었을 거다. 때론 다양성이 너희와 같지 않은 사람들을 솎아내는 것을 의미하기도 한다."

느헤미야

느헤미야는 페르시아에서 안락한 삶을 살았다. 그는 아닥사스다Artaxerxes 왕의 술시중을 담당한 시종이었다. 왕이 출출하다고 하면 느헤미야가 구운 메추라기 혀나 수제 가젤 고기를 담은 쟁반을 가져가곤 했다. 왕이 술을 달라고 하면 느헤미야가 나무 향이 나는 레드 와인이나 버터 향이 나는 화이트 와인을 가져가곤 했다. 그리고 왕이 기분이 안 좋으면 농담을 하거나 머리카락에 대해 인정하는 무슨 말을 해주곤 했다. 그 둘은 이와 입술의 관계였다.

느헤미야는 유대인이었다. 비록 바빌로니아에서 나고 자랐지만, 그의 민족의 고향땅으로 돌아간다고 생각하니 흥분되었다. 그는 왕에게 휴가를 내어 예루살렘의 성벽 쌓는 일을 도와주러 가도 되는지 물었다. 왕은 매우 화통한 보스였던지라 느헤미야를 보내주는 것은 물론이고 그를 도시 책임자로 임명했다.

느헤미야는 이 기회를 이용하여 회고록을 썼다.

제목: 집으로 돌아갈 수 있다

글: 느헤미야

집에 돌아가게 되어 기분이 좋았다. 비록 '집'이 전에 가본적 없는 곳이지만 말이다.

하루는 테이블 세팅을 준비하고 있었고, 다음 날은 도시를 누비고 있었다. 평생을 하인으로 살아왔기에 하루아침에 인간이 되는 기분은 이상야릇했다. 물론 비유적으로 말해 그렇다는 것이다. 나는 내시라서 음경이나 고환이라고 말할 만한 것이 없다.

먼저 이해를 돕기 위해 설명하면, 도시는 기본적으로 일종의 동물과 같다. 성벽 없는 도시는 등딱지 없는 거북이다. 망루 없는 도시는 눈 없는 고양이다. 성문 없는 도시는 입 없는 암소다.

우리는 성벽을 쌓았고, 우리는 망루를 지었다. 입이 필요해 '물고기 문the Fish Gate'을 만들었고, 그래서 음식이 안으로 들어올 수 있었다. 항문이 필요해 '똥 문the Dung Gate 14)'을 만들었고 그래서 똥이 밖으로 나갈 수 있었다. 도시를 재건하는 것은 죽은 짐승을 소생시키는 것과 같다. 도시에 생명을 불어넣는 동시에 이리와 승냥이를 막아주어야 한다.

이웃 나라들은 우리가 성벽을 쌓는 것을 지켜보면서 우리를 비웃었다. 하지만 성벽이 높아질수록 비웃음은 위협으로 변했다. 매주 성벽 공사를 중지하지 않으면 전쟁도 마다하지 않겠다고 위협하는 전갈이 당도하곤 했다.

---

14) 공동번역 《성경》에는 '거름 문'으로, 개역개정 《성경》에는 똥을 의미하는 '분문'으로 번역되어 있다. 원문은 동일하다.

성벽 공사를 중지하라니 어림도 없는 소리였다. 어떤 대가를 치르더라도 결코 중지할 수 없다는 데는 이론이 없었다. 하지만 위협은 공갈이 아니었다. 그래서 성벽 공사 인력 중에서 반을 떼어내어 무장을 시키고 방비를 맡겼다. 남은 절반의 인력이 성벽 공사를 진행해야 했고, 그 때문에 모든 사람이 밤낮으로 일해야 했다. 그들의 영웅적인 용기와 희생에도 불구하고, 나는 이런 식으로는 그들이 오래 버티지 못하리라는 것을 알았다.

상황이 더욱 악화되었다. 많은 일꾼들이 성벽에 말 그대로 피와 땀을 쏟아 부으면서도 집을 담보로 빚을 내지 않으면 성벽 공사를 계속할 여력이 없다는 것을, 나는 알게 되었다. 그래서 우리의 고관대작과 장사치들이 높은 이자율로 집의 소유권을 빼앗아 이득을 취하고 있다는 말을 들었을 때, 나는 완존 빡치지 않을 수 없었다.

그들은 성벽을 지으면서 도시를 방비하는 데다, 그들에게 은혜에 대한 대가를 청구하는 탐욕스런 개자식들을 보호해주는 영웅이었다. 나는 채권자들을 모두 한방에 모아놓고서, 성벽이 완공된 후에도 이곳에서 살고 싶으면 젠장맞을 서브프라임 모기지를 당장 중지해야 할 것이라고 말했다. 안에서 노예로 살면서 밖에서 쳐들어오는 적은 막아서 뭘 하겠는가?

외국의 왕들이 침략해오지는 않았지만 여전히 성벽 공사를 방해했다. 그들은 내가 페르시아에 반란을 일으켜 왕이 되려

"내시일망정 너희 엉덩이를 걷어찰 만큼 배짱은 있다."

고 도시에 성벽을 두르는 것이라고 은근히 비난하는 편지를 나에게 보내왔다. 또한 문제를 토론하자며 나를 줄기차게 청문회에 불러댔다. 그들이 스스로 꾸며낸 헛소문을 믿지 말라고 내가 그들에게 해명해야 하는 이유를 이해할 수가 없었다. 아무튼 나는 할 일이 너무 많은 사람이라서 그들을 무시해버렸다.

그 직후에 한 남자가 한달음에 달려와 무장한 남자들이 나를 죽이러 떼로 몰려오고 있다고 말했다. 그는 성전에 숨으라고 애원했다.

"얼른 성전으로 피하세요! 용병들이 도시 근처까지 왔다고요! 빨리요, 성전에 숨어요! 정말이에요. 이리로 오고 있다니까요. 세상에, 엄청나요! 칼과 이만큼 커다란 도끼를 들었다고요!"

그가 왜 그렇게 열심히 나에게 성전에 숨으라고 했는지 이유는 분명하지 않았지만 상황이 뭔가 이상하게 돌아간다는 낌새를 챈 나는 묵묵히 일만 계속했다. 나중에야 그가 무슨 짓을 하려고 했는지 알게 되었다. 내시의 성전 출입을 금하는, 세상에 잘 알려지지 않은 유대의 율법을 이웃의 왕들이 알아낸 것이다. 그들은 나를 속여 성전 안에 들어가게 하면 내가 돌에 맞아 죽는 등의 벌을 받으리라고 생각했다.

두 달에 걸친 위협과 수면 박탈과 노역을 견딘 후 예루살렘 성벽이 재건되었다. 그것은 오직 내가 이 단순한 금언을 따랐기에 가능했다.

'의심스러울 때는 계속해서 일해라.'

시시한 성벽 하나를 놓고 벌어진 이 모든 문제가 좀 진부해 보일지도 모르겠다. 하지만 들끓는 도둑과 약탈자와 강간범에 대한 걱정 없이 사람들을 예루살렘으로 돌아오게 해준 것은 바로 성벽이었다. 소수의 먹고살기 팍팍한 개척자들은 무법천지의 황무지에서도 살아갈 수 있지만, 예술가와 사제와 필경사들은 그들을 보호해줄 성벽이 없으면 오지 않을 것이다. 그들은 문화를 창조하고 역사를 기록하는 사람들이다. 건설 일꾼은 나라를 세우고 병사는 나라를 방비하지만, 문명을 세우는 것은 바로 샌님들이다.

성벽의 완공을 널리 알리려고 우리는 성대한 축하연을 벌였다. 성벽 꼭대기에서 악공들이 연주를 했다. '물고기 문'에서 성가대가 도시의 입 밖으로 외쳐 노래했다. '똥 문'에서 성가대가 도시의 항문 밖으로 외쳐 노래했다. 인근 수 마일 밖까지 우리의 노랫소리가 울려 퍼졌다. 그러고는 에스라가 성전에서 걸어 나와 제단에 섰다. 온 도시가 고요 속에 가라앉았고, 그가 모세 5경의 구절을 읽기 시작했다.

나는 주위를 둘러보았고, 노인들의 뺨을 타고 흐르는 눈물을 보면서 생각했다. 이들이 사람들 앞에서 이 구절이 낭독되는 소리를 들은 지 어언 50년이 지났다. 우리가 모두 이렇게 한자리에 모이는 데 50년이 걸렸다. 곧 도시의 모든 남자와 여자의 얼굴이 눈물로 얼룩지기 시작했다. 우리들 대개가 이곳에서 나고 자라지 못했지만 그것은 중요하지 않았다. 우리는 모두 난생 처음 집에 돌아왔음을 실감했다.

에스더

페르시아 왕 아하수에로Xerxes가 장장 6개월에 걸친 성대한 잔치를 열었다. 잔치 도중에 술에 취한 왕이 아내의 싱싱하고 탱탱한 몸매를 자랑하고 싶었는지, 아내 와스디Vashti에게 친구들 앞에서 춤을 추라고 명령했다.

"글쎄요, 그럴 생각이 전혀 없어요." 와스디가 말했다.

"좋으실 대로." 아하수에로 왕이 어깨를 으쓱해 보였다.

"그럼 젤로 샷Jello shot [15]이나 하자고……."

하지만 왕의 고문들은 와스디의 거절을 매우 심각하게 받아들였다. 그들은 아하수에로에게 와스디의 행동을 모른 체하고 넘어가면 제국 전체의 여자들이 남편을 거역하기 시작할 테고, 그러면 여권신장운동이 들불처럼 번질 것이라고 말했다. 요정을 호리병 속에 도로 집어넣으려고 아하수에로 왕은 와스디와 이혼하지 않을 수 없었다. 이제 아하수에로는 새 왕비가 필요했고, 그래서 세계미인대회가 열렸다. 대회에서 에스더Esther라는 유대인 처녀가 우승했다.

에스더는 부상副賞으로 1년분의 미용제품, 고급 정찬, 왕의 궁전에 있는 호화로운 처소를 받았다. 왕의 고문들 중에 모르드개Mordecai라는 유대인 남자가 있는데, 운명의 장난인지 그

---

15) 미국 젊은 층에서 인기 있는 파티용 젤리 칵테일.

"더군다나 벨리 댄스를 추라는 것은 모멸감을 주는 데다 여성 혐오이고 여성의 지적 공헌을 폄하하는 짓이야."

는 에스더의 아저씨였다. 모르드개는 그녀에게 가족에 대한 말을 일절 하지 말라고 이르는데, 가족 얘기를 하다 보면 그녀가 유대인이라는 사실이 드러날 테고, 그것이 왠지 거래를 망칠 수도 있을 것 같았다.

"소수민족 출신은 안 좋아할지도 몰라."

그가 그녀에게 경고했다.

에스더와 아하수에로가 결혼한 직후 모르드개는 우연히 늙은 내시 둘이 왕을 시해하려는 음모를 꾸미는 것을 듣게 되었다. 그는 음모자들을 폭로하여 아하수에로 왕의 목숨을 구해주었고, 절차에 따라 공식 기록에 모르드개 이름이 오르고 옆에 작은 금별이 붙었다.

왕은 섹시한 아내를 새로 맞이했을 뿐만 아니라 하만Haman이라는 총리대신을 새로 임명했다. 하만의 승진을 축하하기 위한 거리 행진이 허락되었고, 거리의 사람들이 모두 그에게 엎드려 절을 하고 그의 업적을 소리 높여 칭송했다. 하만은 거리 행진과 알랑방귀에 기분이 한껏 부풀어 올라 죽여주는 시간을 즐기고 있었다. 하지만 궁전으로 돌아오는 순간 생애 최고의 날은 최악의 날로 돌변했다. 전체 도시를 통틀어 단 한 사람이 지나가는 그에게 엎드려 절하기를 거부했기 때문이다. 분위기에 찬물을 끼얹은 사람은 다름 아닌 에스더의 아저씨 모르드개였다. 하만은 곧바로 왕에게 불만을 토로했다.

"제 종교에서는 절을 금하는지라……." 모르드개가 설명했다.

"종교적인 이유라잖아." 왕이 그것으로 문제를 종결지었다.

하지만 모욕감은 하만의 뇌리에서 맴돌면서 전갈로 베갯속을 채운 것처럼 잠자리에서 그를 찔러댔다. 하만은 모르드개뿐 아니라 그의 민족을 전부 죽여 복수하리라고 다짐했다.

"거리 행진을 망쳐놓으면 어떻게 되는지 갈쳐주겠어."

그러던 어느 날, 왕이 서류 더미에 파묻혀 있는 와중에 하만이 페르시아 제국의 유대인과 모르드개를 모두 처형하라는 칙명서를 서류들 사이에 슬그머니 밀어 넣었다.

"그건 뭔가?" 왕이 물었다.

"아, 별거 아니에요. 그냥 독자적인 법령을 따르는 비주류 무리에 대한 사형집행영장일 뿐입니다. 보아하니 그자들은 우리 법령이 탐탁지 않은 모양이에요."

"그래, 안티 팬들이 제멋대로 돌아다니도록 방치해서도 안 되겠지. 좋은 생각인 것 같거든 옥새를 줄 테니 밀고 나가보게." 왕이 말하고서 하만에게 옥새반지를 던졌다. 그 정도쯤은 가벼운 집단학살이었다.

훗날에 유대인 학살이 보드 게임이 되기를 기대했던지 하만은 주사위 한 벌, 또는 퓨림purim [16]을 던져 집단학살 개시일을 골랐다. 바로 이 주사위로부터 유대인의 '퓨림절'이라는 이름이 유래했다.

어느 날 늦은 밤 아하수에로는 불면증에 시달렸다. 지루해서 잠이 들기를 바라며 공식 기록을 읽기 시작했다. 읽다가 모르드개의 이름 옆에 찍힌 작은 금별을 보았고, 깜빡하고 목숨을 구해준 모르드개에게 아직 보답을 하지 않았다는 것을 깨달았다. 그래서 이튿날 아침에 왕이 큰 신세를 진 사람에게는 어떤 보상을 해야 하는지 하만에게 물었다. 하만은 물론 왕이 자신을 말하는 것이라고 생각했다.

"글쎄요, 누구나 멋진 거리 행진을 좋아할 거예요. 그저 흔해 빠진 거리 행진 말고요. 임금의 말을 타고 임금이 가장 좋아하는 옷을 입고 도시를 가로질러 행진하는 것이 좋겠네요.

16) 아람어로 주사위를 뜻한다. 하만이 유대인을 학살하려다 실패한 날을 기념하는 퓨림절의 기원.

아, 그렇지! 누군가 그 앞으로 달려 나와 그를 소리 높여 칭송하고 모든 사람이 그를 보면서 정말 근사하다고 생각하지 않을 수 없게 해야지요. 자, 그런 거리 행진을 좋아할 테죠!"

하만이 말하면서 기대감에 부풀어 온몸이 간질거렸다.

"완벽해!" 왕이 대답했다.

"자네가 해주겠나?"

"뭘 말입니까?"

"준비를 해달라고. 저기 왜 있잖아? 거리에서 행진을 이끄는 사람이 되어, 그를 소리 높여 칭송하고 그와 내가 절친한 친구라는 것을 세상에 널리 알리고 하는 뭐 그런 것들 말이야? 모르드개에게 평생 잊지 못할 거리 행진을 선사하고 싶어."

"누구요?"

"모르드개 말이야. 모르드개 알잖나? 그 유대인 남자 몰라? 일전에 내 목숨을 구해주었는데 고마움을 표시한다는 것을 까맣게 잊고 있었어. 이런 쥐정신 같으니!" 왕이 말하면서 머리에 두른 왕관을 흔들었다.

하만이 굴욕감으로 달아올랐다. 그는 치욕적인 모험에서 돌아와 모르드개에 대한 복수를 더욱더 굳게 다짐했다. 더욱 달콤한 복수를 위해 하만은 모르드개를 박을, 길이 22미터의 말뚝을 특수 제작했다.

모르드개는 왕의 칙명에 대해 알게 되고 유대인 절멸을 명한 날이 시시각각 다가오자 에스더를 찾아가 왕에게 무슨 말이든 해달라고 간청했다.

"전에는 유대인과 관련된 것은 비밀에 부치라고 말했다만, 이다음 번에 그와 성관계를 하게 되거든, 저 왜 있잖니, 네가 유대인이라는 사실을 슬쩍 흘려도 괜찮을 거 같구나. 그러니까 저, 그게 우리를 이 곤경에서 구해줄 수도 있어."

"알아요. 하지만 복도에서 왕에게 딴죽을 걸고는 다리에 매달려 애교를 떠는 짓은 도저히 못해요. 저를 부르실 때까지 기다려야 해요. 기별도 없이 불쑥 찾아가면 호위무사들이 절 죽일 거예요. 그리고 저를 부르지 않으신 지가 어, 한 달쯤 되었어요."

"그러니까 뭐든 궁리 좀 해봐라. 앞으로 2주 동안 왕이 발기하느냐 마느냐에 민족의 장래를 맡겨둘 순 없잖니."

에스더는 빼도 박도 못할 궁지에 몰렸다. 집단학살이 예고된 날이 하루하루 다가오고 있는데 왕은 여전히 그녀를 부르지 않았다. 결국 그녀는 용기를 내어 정무 중인 왕을 불쑥 찾아갔다.

"에스더! 우리 꿀벌! 왜 그러오? 잔뜩 긴장했잖아. 아참, 기별하지 않고 오면 죽게 되는 그 법도 때문이오? 이런, 그건 걱정하지 말구려! 그저 구식 궁중 법도일 뿐이니. 그나저나 어찌 지냈소? 무슨 일이 있는 거요?"

"저, 치타 입술님, 늘 제게 친절하시죠. 이런저런 소청으로 폐하를 귀찮게 해드리는 건 싫지만 아주 중요한 소청이 있습니다. 하지만 폐하가 바쁘신 줄 아는지라, 그래서 궁리를 해보았어요. 내일 저녁에 하만과 제 처소에서 저녁식사를 하시는 건 어떠세요? 영양고기 스테이크를 준비하겠습니다. 그때 다 말씀드리지요."

이튿날 에스더는 3인분 식사를 위한 상차림을 준비했다. 쾌적하고 유쾌한 저녁식사를 즐기고 나서 왕이 에스더를 돌아보며 물었다.

"그런데 소청이 있다고 하지 않았소?"

"아, 그거요. 괜찮습니다. 하지만 죽임을 당할 예정인 모든 유대인의 명단에 대한 법이 있다고 하더군요. 글쎄, 말씀을 드린 적은 없지만 전 유대인이에요. 그래서 칙명에 따라서 저는 제 가족과 제 민족인 사람들과 함께 죽게 될 거예요."

"뭐? 대체 그게 무슨 말이오?" 왕이 깜짝 놀라 물었다.

"그따위 칙명은 윤허한 적이 없소!"

"분명코 폐하가 윤허하셨어요. 칙명에 따르면 우리에 대해 자신의 독자적인 법령을 따르는 비주류 집단이라고 되어 있었어요. 하지만 혹시 무슨 내용인지 모르고 윤허하신 건 아닐까요. 하지만 폐하가 굉장히 서두르시잖아요. 혹시 누군가 폐하 몰래 날치기한 건 아닐까요."

왕이 식탁 건너편의 총리대신을 화난 눈으로 쳐다보았다.

"하만, 이 비열한 자식."

"그게 사실, 이 문제에 대해 말씀을 드렸는데……." 하만이 설명했다.

“자네가 일부 자유주의자들을 손봐주려는 줄 알았지, 한 민족 전체를 죽이려는 줄은 몰랐지!” 왕이 진노했다.

“아주 잘했어. 이제 난 극단적인 인종주의자로 보이겠군. 정말 고맙네. 하만! 너무 화가 나 당장 더러운 돼지새끼를 물어뜯어 버리고 싶어! 둘 다 내게 해명을 해야 할 거야. 잠시 밖에 나가 머리 좀 식히고 와야겠어.”

그처럼 불같이 화를 내는 왕을 본 적이 없는 하만이 잔뜩 겁에 질렸다.

“부디,” 그가 에스더에게 간청했다.

“당신이 유대인인 걸 알았으면 절대 그런 짓은……. 제발…… 꼭 좀 잘 말해주세요…….”

하만이 어찌나 열심히 굽실댔는지 자신이 지금 무슨 짓을 하고 있는지도 모른 채 침상으로 다가가 에스더를 만지작거리기 시작했다. 마치 큐 사인에 맞춰 등장하듯이, 이때 마침 아하수에로가 방으로 돌아와 아내 위로 기어오르고 있는 하만을 보았다.

“이 자식이! 대체 뭔 짓이야?” 에스더의 몸 위에 엎어져 있는 하만을 보며 왕이 말했다.

“적당한 때에 그만둘 줄 모르는 인간이지?” 이 순간 하만은 자신이 십중팔구 마지막 거리 행진을 보았다고 생각했다.

머리꼭지까지 화가 난 왕은 가능한 한 가장 잊지 못할 잔인한 방법으로 하만을 처형하고 싶었다. 맞춤하게도 아무데나 놓아둔 길이 22미터의 말뚝이 문제를 해결해주었다. 아하수에로 왕은 하만을 말뚝에 박으라고 명령했고, 모르드개를 새 총리대신으로 삼았다.

"좀 곤란한 문제인데," 왕이 말했다.

"유감스럽지만 유대인을 전부 죽이라는 칙명은 아직도 유효하다오. 한번 선포된 칙명은 나도 되돌릴 수가 없다오. 하지만 유대인을 무장시키라는 두 번째 칙명을 내릴 순 있소. 그럼 유대인이 첫 칙명에 따라 행동하려는 자들을 죽일 수 있을 거요. 미안하오, 현재 상황에선 이것밖에 해줄 게 없구려."

그 후로 몇 주 동안 첫 번째 칙명에 따라 유대인을 죽이려는 자와 두 번째 칙명에 따라 그들을 보호하려는 자들 간의 전쟁이 절정에 달했다. 모두 7만 5000명이 이 사무 착오로 죽었다.

"저기 한마디 하자면, 이번 일로 서명하기 전에는 내용을 읽어야 한다는 교훈을 얻었소!" 왕이 말했다.

아슬아슬하기는 했지만, 결국 에스더의 용기 덕분에 유대 민족은 절멸의 위기에서 살아남았다. 또한 조금 이상하긴 하지만 그것은 벨리 댄스 추기를 거절한 와스디 덕분이기도 했다.

하나님께서 중동지역에 홀딱 반하시다

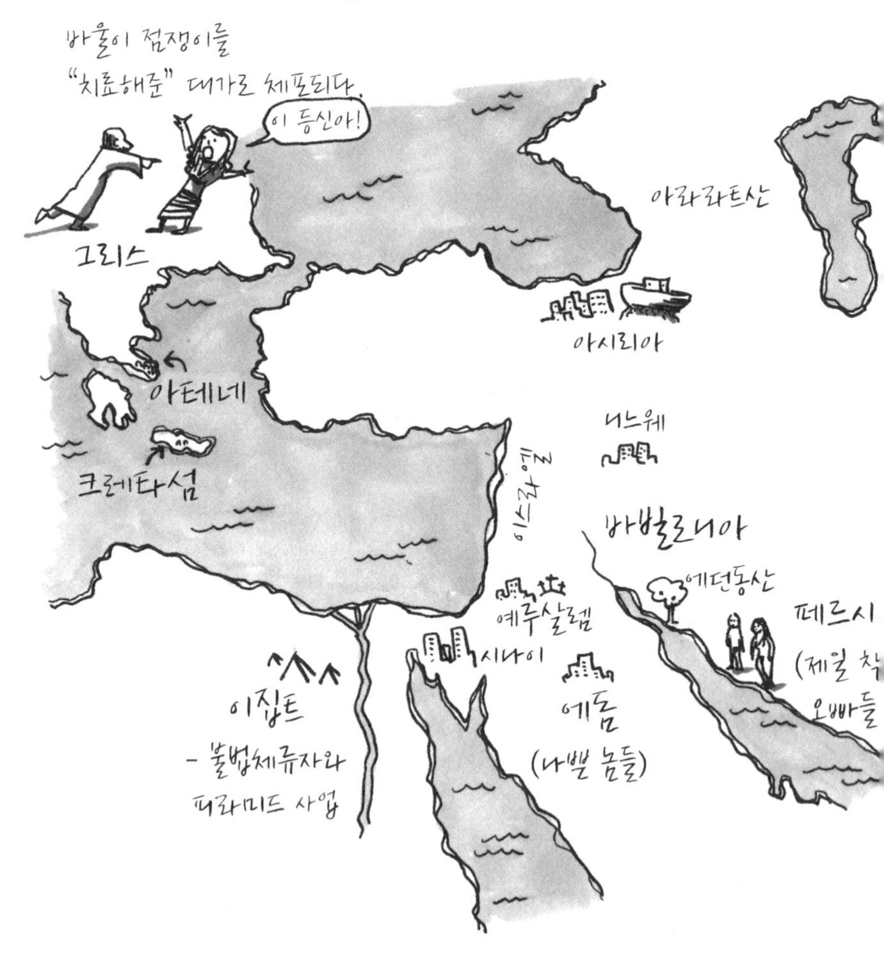

3장
시가서_지혜와 시

하나님과 사탄이 친선 내기를 하는 때, 다윗 왕은 최고의 히트곡 앨범을 출시하고 솔로몬 왕은 여자를 대접하는 법을 가르치다.

왕이 되면 하프를 켜고 인생을 사유할 시간적 여유가 많아진다. 다윗과 솔로몬은 〈시편〉에 수록된 하나님에 대한 사랑의 시 수백 편을 짓고, 곡을 붙였다. 그것은 고대 유대교의 복음음악과 비슷하다. 또한 솔로몬은 〈잠언〉에 수록된 단문의 재치 넘치는 명구를 지었다. 그가 여성과 남성의 관점에서 쓴 성적인 시는 언급되어 있지 않다. 변태적이라서……. 예술적 고려에 따라 내 재량껏 〈아가_솔로몬의 노래〉는 전적으로 여성의 관점에서 소개했다. 기분 나빠하지 말기 바란다.

다윗과 솔로몬의 자손 중 한 무명의 왕이 인생의 허무를 역설한 명상집 〈전도서〉를 썼는데, 아마 이것은 최초의 실존주의 철학서일 것이다.

다음으로, 〈욥기〉는 무고한 사람이 왜 고통을 받는지 그 오랜 의문에 해답을 주고 있다. 피상적으로는 우리의 행동 여하에 따라 하나님이 취하시는 행동이라는 것이 그 해답인 듯하다. 하지만 《의혹자를 위한 지도서The Guide for the Perplexed》에서 중세의 랍비 마이모니데스Maimonides는 다른 가능성을 제시하고 있다. 그것은 욥이 우리들과 마찬가지로 고통을 받아 마땅하다고 하는데, 개가 과자를 얻을 수 있다는 것을 알기 때문에 몸을 굴려 배를 뒤집듯이 습관적으로 섬기는 것은-기도를 하고 대가를 구하는 것-아무런 의미가 없기 때문이다. 대가가 호의적이지 않을 때야 비로소 우리는 믿음을 의심한다. 그리고 그제야 우리도 욥처럼 진정한 믿음을 발견한다.

욥기

하나님과 사탄이 이런 미친 내기를 하신다.

사탄이, 욥Job이라는 사내는 하나님이 그에게 부와 존경과 추앙받는 대가족을 주셨기 때문에 하나님을 사랑한다고 주장한다. 그래서 사탄의 주장이 틀렸다는 것을 확인하기 위해, 하나님은 사탄이 욥의 아내와 자식을 죽이고 잇따른 변고로 재산을 빼앗게 허락하신다. 그것도 모자라 사탄은 욥에게 별의별 상처와 질병을 주라는 허락을 받는다. 심지어 욥에게 구린내가 나게까지 한다. 욥의 친구와 이웃은 그의 주변을 어슬렁거리면 불행해지는 것은 아닌지 의심하기 시작했고, 그래서 그의 집에 발길을 끊는다.

마침내 더 이상 잃을 것이 없어진 욥이 자신이 태어난 날을 저주한다. 하지만 외롭고 지친 데다 아픈 상처의 통증을 달래려고 온종일 재가 담긴 들통 안에서 지내야 하는데도 욥은 하나님에 대한 믿음을 잃지 않는다. 사탄이 내기를 인정하며 하나님께 20달러의 지폐에 상당하는 초자연적 현상이나, 그들이 내기로 건 아무거나를 준다. 내기가 끝나자 하나님이 욥의 믿음에 대한 대가로 전보다 많은 돈과 지혜로운 자식과 섹시한 아내를 주신다.

"인정하죠. 욥은 하나님이 이기셨어요." 사탄이 말했다.

"하지만 저 사내가 하나님을 툴툴 털어버린다는 데 20달러 걸지요."

"내기를 하면 재미있지 않을까요?"

"저 사내라니, 누구 말이야?" 하나님이 물으시며 먼 데를 바라보셨다.

시편

다윗 왕은 역사적으로 유명한 하프 연주자였다. 그의 음악은 시대를 초월한다. 노래는 유럽에서 수백만 장이 팔려나갔다. 이제 사상 최초로 다윗의 최고 히트곡들이 하나의 귀한 선집으로 편찬된다! 마침내 아버지 이새Jesse, 아들 솔로몬, 다윗 왕 가계의 모든 가수들이 지은 노래들을 비롯해 오랫동안 좋아한 노래를 모두 소장할 수 있게 되었다. 가령 이런 고전들이 수록되어 있으니…….

주님은 나의 목자시다 (나는 아쉬울 것이 없다) – 시편 23
나는 바위의 꿀로 너희를 배부르게 할지어다 – 시편 81
시름에 지쳐 (내일은 나아질 것이다) – 시편 119
나를 만족케 하라 (너의 가장 기름진 밀로) – 시편 147
게달Kedar의 천막들 (오늘 밤 장기를 뽐내라!) – 시편 120

다윗 왕만큼 많은 사람의 심금을 울리고 세월의 시험에 견딘 예술가도 없었다. 이 독창적인 선집은 그의 화려한 경력을 늘어놓고 그가 살았던 변화무쌍한 시대를 찬양하는 노래를 들려줄 것이다. 복음을 전하던 소싯적부터 사회적 의식이 성숙하여 민중의 전설이 되기까지…….

의로운 이가 부자를 비웃을지니 (나는 한 그루 올리브 나무이다) – 시편 52

가난한 이들의 신음소리를 들으라 – 시편 12

저는 홀로 인내하오니 (황소들에 둘러싸여) – 시편 22

내 거룩한 천막에 머물라, 내 거룩한 산에서 지낼지어다 처녀여! – 시편 15

다윗의 헤비메탈 위상에서…….

"신청곡 없어요? 시편 어때요? 그거라면 굉장히 많이 아는데요."

너희는 개들에게 잡아먹힐지니 – 시편 68

아이들을 가르치라 (죽음과 고통에 대하여) – 시편 78

어둠 속에서 살고 있으니 (부디 제 원수들을 멸하여주소서) – 시편 143

이 선집에는 다윗의 미발표 힙합 데모demo들이 수록되어 있고…….

하나님은 바보에게 몰래 다가가실지니 – 시편 109

구해주소서, 주님 (이 가차 없는 암캐들로부터) – 시편 86

그 밖에도 많고 많다!

여기서 본 노래들이 모두 – 다윗 왕 계보 가수들의 고전 노래를 더하여 – 최초로 박스세트box-set로 한 묶음이 된다. 이 노래들은 우리가 자라서, 우리가 노력해서, 우리가 사랑해서 되고 싶었던 것이다. 이제 드디어 그 노래들이 시대를 초월한 선집으로 너의 것이 될 것이다.

잠언

〈잠언〉은 주로 솔로몬 왕이 지은 금언들의 모음집이다. 캐니 로저스Kenny Rogers 앨범처럼 주로 인생과 돈, 그리고 여자를 대접하는 법에 대한 조언들이 담겨 있다.

〈잠언〉에 제시된 인생의 교훈들은 대략 이러하다.

이웃의 아내와 잠자리에 들지 마라. 매춘부는 한 덩이의 빵을 요구하지만 이웃의 여자와 잠자리를 하면 평생 뒤를 조심해야 한다. 마음에 불을 지피면 가슴을 데는 법이다.

거짓말을 하지 마라. 거짓말은 처음에 달콤할지 몰라도 입 속의 자갈로 변하는 것은 시간문제이다.

또한 교만한 자, 자신보다 운이 좋지 못한 이를 얕보는 손꼽히는 머저리가 되지 마라. 가난한 이를 업신여기는 것은 하나님을 비웃는 것이다. 하지만 가난한 이에게 돈을 주는 것은 하나님께 돈을 빌려드리는 것이다. 타인의 불운을 비웃으면 하나님이 그에게도 네 불운을 비웃을 기회를 주실 것이다. 그러니 진정해라.

입을 다물 좋은 기회를 절대 놓치지 마라. 지혜로운 이는 줄곧 나불거릴 필요성을 느끼지 못하고, 멍청한 놈은 말을 하지 않고 있으면 지혜롭다고 오해만 받는다. 멍청이는 폭약이고 입은 도화선이다.

때로는 틀렸다는 것을 인정해도 괜찮다. 틀려서 어리석어 보이는 정도와 맞았다고 확신하는 정도는 정비례한다. 현자는 늘 자신이 틀릴 가능성을 고려하여 두 번째 의견을 존중한다. 멍청이만이 첫 짐작이 언제든지 맞는다고 생각한다.

열심히 일해 어려울 때를 대비하라. 개미가 우두머리나 집단으로부터 열심히 일하라는 말을 듣지 않는 것처럼 너도 그래야 한다. 아울러 부자가 되려고 애쓰느라 만신창이가 되지 마라. 돈은 인생을 통째로 바쳐가며 구하려고 애쓸 만큼 이롭지 않다. 돈은 새다. 그것의 관심을 얻었다고 생각하는 순간 날아가서 펄쩍거리며 뒤쫓는 너를 진짜 바보로 보이게 한다.

부자든 권세가든 술은 지나치게 마시지 마라. 그러면 나태하고 포악하고 건망증이 심한 자가 될 것이다. 반대로 곤궁하거나 불행하거나 죽어가고 있으면…… 술로 달래라. 십중팔구 잊을 무언가를 해야 할 것이다.

타락한 군주가 다스리는 나라는 늘 반역에 시달린다. 하지만 권력이 없는 이들과 솔직하게 거래하면 왕좌가 위태로울 일은 없을 것이다. 타락한 자를 권좌에 앉히는 것은 마을 광장에 곰을 풀어놓는 것과 같다. 정직하지 못한 자는 누가 쫓아오지도 않는데 늘 분주히 돌아다닌다. 하지만 정직한 이는 모든 사람이 그에게 반대해도 굴하지 않고 맞설 수 있다.

좋은 아내를 구하면 땅속에 묻힌 보물을 구한 것보다 이롭다. 개념 없는 전시용 아내와 결혼하는 것은 돼지 코에서 금가락지를 구하는 것과 같다. 설령 금가락지를 구한다 할지라도 그것을 구하려고 그 돼지에게 무엇을 해야 했든 다 무가치하다. 좋은 아내는 부지런히 일하고, 현명하게 돈을 관리하고, 늘 집안을 원만하게 운영한다. 좋은 아내는 남편을 실제보다 더 멋져 보이게 할 것이다. 그러니 사내들이여, 너를 자랑스럽게 만들 아내를 구하거든 적어도 그녀가 너에게 어떤 의미인지는 알려줘라.

무정하고 무심하게 굴지만 않으면, 여자는 네 수많은 뻘짓을 용서할 것이다.

"와우! 이 글귀들 죽이는걸."

전도서

네 왕으로서 또한 다윗 왕의 자손으로서 이르니, 조금 철학적이더라도 내 말에 집중해주기를 바란다. 내가 인생 경험이 많고 뭐든지 다 아는지라 말해주는데, 다 개소리다. 네가 행하는 모든 것, 네가 이룩할 모든 것, 네 필생의 사업, 네 자식의 필생의 사업, 다 헛소리다. 내 말은 모든 것이 다 무의미하다는 뜻이다.

세상은 네가 가고 난 후에도 오래도록 콧노래를 부를 것이며 네가 이제까지 한 모든 것이 사라져 잊힐 것이다. 네가 무슨 짓을 해도 그 무엇도 바꾸지 못할 것이다. 햇살이 반짝하는 찰나와 같은 생에서 한 인간이 무엇을 이룩할 수 있으리라고 기대하는가?

이봐, 그것은 내게도 해당되네. 내 궁전은 벌거벗은 처첩들로 가득하다. 나는 수많은 군사들과 세상에서 가장 현명한 남자들을 거느리고 있고, 한가로이 놀면서 파인애플을 먹는다. 다 헛되다. 그것이 전부 사라질 날이, 내가 잊힐 날이, 그리고 내 부와 권력으로 이제까지 성취한 모든 것이 당나귀 똥 한 덩이만큼도 세상에 영향을 끼치지 못할 날이 올 것이다.

영원한 것은 없다. 모든 일에는 다 때가 있다. 태어날 때와 죽을 때. 울 때와 춤을 출 때. 전쟁의 때와 평화의 때. 그것은 모두 전에도 일어났고 앞으로도 다시 일어날 것이다. 태양 아래 새로운 것은 없으며, 네가 무엇을 하든 밀려오고 밀려가는 역사의 조수는 잠시도 바꿀 수 없다. 세상은 단지 한바탕 휘몰아치는 바람이다.

그렇다면 세상을 바꿀 수 없다면 차라리 자신의 행복을 추구하는 편이 낫지 않을까? 아니다. 그것도 허무로다. 음식을 배불리 먹는 것은 너를 탐욕스럽게 할 뿐이며, 머릿속을 지식으로 채우는 것은 너 자신의 무지를 인식시킬 뿐이며, 돈을 긁어모으는 것은 너를 더욱 탐욕스럽게 할 뿐이다. 하나님께 봉사하는 것은 나쁜 생각이 아니지만, 다만 수고에 대한 대가는 바라지 마라.

네가 얼마나 위대한지 또는 네가 혼자서 얼마나 많은 유산을 만들었는지는 중요하지 않으며, 결국에는 너도 다른 모든 것들처럼 죽을 테고 그것으로 너도 끝날 것이다. 죽은 사자보다는 살아 있는 개가 되는 것이 더 낫다.

날 믿어라. 네 삶을 만족시킬 것을 궁리하는 것은 중요하지 않으며, 결국에는 모두 무로 돌아간다. 심지어 진리를 알게 되어도 위로받지 못할 것이다.

사실 거짓 웃음보다는 진실한 눈물을 흘리는 편이 낫다. 죄를 지어 실망하는 의로운 이보다는 선량함으로 자신을 놀라게 하는 죄인이 되는 편이 낫다. 바보의 칭찬을 받느니 현인의 비난을 받는 편이 낫다. 어떻게 누구나 진리를 이해하라는 것인가?

냉소적인 사람이 될 만큼 충분히 들었다는 것은 알지만 당장에 냉소주의에 굴복하지는 마라. 내 길고도 허무한 일생에서 발견한 비밀 또 하나를 가르쳐줄 테니 말이다.

인생이 허무한고로 온종일 빈둥거리며 넋두리나 늘어놓고 있으라는 말이 아니다. 여전히 일은 완수되어야 한다. 여전히 억압받는 이를 도와주어야 하고, 버림받은 이를 보살펴야 하고, 가능한 때와 조건에서 서로를 행복하게 해줘야 한다. 모든 일이 허무한고로 그 일이 옳지 않다는 말이 아니다.

"또 '바람 속의 먼지(Dust in the Wind)'를 흥얼거리시는군."

아가雅歌_ 솔로몬의 노래

임금님은 정말 섹시해요. 침실이 목적지인 '궁전 투어'는 정말 좋아요. 하지만 궁전을 돌아다니는 것은 조금 창피해요. 내가 너무 가무잡잡하고 가난해 보여서 모든 사람이 나를 빤히 쳐다보고, 내가 밭에서 일하는 젊은 여자라는 것이 뻔히 보일 거예요. 하지만 상관없어요. 쳐다볼 테면 보라지요. 그들도 행복한 여자의 모습이 어떤지 보아야 해요.

임금님은 정말 달콤해요. 그이가 섹시하다고 말했던가요? 그이가 나를 연회장에서 음식을 먹도록 허락하고 내게 건포도와 사과를 먹여주어요. 게다가 그이의 입맞춤은 정말 황홀해요. 상상만으로도 기절할 것 같아요! 어젯밤 그이와 함께 잠들

지 못하는 아쉬움에 밤새도록 뒤척였어요. 아침이 되자 성읍으로 달려갔고, 그렇게 해서 그이의 모습을 어렴풋이 볼 수 있었어요. 그이는 호위무사 60여 명과 함께 황금마차를 타고 가고 있었어요. 순전히 자기 자랑만 한다니까요!

며칠 전 밤에 그이가 뭐라고 했는지 말해주었나요? 내 눈은 비둘기 같고 내 머리카락은 염소 떼 같대요. 아, 세상에! 온몸이 녹아내리는 줄 알았어요! 이齒는 양 같고—묻지 마세요, 그이는 동물에 비유하기를 좋아해요—젖무덤은 한 쌍의 가젤 같대요. 칭찬하는 말이 분명해요. 그러고는—터져버릴 것 같아! —그이를 데리고 멀리 달아나달래요! 내 사랑은 그이의 포도주고 내 몸은 그이의 열매라고 했어요. 그날 밤새도록 포도주와 열매를 수없이 많이 맛보았다고 해두죠.

아침이 되었을 때는 옷을 입고 돌아가고 싶은 기분이 아니었어요. 영원토록 그분과 침대에 머물고 싶었어요. 하지만 아침 인사를 하려고 몸을 돌렸을 때 그이는 벌써 가버리고 없었어요. 임금님이 떠나버리자 궁중 시종들이 내게 달려들었어요. 나를 때리고, 내 옷을 찢고, 궁전에서 강제로 끌어냈어요. 하지만 괜찮아요. 나는 그 상앗빛 육체와 그 감미로운 입술을 더 많이 원하게 되었어요.

그이를 다시 만났을 때 그이는 다시 내 사랑이 포도주고, 내 머리카락이 염소고, 내 몸이 과일이고—사실 그이는 곧장 내 포도송이들로 달려들었지만, 무슨 말인지 아는 걸로 해두죠-어쩌고 하는 이야기를 계속했어요. 또다시 그이를 데리고 성읍을 떠나달랬어요. 그이는 우리 관계를 공개하지 못해서, 그이의 어머니에게 나를 소개하지 못해 아쉽다고 했어요. 그이가 진지한 것인지, 아니면 나를 낚으려는 것인지 알지는 못하지만 솔직히 말해 아무래도 상관없어요. 나는 사랑에 빠졌고 강물로도 내 마음을 씻어갈 수 없어요. 아, 이 사랑이 해피엔딩으로 끝날 리 없다는 것은 알지만 사랑하는 동안 사랑만 할 수 있다면 무엇이든 다 참을 수 있어요.

4장
대예언서

이사야Isaiah가 동기부여 강사로서 본격적인 일을 시작한 상황에서 예레미야Jeremiah의 시는 제출이 거부되고, 에스겔Ezekiel이 외계인 납치의 희생양이 되다.

봄날은 갔다. 하나님은 그분의 선택받은 백성에게 배신당해 아파하고 계셨다. 조그만 유대인 왕국인 이스라엘과 유대는 고대 세계의 열강 이집트와 바빌로니아과 아시리아에게 둘러싸여 사면초가에 놓였다. 이제 문제는 그들이 세 제국 중 어느 제국에게 정복되는가만 남은 듯했다. 이런 상황에서 예언자들이 등장한다. 통치조직이 실제로 조언을 구한 이사야를 제외하고는, 대다수의 예언자들이 그저 사막을 방랑하다가 왕들의 무지와 무능을 지적하려고 온 남자들이었다. 이는 문학의 문화에서 변화를 의미했다.

이전의 전성기 동안 왕들은 글줄깨나 읽고 쓰는 이들을 낚아채다가 필경 일을 시켰다. 그들은 기록을 적고, 역사책을 쓰고, 왕의 위대성을 세상에 널리 알리는 일을 맡았다. 두 왕국이 보잘것없는 괴뢰국가가 되고 치열하게 노력하는 필경사들을 위해 찬장에 놓인 치즈가 더는 남지 않자, 문학의 문화가 완전히 변화했다. 이제 저작 활동은 사막에서 메뚜기로 끼니를 때우며 팸플릿을 자비 출판하는 불만투성이 예언자들의 몫이 되었다.

두말할 필요 없이 예언자들은 인기가 없었다. 그들은 낙타에 실려 성읍에서 쫓겨나거나 우물에 던져지기 일쑤였다.

이 틀에서 벗어난 예언서가 〈다니엘〉이다. 〈다니엘〉은 기술하고 있는 사건이 일어난 지 수백 년 뒤에 쓰였다. 사건이 일어난 바빌로니아 점령 초기가 아니라 그리스 점령기에 쓰였다. 그리스인은 항상 유대인을 동화시키려고 압박했다. 할례를 받은 남자는 연무장 출입이 금지되었고, 코셔식kosher diet도 법적으로 금했다. 그런 연유로 〈다니엘〉은 십중팔구 동족 유대인에게 그리스의 신들을 섬기라든가, 연무장 회원권을 얻고 싶거든 음경 복원수술을 하라든가 하는 압력에 굴하지 않는 행위의 가치를 가르치기 위한 방과 후 특별수업용으로 쓰였을 것이다.

이사야

유대의 왕이 단상으로 올라가 고문들에게 연설을 했다.

"자, 제 말소리 잘 들리나요? 다들 아시다시피 이스라엘이 아시리아에게 정복되었고, 이제 유대인 왕국은 우리만 남았어요. 상황도에서 보시는 대로 북쪽에선 아시리아가 남진해 오고, 동쪽에선 바빌로니아가 우리를 향해 다가오고, 남쪽에선 이집트인들이 북진해 오는 형세예요. 요컨대 우리는 세 강대국들 사이의 수메르인 격전지 한복판에 고립되어 있어요. 말할 필요 없이 정세가……, 그러니까 정세가 뭔가 불확실해요. 그래서 이 불확실성을 해소하는 것이 절실히 필요해서 의견을 들어보고자 동기부여 예언자를 이 자리에 모셨습니다. 예언자 이사야를 따뜻한 박수로 맞이하기로 하죠."

(박수 소리)

"모두 솔직하게 답해주시기 바랍니다." 이사야가 거수로 의사를 표시해줄 것을 요구했다.

"여러분 중에 나는 '승리자다'라고 생각하시는 분 손들어보

"메시아가 수입맥주는 마셔도 된다고 하셨으면 좋겠어."

세요? 와우, 이것밖에 안 돼요? 네, 왜 그런지 알 것 같군요. 여러분은 모두 이스라엘이 짓뭉개지는 것을 보았고 '다음 차례는 우린가?' 하고 궁금한 참이지요. 여러분들보다 강대한 적들에게 둘러싸여 있는데 왜 두렵지 않겠어요?

그래서 제가 여러분 각자에게 '나는 승리자다!'라고 말해주려고 이 자리에 온 것입니다. 여러분이 무언가를 이룩했기 때문이 아닙니다. 여러분이 부자라서, 권력가라서, 머리숱이 많아서가 아닙니다. 아니죠. 여러분이 승리자인 이유는, 그 단 하나의 이유는…… 여러분은 하나님이 선택하신 백성이기 때문입니다.

그럼 승리자는 어떻게 행동하는가? 승리자는 승리자답게 행동하죠. 그는 겁쟁이가 아닙니다. 그는 지켜달라고 아빠한테 징징대지 않습니다. 그는 스스로 일어섭니다. 전에 겁먹은 나라를 본 적이 있어 그들이 어떻게 행동하는지 알아요. 그들은 환심을 사려고 합니다. 그들은 이민족의 신을 받아들여요. 그러고는 아무런 관심도 없는 이방의 나라와 동맹을 맺고는 그 보호자들이 등을 돌리면 깜짝 놀라요.

두 번 말하지 않겠어요. 이민족이 여러분을 지켜줄 것이라고 믿어선 안 됩니다. 만약 여러분이 이 제국들 중 하나와 힘을 합쳐 다른 한 제국과 벌인 전쟁에서 진다면, 승리한 제국은 우리를 적국으로 간주하여 침략해올 겁니다. 혹여 여러분이 힘을 합친 제국이 승리한다고 해도, 우리가 쓸모가 없어지면 그 제국도 쳐들어올 거예요.

이해를 돕기 위해 예를 들어보기로 하죠. 유대라는 닭이 있습니다. 이 불운한 닭은 어쩌다 보니 악어와 사자와 승냥이와 이웃한 막다른 골목에서 살게 돼요. 닭 유대는 죽고 싶지 않았어요. 누구를 믿고 구해달라고 해야 할까요? 1번 악어, 2번 사자, 3번 승냥이, 4번 전능하신 하나님. 참 유치해 보일 테지만 답은 4번이에요. 닭은 하나님을 믿어야 합니다. 왜 그런지 아세요? 왜 하나님이 정답인가 하면, 하나님은 닭고기를 드시지 않습니다!

패배자는 아무도 존중해주지 않고 승리자는 지켜주기를 바라지 않습니다. 그래서 기죽지 않고 당당히 맞서는 것만이 사람들에게 여러분이 승리자라는 것을 납득시킬 수 있는 유일한 방법입니다. 이것은 낙타 과학camel-science이 아닙니다. 여러분!"

"하지만 이사야, 여러분은 물을지도 몰라요. 당신 말대로 그들이 정말 쳐들어온다면 우리가 몰살당하지 않도록 구해달라고 하나님을 어떻게 설득하죠? 저는 발을 닦아달라고 제 마누라도 설득하지 못하는데 말이죠!"

(웃음소리)

"늘 그렇듯이 답은 간단합니다. 하나님이 여러분을 구해주시게 하려면 여러분이 구해줄 가치가 있는 백성이 되어야죠. 하나님이 이제껏 원하신 대로 그분은 오직 여러분의 사랑과 존경만을 바라십니다. 그런데 여러분 중에는 하나님이 여러 신들 중 하나일 뿐이라고 생각하는 분들이 계십니다. 그래서 잔치에 쓰고 갈 모자를 고르듯이 그분이든 다른 우상이든 섬길 대상을 고를 수 있다고 생각하죠. 오직 하나님께만 충실한 분들 중에도 그분이 다른 신들과 비교해서 더 좋은 것 같아 섬기는 분들이 많습니다. 자, 여러분이 충격을 받으시더라도 이 자리에서 말씀드리지 않을 수 없군요. 여호와는 단지 가장 좋은 신이 아니라 그분은 유일한 신이십니다!

이 얘기는 꼭 하고 싶군요. 여러분이 발사나무로 우상을 조각해야만 여러분이 할 일을 알 수 있다면, 그것은 신을 섬기는 것이 아닙니다. 꼭두각시 인형을 섬기는 것이죠. 목공소 실습 시간에 만든 신을 섬기는 사람은 지능을 의심해봐야 합니다. 나뭇가지를 꺾어 신을 새기고 남은 나무로는 장작을 만들면 그에게는 두 가지가 생기겠죠. 똥 덩어리와 장작더미. 차라리 장작을 섬기는 편이 낫습니다. 그러면 하다못해 밤에 따뜻하기라도 하죠.

이교도야 뭐가 뭔지 몰라서 그런다지만, 여러분은 하나님이 사막에서 어떻게 브로콜리를 구하시는지 보고서도, 그분이 여러분을 이집트에서 이끌고 나오시어 바로 눈앞에서 기적을 행하시는 것을 보고서도 어떻게 금송아지와 목각인형에 계속 돈을 거는지 참으로 불가사의한 일입니다.

그래서 정리를 하면, 어떤 이국의 통치자든 거래를 하는 것은 말도 안 됩니다. 그것은 단지 여러분을 잡아먹을 상대를 고르는 것일 뿐입니다. 잡아먹히고 싶지 않거든 하나님과 동맹을 맺으세요. 우상은 내다버리고 하나님께 존경을 보이세요. 그러면 모든 것이 바나나 포스터bananas foster 17)가 될 거예요. 그리고 잊지 마세요. 여러분이! 승리자입니다! 감사합니다. 좋은 밤 보내십시오!"

이사야가 허공에 주먹을 불끈 치켜들며 단상을 내려갔고, 박수 소리가 요란하게 울려 퍼졌다. 모든 사람이 문 앞까지 몰려나와 그와 악수를 나누었다. 왕은 그에게 와준 것에 대한 감사를 전했다. 이사야가 방을 나가자 문이 닫히고 왕이 고문들을 돌아보았다.

"제법이지?" 왕이 물었다.

"네. 놀라운걸요!"

"그런데 자네들 생각은 어때? 이사야의 충고를 따르는 게 좋을까?" 왕이 물었다.

"돌았어요? 우리는 동맹을 맺어야 해요. 이사야는 저명한 동기부여 예언가일 뿐이라고요. 하지만 우리는 현실을 직시해야 해요. 신의 개입은 외교 정책이 아니잖아요."

그래서 왕은 아시리아인들에게 전화를 걸어 흥정을 했다. 유대는 꼭두각시 왕국이 되었고, 왕은 결국 아시리아 제국의

---

17) 바나나에 럼 따위를 치고 불을 붙여 아이스크림을 곁들여 내는 디저트.

덥고 먼지 날리는 변방의 구역 관리자가 되었다. 이사야의 예언대로, 이런 대비에도 불구하고 상황은 전혀 뜻한 대로 풀리지 않았다. 얼마 지나지 않아 유대와 아시리아는 모두 바빌로니아에 정복되었다. 바빌로니아인들이 유대의 보물을 수레에 실어 갔고, 유대인들은 쇠사슬에 묶어 끌고 갔다.

"물론 얻은 것도 있고 잃은 것도 있지……." 이사야가 중얼거렸다.

"그럼에도 난 여전히 낙관적이야. 고작 바빌로니아에서 술 시중이나 들고 과일 쟁반이나 나르게 하시려고 하나님이 우리를 그분의 백성으로 선택하시고, 율법을 주시고, 이집트에서

"있잖아? 다 헛소리야. 끔직한 전쟁은 일어날 거고 사람들은 다 죽을 거야.
더는 거짓 신을 섬기지 못하겠지. 다 부질없는 짓이야. 요점이 뭐냐고?
다 부질없는 짓인데 결혼은 왜 하고 자식은 뭣 하러 낳느냐고?
내 말에 실망했나?"

데려오신 게 아니야. 그분은 세상의 나머지 사람들에게 하나님을 알리시려고 우리를 선택하신 거야.

언젠가 우리는 고향땅에 돌아올 거야. 그리고 언젠가 '임마누엘Immanuel'이라는 아기가 태어나 이방의 지배로부터 우리를 해방시킬 거야. 아기는 지혜로운 왕이 될 거야. 직책이 '예언자'인 사람의 말을 귀담아듣는 그런 왕 말이야. 언젠가 왕이 없어질 거야. 하나님이 친히 지상을 다스리시어 전쟁과 타락과 탐욕을 모두 끝장내실 거야. 언젠가 말이야."

이사야가 한숨을 내쉬었다.

예레미야

유대 왕국이 멸망하기 직전 몇 년은 불확실성의 시기였다. 세계적인 대제국들이 그들의 좁디좁은 국경을 향해 다가오고 있었고, 독립 왕국의 앞날은 한 치 앞도 보이지 않았다. 하지만 사람들은 하나님이 그들을 구해주시고 모든 것이 왠지 다 괜찮아질 것이라고 믿으려 했다.

안타깝게도 하나님은 단지 이런 희망의 숨통을 조이실 목적으로 예레미야를 예언자로 정하셨다. 그러고는 예레미야에게 그분의 백성이 난봉꾼 무리, 우상을 숭배하는 돼지들이 되었으므로 그들이 길을 바꾸지 않으면 꼼짝없이 죽은 목숨이라는 말을 전하라고 이르셨다.

예레미야가 예루살렘에서 설교를 하는 동안 성전에서는 흥미로운 발견이 있었다. 지하실을 치우다가 누군가가 먼지투성이의 낡은 책 한 권을 찾아냈다. 그것은 뜻밖에도 수세기 전에 수수께끼처럼 사라진 〈신명기〉였다.

"이런 맙소사, 이 율법들 좀 봐." 사제들이 말했다.

"이 젠장맞을 것들 중에서 지켜지는 게 하나도 없잖아!"

예레미야는 〈신명기〉의 재발견을 길한 징조로 여겼다.

"말인즉슨 하나님 신발 속에 든 돌멩이다 이거지." 예레미야가 생각했다.

"우린 이 많은 율법을 까맣게 잊고 지냈어. 다시 〈신명기〉의 율법을 지키기 시작하면 다 괜찮아질 거야."

왕이 〈신명기〉의 율법을 화려한 선전과 대대적인 미디어 캠페인을 통해 재도입하자 예레미야는 안도의 한숨을 내쉬었다. 사람들은 책에 기록된 율법 수백 개를 배우고 나선 지체 없이 무시해버렸다. 예레미야는 혐오스러웠다. 그는 동포를 구하려는 생각을 버리고, 대신에 축 늘어져 돌아다니며 사람들에게 죽음을 각오하라고 말했다.

"우리 자신을 구할 기회가 있었다." 예레미야가 말했다.

"그런데도 돈가스를 선택했다."

예레미야는 길거리에 서서 유대 왕국이 어떻게 바빌로니아에게 흔적도 없이 사라지는지, 시체들이 어떻게 소똥처럼 밭을 어지럽히는지, 그들이 알고 지낸 사람들이 어떻게 살해되거나 노예가 되는지를 그리듯이 생생하게 외쳐댔다. 그의 설교가 군중들에게 즐거운 공연이 아닌 것은 분명했다.

예레미야는 예언자가 되려고 하지 않았다. 그의 고향사람들 대다수처럼 적응 잘하는 시골 출신 애국자 이상은 바라지도 않았다. 하지만 그는 자신을 참지 못했다. 그는 거룩한 투렛 증후군 같은 것을 앓았다. 누군가 술집으로 뛰어 들어와 방금 아내가 아들을 낳았다고 알리고는 했다. 예레미야가 웃으면서 그에게 축하한다는 말을 하려고 해도 입은 이렇게 말했다.

"아기가 곧 죽는다는 것은 알고 있지? 그자들이 베이비-로니아Baby-lonia라고 불리지만 아기를 좋아하지는 않는다네. 내년 이맘때쯤이면 아기가 삼지창에 꽂히거나 모닥불에 구워지고 있을 것이야. 그래서 난 자식은 낳지 않기로 했다."

시장 한복판에서 예레미야가 느닷없이 질항아리를 박살내면서, "바빌로니아인이 우리를 이렇게 만들 것이오!" 하고 고함을 지르곤 했지만 아무도 신경 쓰지 않았다.

그들이 막강한 바빌로니아인의 짐을 나르는 짐승이 되리라는 사실을 상징하려고 그는 황소처럼 나무로 만든 멍에를 뒤집어쓰고 성읍 거리를 돌아다녔다.

예레미야는 성전에도 불쑥 들어가 사람들의 기도를 방해하곤 했다.

"이봐요! 여기서 뭘 하고 있는 것이오? 기도를 하는 것이오? 일부러 애쓸 것 없어요. 하나님은 바보가 아니에요. 표범의 반점이 변하는 것 봤소? 에티오피아인이 하얘지는 것 봤소? 오늘은 미안해할지 모르나 내일이 오면 곧장 뱀을 숭배하는 길로 돌아간다는 것을 하나님도 아세요. 성전에는 언제든지 마음껏 와도 괜찮지만 푸드 코트에는 대박 큰 샌드위치가 있다오."

그는 삼삼오오 모여 정치 이야기를 하는 사내들을 보면, 불쑥 머리를 디밀고는 말했다. "바빌로니아는 우리하고는 잽이 안 되는 상대요. 만약 그들과 한판 붙으면 우리는 시골 장터의 염소 치즈보다도 빨리 삼켜질 것이오."

결국 참을 만큼 참은 사람들이 예레미야를 우물에 던져 넣었다.

"군대 안 가려는 수작 작작해!" 누군가 그를 향해 고함을 질렀다.

사람들 속에 얼굴을 드러내는 것이 더 이상 안전하지 않게 되자 예레미야는 심부름꾼을 시켜 고약한 편지를 보내기 시작했다. 때론 심부름꾼이 그를 대신해 왕에게 편지를 큰 소리로 읽어주기도 했다.

"하나님이 이 왕국을 멸망시키실 것이오. 바빌로니아인이 당신들의 어린 자식을 노예로 삼고 당신들을 이용하여 사격 훈련을 할 것이오. 성전은 무너지고 거룩한 보물은 맘껏 삼켜질 것이오. 당신들은 흙바닥에서 잠을 자게 될 것이고, 그래서 까마귀가 눈알을 파먹고 개가 발을 야금야금 뜯어먹을 것이오." 심부름꾼이 편지를 읽었다.

"대체 난 왜 저 녀석을 계속 궁에 들여놓는 걸까?" 왕이 혼자 중얼거렸다.

예레미야는 유대에서 가장 미움받는 남자였지만, 인기가 없다고 말까지 틀리지는 않았다. 정말로 바빌로니아인이 유대 왕국으로 쳐들어왔다. 정말로 유대 군대는 궤멸되었고, 백성들은 노예가 되었다. 정말로 성전은 무너졌고, 예루살렘은 화염에 휩싸였고, 운반하기에 그다지 무겁지 않은 것은 몽땅 약탈당했다.

바빌로니아인이 예레미야를 수천의 동포들과 함께 쇠사슬에 묶어 바빌로니아로 끌고 갔다. 그들이 터덜터덜 도로를 걸

"감기 조심해."

어가고 있을 때, 바빌로니아군의 장군이 예레미야를 알아보았다.

"이봐, 네가 예레미야지? 네가 우리가 얼마나 위대한지 말하고 다녔다는 소문 들었어. 그래, 바빌로니아는 위대한 제국이자 세상에 영원히 존재할 막강한 세력이지. 너희들이 그것을 알면 좋으련만……. 그래서 말인데, 너를 바빌로니아의 손님으로 데려가겠다. 대접에 걸맞게 묵을 곳을 줄 테니 마음에 드는 집이 있으면 골라봐. 친목여행도 보내줄게."

"바빌로니아가 좋아 거리에서 내 동포의 파멸을 외친 것이 아니오! 그들이 진실을 알아야 했기에 그런 것이오. 정녕 호의를 베풀고 싶거든 날 여기에 남게 해주시오." 예레미야가 말했다. "내 동포는 날 싫어할 테지만 그래도 여전히 내 동포요."

바빌로니아인들이 어깨를 으쓱하며 예레미야의 쇠사슬을 풀어주고 그를 고국의 잔해 한가운데 남겨두었다.

예레미야 애가哀歌

바빌로니아인이 예루살렘을 짓밟고 동포 수천을 포로로 실어가고 나자, 우울해진 예레미야는 인근의 굴로 들어가 고등학생 수준의 형편없는 시를 쓰기 시작했다.

죽은 예언자를 위한 송가 (돌 씹는 표정으로)

하나님이 내 뼈를 부러뜨리고
노인처럼 나를 시들게 하시고
곰처럼 나를 거칠게 다루셨네
그냥 웃으시려고

하나님이 바위로 내 이를 부러뜨리고
온갖 체액을 마시게 한 후에
나를 짓밟아 죽이셨네

동포들이 나를 뒤쫓고
나를 구렁에 던지고
내가 구렁에 누워 죽어가는 동안
나에 대한 노래를 패러디했네

(어떠냐고?) 그저 그래

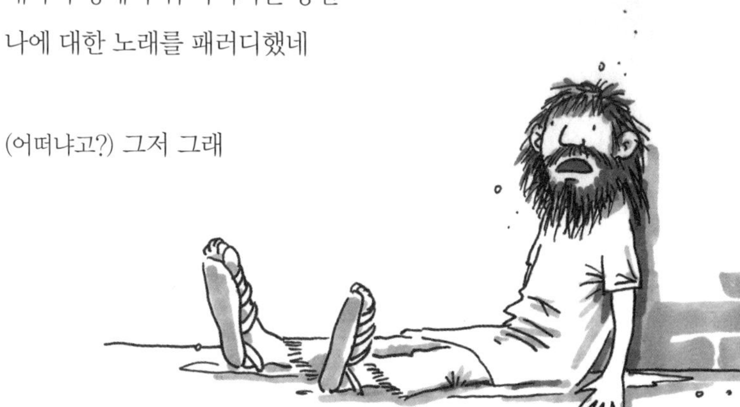

"네 비참한 삶은 '사랑한다'는 하나님의 애정 표현이다."

이게 고통의 소굴이로다

주님께서 환희에 차서 말씀하시다
내가 악마를 불러다
저들의 성을 아래부터 파먹으라 하고
저들의 달아나는 병사들을 먹어치우라고 하리로다

너희 아름다운 백성들은
더 이상 저들의 명성을 듣지 못하리니
아마 용의 불길이 저들의 얼굴을
핥아먹었기 때문이로다!

그렇지, 아이들이 구슬피 울게 하리니
저들의 갈증을 달랠 포도주 한 모금 없을 때
과부 어미들은 굶주려 죽으리니……
하지만 저들은 아기부터 먹으리로다

그렇지, 저 바보들이 죽어가며 춤을 추게 하리니
저들이 피를 흘리며 웃게 하리니
아무렴, 고통의 소굴은
미치지 않고는 견디기 어려운 곳이로다!

프롬 퀸을 위한 진혼곡

옛 아름답던 도시 이제 텅 비어 적막하고
여왕처럼
과부처럼
하녀처럼

왕관은 부서지고
드레스는 얼룩지고
눈물이 두 뺨에 협곡을 새기고
그녀를 무시할 사람조차 아무도 없네

엄마는 떠나고
남자 친구도 사라지고
친구는 진정한 친구가 아니었다네

심장이 찢어지고
그 소리 들을 사람 아무도 없는데
그 소리가 나는가

예레미야가 사람들에게 시를 읽어주려고 굴 밖으로 나오자 기다렸다는 듯이 사람들이 그를 납치하여 이집트로 보냈다.

에스겔

하나님이 전화기 옆에서 기다리셨다. 마음이 절박해졌다. 잠시 유대인과 소원하게 지내신지라 그들이 전화하지 않을지도 모른다는 걱정이 앞섰다. 그래서 하나님은 유대인에게 돌아오라 겁박하려고 예언자 몇을 보내셨다.

사막에 머물고 있던 에스겔은 어느 날 큼직한 금속제 바퀴가 구름을 뚫고 내려오는 것을 보았다. 그것에는 머리 네 면에 저마다 다른 얼굴을 지닌 인간 형상의 낯선 생명체들이 깃들어 있었다. 이 생명체들이 에스겔에게 두루마리를 주면서 그것을 읽지 말고 먹으라고 말했다. 놀랍게도 그 맛이 그다지 나쁘지 않았다.

미확인비행물체UFO와 조우하고 잇달아 가벼운 간식을 먹고 난 후, 에스겔은 하나님의 음성을 듣기 시작했다. 하나님의 음성이, 에스겔에게 예루살렘으로 가서 사람들에게 곧 재난이 닥쳐 모두 죽게 될 것이라는 경고를 전하라고 이르셨다.

"십중팔구 네 말을 건성으로 들을 것이다." 하나님이 말씀하셨다.

"수세기 동안 지내봐서 아는데 지독히도 남의 말을 귀담아 듣지 않는 녀석들이다. 그래서 그들의 관심을 끌려면 우리가 좀 튀어 보여야 할 것이다. 그래서 말인데, 에스겔아! 네가 해주었으면 좋겠는 일이 있다. 네가 설교를 하는 동안 밧줄로 몸을 동여매고 390일 동안 죽 왼쪽으로 누워 있어라. 그러고 나서 몸을 돌려 다시 40일 동안 오른쪽으로 누워 있어라. 그 하루는 그들이 죄짓고 살아온 1년에 해당한다."

"굶어 죽지는 않겠죠?" 에스겔이 물었다.

"좋은 지적이다. 도시락을 가져가려무나. 아니다, 더 좋은 수가 있다. 밀가루를 가져다가 빵을 만들어 인간의 똥 더미에다 구워 먹는 거다. 그러면 완전 놀라 자빠질 것이다."

"그런 짓은 안 하고 싶습니다." 에스겔이 반대했다.

"그래, 알았다. 그럼 소똥에다 구워라."

"여전히 콘셉트가 마음에 들지 않습니다."

"에스겔아, 잘 들어라. 이번 일은 네가 꼭 해주어야 한다. 그렇지 않으면 회개할 기회조차 주지 않고 모조리 죽여버리겠다. 그러면 양심의 가책이 들지 않겠느냐?"

"그렇기는 하지만."

에스겔은 공손하게 예루살렘으로 갔고, 밧줄로 자신을 동여맸다. 그는 1년 넘게 한쪽으로 누워 줄곧 소똥에다 빵을 구워 먹었다. 에스겔과 그의 고유 브랜드 쇼맨십에 대한 소문이 온 나라에 자자했다.

"어떻게 했다고?" 사람들이 말했다.

"웩! 구역질 나라! 다음 주에는 어디서 공연한대?"

다음번 쇼에는 마을 광장 한복판에 서서 검으로 머리카락을 모조리 밀어버리라고 하나님이 에스겔에게 이르셨다.

"네 머리카락을 한 움큼 집어서 불에다 던져라. 또 한 움큼을 집어서 네 검으로 후려쳐라. 마지막으로 남은 머리카락은 싹싹 긁어모아 바람에 날려버려라."

"뭘 하시려고 그러십니까?"

"상징주의 기법이다." 하나님이 설명하셨다.

"상징주의 싫어하는 사람은 못 봤다. 내 말을 한번 믿어봐라."

다시금 에스겔은 그분이 명령하신 대로 했다. 그는 검으로 머리를 면도하면서 사람들에게 하나님의 보호 없이는 예루살렘이 곧 포위되어 황폐해질 것이라고 말했다.

"시체가 거리를 어지럽히고 강물을 막을지어다. 어미가 자식을 먹고 자식이 어미를 먹을지어다. 수많은 사람이 불에 타 죽거나 칼에 찔려 죽을 것이며, 살아남은 자는 바람에 날아가 부평초처럼 살지어다."

군중 속에서 환호성이 터져 나왔다.

"저 미친놈 머리카락으로 하는 짓 좀 봐?"

"우리가 바람에 날아갈 거래……. 저 머리카락처럼 말이야. 아하, 뭔지 알겠어!" 누군가 소리쳤다.

"우린 에스겔의 머리카락이다!"

"우린 에스겔의 머리카락이다! 우린 에스겔의 머리카락이다!" 군중들이 일제히 외쳐댔다.

진정 위대한 쇼맨이 되는 길에 드리운 저주는 사람들이 말을 들으려고 온 것인지, 아니면 다음에 이어질 뭔가를 보려고 온 것인지 확신할 수 없다는 거였다. 에스겔이 핵심을 이해시키려고 무엇을 하든, 사람들은 그저 쇼만 즐기고 돌아가 우상을 숭배하고 금지된 음식을 먹고 하나님이 질투심을 느끼고 사랑받지 못한다는 기분이 들 짓은 무엇이든 다 했다.

머리는 홀딱 벗겨지고 좌절감에 싸인 에스겔이 퍼포먼스(극적 동작)는 잠시 쉬고 전달하려는 메시지에 집중하기로 했다. 그래서 군중 앞에서 헤픈 두 딸을 둔 아버지에 대한 우화를 들려주었다. 한 딸은 아시리아 사내라면 사족을 못 썼다. 아시리아 억양의 사내라면 가리지 않고 잠자리를 했다. 다른 딸은 '성기가 당나귀 같고 정액이 말처럼 쏟아지는'[18] 바빌로니아 사내라면 홀딱 반했다. 결국 아버지가 두 딸의 불륜을 알게 되었고, 딸들을 집에서 쫓아내고는 그녀들과 성교하고 싶은 사람은 누구에게나 허락했다.

"창녀가 무엇인지 뼈저리게 느끼게 될 것이다!"

아버지가 말했다.

물론 아버지는 하나님을 상징하고, 발정 난 두 딸은 이스라엘 왕국과 유대 왕국을 상징했다. 하지만 그것은 무관심한 청중들에게 아무런 깨우침도 주지 못했다.

18) 에스겔 23:20(저자 주) 1_ 천주교 공동번역본: 그러면서 몸이 나귀와 같고 정액을 말처럼 쏟는 그것의 샛서방들을 갈망하였다. 2_ 개신교 개역본(개역한글): 그 하체는 나귀 같고 그 정수는 말 같은 음란한 간부를 연애하였도다.

"말 이야기 더 해줘!" 그들이 소리쳤다.

"문제가 뭔지 알 것 같구나." 나중에 하나님이 말씀하셨다.

"뭔데요?" 에스겔이 물었다.

"네 이야기들에는 감정적 화합물이 부족하다." 하나님이 설명하셨다.

"청중들이 네게 다가갈 수 있는 그 뭔가가 말이야. 좋은 수가 있다! 내가 네 처를 죽여야겠다."

"뭣이라고요?"

"진정하고. 내 말을 끝까지 들어봐라. 네가 세상에서 가장 사랑하는 사람을 잃어야만 그들에게 핵심을 이해시킬 수 있다. 내가 내 사람인 예언자의 아내를 죽였다면, 내가 그들이 사랑하는 사람들을 어떻게 할지 상상해보라고 그들에게 말해라. 그럼 내가 장난하는 게 아니라는 걸 그들도 깨닫게 되겠지!"

멀리 어딘가에서 에스겔의 아내가 염소를 돌보다 느닷없이 쓰러지더니 죽었다.

다시금 에스겔이 사람들에게 경고를 하면서 죽은 아내에 대한 이야기를 했다.

"아내가 죽었다." 그가 그들에게 말했다.

"이 일과는 아무런 상관도 없는데 하나님이 나에게 고통을 주시려고 아내를 죽이셨다. 그분은 나를 좋아하신다. 그럴진대 너희가 돌아가지 않으면 하나님께서 너희에게 어떻게 하실 것 같으냐?"

또다시 에스겔의 말은 묵살되었다. 마침내 하나님이 그분의 백성이 돌아오리라는 기대를 버리셨다. 이제까지 일은 툴툴 털어버리시고 다음 단계로 나아가실 준비를 하셨다. 하나님이 보호를 물리시고는 바빌로니아인이 예루살렘으로 밀고 들어와 눈에 보이는 족족 사람을 죽이도록 허락하셨다. 성전은 쑥대밭이 되었고 도시는 화염에 휩싸였다.

에스겔은 우울했다. 아내는 죽었다. 조국은 폐허로 변했다. 동포는 먼 곳으로 유배를 떠났다. 돌무더기와 잔해 속에서 하나님이 에스겔을 깨우셨다.

“이제 무엇을 할까요?” 에스겔이 물었다.

“마지막으로 하나만 더, 에스겔아! 부탁이다. 이것만 해주면 네 소임은 끝난다.”

하나님이 뼛조각이 어지럽게 흩어져 있는 전쟁터로 에스겔을 데려가셨고, 뼈에게 생명을 되돌려주라고 그에게 이르셨다.

“뼈들아! 너희에게 명하니, 다시 살아나라!”

“저기, 싸가지 없이 말해선 안 된다!” 하나님이 말씀하셨다.

“정중하게 부탁해라.”

“뼈들이시여,” 에스겔이 말했다.

“부디 되살아나주소서. 그러실 거죠?”

“그게 더 낫구나!”

전쟁터의 뼛조각들이 느릿느릿 합쳐지더니 골격을 갖추기 시작했다. 그 골격이 수년의 잠에서 깨어 졸린 듯이 일어섰다. 곧이어 볕에 바싹 마른 하얀 뼈 위로 힘줄과 근육이 자라기 시작해 차례로 피부와 옷과 갑옷으로 뒤덮였고, 마침내 에스겔 앞에 대군이 일어섰다.

“되살리기 얼마나 쉬운지 보았느냐?” 하나님이 물으셨다.

“이들은 이스라엘의 전사한 군인들이다. 내가 네 아내를 죽였고, 바빌로니아인이 네 도성을 파괴하도록 허락했고, 네 동포를 노예로 만들어 네가 속상할 것이다. 나도 속상하다. 하지만 그것은 새 발의 피다, 아들아. 너는 인간처럼 생각하지 신처럼 생각하지 못하는구나. 보지 않았느냐? 내가 모든 것을 얼마나 쉽게 되돌려놓을 수 있는지 잘 알아두어라.

걱정마라. 결코 이것으로 이야기가 끝나지는 않으니. 내 이스라엘 백성을 다시 일으키리라. 예루살렘에 생명을 되돌려

놓으리라. 이 군대를 되살렸듯이 말이다. 성전도 다시 세우리라. 전과 다른 점이라면 이번에는 뿔뿔이 흩어진다는 것이, 고향과 동포와 자신의 하나님과 헤어지는 것이 무엇인지 알게 될 터이기 때문에 더더욱 고마워할 것이다."

그들은 점점 멀리 걸어갔고, 하나님은 에스겔에게 구상하신 계획을 말씀하셨다.

"예루살렘을 재건할 때 멋진 대칭을 이루게 설계하면 근사할 것 같다만. 길게 쭉 뻗은 거리라든가……. 그게 보기 좋을 것 같지 않느냐?"

"그럼 우린 그때까지 여기서 기다려야 하나요?" 유령 병사 하나가 물었지만 하나님과 에스겔은 멀어져 보이지 않았다.

다니엘

글로벌 제국을 운영하는 것은 장난이 아니다. 총독, 태수, 고문, 행정관이 필요하다. 태수가 지나치게 많아서도 안 된다. 많은 수의 유능한 간부들을 안정적으로 공급받기 위해 바빌로니아인은 세계를 다스릴 젊은 인재를 양성하는 특수학교를 설립했다. 그러니까 요즘의 예일 대학과 비슷한 것이었다. 이 학교에 입학한 학생들 중 촉망받는 유대인 청년 넷이 있었다. 그들은 바로 다니엘Daniel, 사드락Shadrach, 메삭Meschach,

아벳느고Abednego.

그런데 이 학교에는 고등교육 역사상 최고인 학교식당이 있었다. 매일 아침 구운 돼지고기, 소를 채운 공작새고기, 메추라기 알, 포도주, 무한 리필 브레드 스틱 등 진수성찬이 제공되었다. 하지만 이 놀라운 음식들에도 불구하고 다니엘과 친구들은 코셔 메뉴가 없다는 이유로 학교식당에서 밥을 먹지 않았다. 대신에 그들은 기숙사 방에서 날 당근과 샐러드를 먹으며 물을 마셨다.

바빌로니아인들은 이 청년들의 엄격한 채식주의 식습관을 도무지 이해하지 못했지만, 그들의 준수하고 섹시하면서 말쑥한 용모를 보고는 신경 쓰지 않았다.

튼튼하고 잘생긴 데다 명석하기까지 한 다니엘은 꿈을 해석하는 요령을 익혔고, 그것은 고대 세계에서 출세를 보장하는 지름길이기도 했다.

느부갓네살Nebuchadnezzar 왕이 가위눌리는 꿈을 꾸었다. 고문과 주술사를 한데 불러놓고 해몽을 하라면서도 평소와는 달리 무슨 꿈인지 말해주려고 하지 않았다.

"그래야만 너희 해석이 신들린 해몽인지 대학에서 배운 대중심리학의 헛소리인지 확인할 수 있잖아." 그가 설명했다.

아무도 무슨 꿈인지 알아맞히지 못하자 느부갓네살 왕은 자문단 전원을 처형하겠다고 을러댔다.

"하지만 전 외국 정책 전문가라고요!" 그들 중 누군가가 이

의를 제기했다.

자문단에게는 천만 다행히도 다니엘이 나서서 느부갓네살 왕이 거대한 조각상에 대한 꿈을 꾸었다는 것을 밝혀냈다.

"계속해봐." 왕이 말했다.

"조각상의 머리는 황금으로, 가슴과 두 팔은 은으로, 배와 둔부는 청동으로, 두 다리는 쇠로 만들어졌습니다. 조각상의 발은 진흙으로 되어 있었죠. 그런데 거대한 바윗돌이 굴러와 조각상을 백 조각으로 산산조각 내었습니다."

모든 사람이 숨을 죽이고 왕의 대답을 기다렸다.

"그래 맞아. 내 꿈이 그랬어. 그런데 그게 무슨 뜻이냐?"

다니엘이 설명했다. 조각상의 황금 머리는 바빌로니아에 해당했다. 바빌로니아가 언젠가 멸망하여 다른 제국으로 교체되는데, 은으로 만든 가슴이 이 제국에 해당했다. 이 제국도 멸망하고 뒤이은 제국들도 점차 부패하여 기능장애에 걸린 나라들로 차례차례 교체될 것이며, 어느 날 하나님이 바윗돌처럼 굴러 내려오시어 모든 나라를 무너뜨리시고 온 누리를 하나님의 나라로 만드시어 친히 다스리실 것이다.

"됐고, 그 예언에는 위로가 될 만한 것이 별로 없구나." 왕이 말했다.

"하지만 이제부터 꿈은 잊고 회사 야유회에 집중할 수 있겠어."

느부갓네살 왕은 바빌로니아 제국의 태수와 총독과 중간관리자들이 모두 참여하는 대규모의 회사 야유회를 열었다. 팀빌딩team-building 19) 훈련으로, 그는 모든 사람들이 한 신상을 향해 동시에 엎드려 절을 하도록 하기로 마음먹었다.

"아주 간단한 게임이야." 느부갓네살이 설명했다.

"음악이 연주되면 절을 시작하는 거야! 좀 더 재밌게 하려고 이 불가마를 만들었어. 절을 안 하는 사람은 산 채로 구워질 줄 알아. 그럼 다들 준비됐지?"

플루트와 드럼이 연주되었고, 시작 신호와 함께 사람들이 일제히 조각상을 향해 엎드려 절을 했다.

"이봐, 저 유대 녀석들은 규칙을 안 지키잖아!" 누군가가 불만을 터뜨렸다.

느부갓네살 왕이 넘겨다보았고, 다른 사람들은 절을 하고 있는데 사드락과 메삭과 아벳느고는 가만히 서 있었다. 그래

---

19) 팀 구성원 간의 연대와 협력을 강화하는 것.

서 그들을 불러들였다.

"잘 봐, 규칙을 이해하지 못한 모양인데. 음악이 연주되면 저기 저쪽에 있는 신상을 향해 엎드려 절을 하는 거야. 절을 안 하는 사람은 내가 이 가마에 집어넣을 거야. 뭔 말인지 알겠어?"

"규칙은 잘 알아요." 그들 중 하나가 말했다.

"거짓말 하는 것 아니에요. 회사 야유회에서 화장당할 줄 알았으면 병가를 냈을 거예요. 하지만 우리 하나님께서 우상에게 절을 하면 가만두시지 않을 거예요. 솔직히 당신도 무섭지만 그분은 더 무서워요."

그 말을 들은 느부갓네살이 한순간에 폭발했다. 부하들에게 가마에 불을 지피고 사고뭉치들을 처넣으라고 명령했다.

"팀 빌딩이 뭔지 갈쳐주겠어!"

부하들이 가마에 불을 지피는 동안 그가 으르렁거렸다. 가마의 불길이 어찌나 뜨거운지 병사들이 그 셋을 불구덩이에 집어넣다가 분해되어 사라질 지경이었다.

사드락과 메삭과 아벳느고는 불가마 안에서 기적처럼 아무런 손상도 입지 않았다. 그들은 그 자리에서 열기를 즐기며 기다렸고, 결국 느부갓네살은 부하들에게 그들을 밖으로 건져내라고 명령했다. 그들은 머리카락 한 올 그슬리지 않은 채 불가마 밖으로 나왔다. 느부갓네살 왕은 그들이 보여준 그들 신에 대한 헌신과 그들의 신이 그들에게 보여준 헌신에 깊이 감동해 사드락과 메삭과 아벳느고를 불길이 닿지 않는 곳으로 데려왔고, 대가로 그들을 모두 상당히 좋은 자리로 승진시켰다. 처형에서 살아남는 것 또한 그 시대에는 출세를 보장한다.

불가마 사건이 있고 얼마 후 느부갓네살이 발코니를 어슬렁거리며 공중정원Hanging Garden을 구경하다가 느닷없이 미치광이가 되었다. 그 후로 7년 동안 그는 들짐승처럼 살았는데, 턱수염은 뒤엉킨 깃털 같고 손톱은 새의 발톱 같았다. 그는 네발로 돌아다니면서 이빨로 풀을 뽑았다.

사람들이 말하곤 했다. "여보게, 저 사람 전에는 왕 아니었나?"

그가 미치광이가 된 후에 아들 벨사살Belshazzar이 바빌로니아 제국의 왕위를 물려받았다. 한 만찬 자리에서 바빌로니아인이 재미삼아 예루살렘의 성전에서 약탈해온 거룩한 고블릿과 접시에 음식을 담아 먹었다. 저녁식사를 하는 도중 거대한 유령 손이 허공에 나타나서 벽에 기이한 글자를 쓰기 시작했다. 당황한 왕이 글자의 뜻을 알려고 다니엘을 불렀다.

거룩한 식기 세트를 사용해 하나님이 진노하셨고, 그래서 그의 치세가 그날 밤으로 끝이 날 것이라고 다니엘이 벨사살에게 말했다. 하나님은 당신의 컵을 사용하는 사람을 좋아하시지 않는다.

저녁식사를 하는 동안 바빌로니아는 페르시아의 기습공격에 함락되고 벨사살은 썩은 치즈처럼 버려졌다.

바빌로니아의 새로운 통치자로서 페르시아 왕 다리우스Darius는 꿈과 초자연적인 낙서를 해석하는 다니엘의 능력에 깊이 감동했던지라 그를 넘버 투로 삼겠다는 의지를 전 제국에 공포했다. 그것이 바빌로니아 관청에 속한 여러 관리들의 질투심을 유발했다. 그들은 페르시아 제국의 인수합병으로 말미암아 정리해고를 당할 판인데, 막 새로 부임한 녀석은 부황제Vice Emperor가 될 판이었다.

"다니엘? 그 해몽하는 녀석 말이야?" 그들이 쉽사리 믿기지 않는지 물었다. 기업의 사다리를 오르는 데 온 삶을 바친 페르시아 지배 계급의 질투심은 더더욱 심했다.

"30년이야. 난 아직 '잔과 사발 관리부'의 부부사장이라고." 그중 하나가 불만을 터뜨렸다.

"그런데 전쟁포로 녀석이 난데없이 넘버 2 자리에 오른다니? 젠장 열 받아 미치겠네!"

그래서 다니엘에게 불만을 품은 이들 중 일부가 작당해 계략을 꾸몄다. 회사 야유회에서 사드락과 메삭과 아벳느고의 고난도 스턴트를 지켜본 후라서, 그들은 다니엘의 종교가 다른 신에게 예배하는 것을 엄격히 금한다는 사실을 알게 되었다.

그래서 그들은 다리우스 왕에게 몰려가 말했다.

"저기요, 보스! 이제까지 아주 열심히 일하시고 성과도 훌륭하시니 작지만 그에 합당한 대가가 있어야 한다는 것이 저희 모두의 생각입니다. 그래서 말인데요, 이렇게 하는 것이 어떠신지요? 내달 한 달 동안 제국의 모든 백성들이 오직 보스를 위해 기도를 올리는 겁니다. 그리고 법령을 정해 공식 행사로 만들고 그 기간 동안 다른 신에게 예배를 올리는 사람은 누구를 막론하고 사자 구렁에 집어던지는 것이죠. 보스 생각은 어떠신지요?"

"좋지," 왕이 말했다.

"참 근사한걸. 너희가 좋다면 나도 좋다."

다니엘은 새로운 법령은 아랑곳없이 평소 해오던 대로 하루도 빠짐없이 아침마다 예루살렘을 향해 무릎을 꿇고 앉아 하나님께 기도를 올렸다. 창문으로 다니엘의 행동을 엿보고 있던 고문들이 그가 기도를 시작한 때에 맞추어 경찰을 불렀다. 다리우스 왕은 화가 났다. 다니엘이 종교적인 문제로 법을 어기는 덫에 걸릴 줄은 전혀 생각하지 못했다.

"어쩐지 수상쩍다고 생각했어." 왕이 말했다.

"다니엘, 정말 미안하네. 내가 농간에 놀아나 무심코 이런 어리석은 법안에 서명을 하고 말았군. 하지만 안타깝게도 어리석든 그렇지 않든 법은 법이야. 한번 서명한 이상 나도 어쩔 수 없이 따라야 한다네."

사과를 하고 난 뒤에 왕이 다니엘을 사자 구렁에 내던지라고 명령했다. 다리우스 왕은 집에 돌아왔지만 사자들에게 갈가리 찢길 다니엘을 생각하니 마음이 심란한지라 저녁 간식도 물리고 무희의 춤도 보지 않았다.

"그냥 잠자리에 들어야겠다." 그가 침울하게 알렸다.

이튿날 아침 다리우스 왕은 잠자리에서 일어나 사자 구렁으로 가면서, 친구이자 멘티mentee인 다니엘이 남김없이 핥아 먹혔을 것이라 기대했다. 하지만 다니엘은 긁힌 상처 하나 없이 살아 있었다. 하나님이 팀 빌딩 훈련에서 사드락과 메삭과 아벳느고를 구해주신 것처럼 다니엘도 구해주셨다.

왕은 다니엘을 사자 구렁에서 끌어올리라고 명령했다. 그러고는 본보기를 보여주기 위해 그를 속인 고문관들을 처자식과 함께 사자 구렁에 던졌다. 사자들이 순식간에 그들을 먹어치웠고, 모든 사람들은 크게 웃었다.

다니엘은 페르시아 제국에 예속된 유대인이었지만 꿈꾸기를 그만두지 않았다. 말 그대로 꿈 일지日誌를 적었고, 일지는 금세 세상의 종말과 미래에 대한 종말론적 이상으로 채워졌다. 꿈속에서 유대인은 이스라엘로 돌아갔다. 그들은 성전을 다시 지었다. 그 후 다시 침략을 받았다. 이스라엘을 정복한 나라는 성전에 동물 제물을 바치는 것을 금지하였고, 3년 반 후에는 세상이 종말을 맞이했다. 요점은 유대 민족이 그들이 몸담은 세상이 산산조각 나도 믿음을 버려서는 안 된다는 것이었다.

5장
소예언서

우리가 창녀와의 결혼생활에서 긍정적인 면을 배우는 때, 하나님의 주먹질이 잦아지고 사악한 것이 불살라지다.

소예언서는 《성경》에서 일종의 AM 라디오 다이얼과 같은 것이다. 그들은 쉼 없이 정부를 맹렬히 꾸짖었고, 나라가 도덕적 나침판을 상실해가고 있다고 불평했다. 이 예언자들에게는 타인의 잘못을 인지하는 능력이 유례없이 충만했다. 소예언서는 기본적으로 이스라엘의 부정적인 신체상을 보여

주었다.

그들도 변명을 하자면, 그들이 살았던 시대는 불안정했다. 소예언서는 이스라엘이 이스라엘과 유대 두 왕국으로 갈라진 이후에 쓰였다. 그중에는 두 왕국이 각각 아시리아와 바빌로니아에 정복되기 직전에 쓰인 서도 있었다. 두 왕국이 정복되어 유대인이 포로로 살아야 했던 시기에 쓰인 서도 있었다. 또한 유대인이 이스라엘로 돌아가도 된다고 허락을 받은 직후에 쓰인 서도 있었다. 그 저작 연대와 무관하게 소예언서는 하나의 일관된 주제를 담고 있었다. 무언가 지독히 잘못되어가려 하는데, 그것은 다 너희 잘못이라는 것이다.

호세아

호세아는 바람둥이 아내를 둔 예언자였다. 하루도 빠짐없이 호세아는 마을 광장에 나가 이스라엘 사람들에게 돌아오라고 부르짖었다.

"너희는 모세의 율법을 저버리고 있다!" 그가 시시때때로 소리치곤 했다.

"너희는 이교의 신을 섬기며 거룩한 건포도 케이크를 우상에게 바치고 있다. 하나님이 그 케이크를 제일 좋아하신다는 것을 알면서 말이다!"

하지만 사람들이 모두 킥킥거리며 웃느라 그의 말을 귀담아 듣지 않았다. 그가 설교를 하는 동안 그의 아내 고멜Gomer이 어딘가에서 선원이나 석공, 또는 웬 까무잡잡한 얼굴의 염소치기에게 겁탈당하고 있으리라는 것을 모르는 사람이 없었다.

매일 날이 저물면 호세아는 받침대와 팁 항아리를 챙겨 집으로 돌아왔고, 그제야 아내가 사라진 것을 알아채곤 했다. 그녀가 무슨 짓을 하고 다니는지 알면서도 호세아는 온 거리를 요란스레 돌아다니며 그녀를 찾았다. 호세아가 고멜을 찾았을 때 두 사람은 거리 한복판에서 울고불고 야단법석을 떨었고, 그 광경은 이스라엘 사람들에게 더없이 재미있는 구경거리였다.

하지만 날이 밝으면 호세아는 어김없이 장터에 나가서는 우상을 숭배한다고, 유대인답게 행동하려는 열정이 부족하다고 사람들을 꾸짖었다. 또다시 군중들이 오쟁이 진 남편이라고 호세아를 비웃기 시작하면서 설교는 묵살되었다.

호세아와 고멜에게는 아이가 셋 있었다. 아니다. 고멜에게는 아이가 셋이 있다고 고쳐 말해야 한다. 그 아이들 중 호세아가 아버지인 아이는 아무도 없었다. 때론 그녀가 한 번에 몇 달씩 새 애인과 자취를 감추기도 했지만 모든 연애가 그렇듯이 시들해지든가, 아니면 그녀의 새 애인이 그녀가 싫증나서 그녀를 거리로 내쫓곤 했다. 매번 그녀는 슬그머니 집으로 돌아왔고, 매번 호세아는 그녀를 받아주었다. 고멜이 한번은 그녀를 노예로 팔아 몇 세겔의 가욋돈을 챙길 요량인 사내와 달아났다. 호세아로서도 이제껏 가장 참기 어려운 상황이 분명했을 텐데도 어찌 된 일인지 아내의 애인에게 돈을 주고는 아내를 다시 사왔다.

고멜이 늘 배신하는데도 호세아가 고멜과 사는 이유를 사람들은 이해할 수가 없었다. 호세아가 마을 광장으로 돌아와 설교를 하고 있을 때 드디어 누군가 용기를 내어 그에게 아내를 내치지 않는 이유를 물었다.

호세아가 어깨를 으쓱해 보이며 그와 아내의 관계는 하나님과 우리의 관계와 같다고 말했다. 우리는 늘 하나님을 속이거나 어떤 섹시한 새 우상을 위해 그분을 버리거나 덧없는 욕망을 좇지만 그분은 마음이 아무리 많이 아파도, 조롱당한 기분

"내 아내가 거짓말쟁이에 바람둥이 창녀지만 훌륭한 비유가 되어준다네."

이 드셔도 늘 자존심을 버리고 우리를 받아주실 준비가 되어 있다는 것이다.

그제야 사람들은 호세아가 시종일관 설교해온 것이 무엇인지 이해했다.

요엘

친애하는 이스라엘 백성에게.

너희에게 전할 하나님의 말씀이 있다! 그것은 주로 메뚜기와 관계가 있다. 너희를 위한 하나님의 계획을 너희가 심대하게 망쳐놓은지라, 그분은 빨간 단추를 누르시어 너희의 나라를 이 지상에서 없애버리시고 이제까지의 모든 일을 백지로 돌리시기로 결심하셨다.

그래서 종말이 닥칠 것이다.

메뚜기가 곡식을 먹어치울지어다. 그러고 나서 지독한 가뭄이 몰아칠지어다. 사람들이 목말라 죽을지어다. 들판이 흙먼지로 변하고 올리브기름의 품질이 현저하게 나빠질지어다. 하지만 이는 시작에 불과하다. 풀이 말라죽고, 냇물이 사라지고, 어린 양과 암소가 하늘을 향해 고개를 쳐들고 비를 부르며 울부짖을지어다. 상상만으로도 애간장이 녹지 않느냐?

반대로, 너희에게 전할 더욱더 근사한 하나님의 말씀이 있

"너희 문제를 해결하려면 나라를 위한 기도를 해야 한다."

다. 너희가 모두 회개하고 모세의 가르침에 따라 살아가면 하나님께서 너희를 용서하실 것이다.

너희가 하나님께 잘못에 대한 용서를 구하고, 베이컨을 끊고, 우상을 치우면 다시 비가 올지어다. 과실이 전보다 달콤해질지어다. 암소와 양의 울부짖음이 그칠지어다. 너희 자식이 예언자가 될지어다. 노인이 이 그지없이 놀라운 꿈을 꿀지어다.

이민족이 어디서 왔든지 그들이 왔던 곳으로 돌아갈지어다. 이집트가 건자두처럼 바싹 말라붙을지어다. 아시리아인은 아들이 남창이 되는 것을 지켜볼지어다. 포도주가 산에서 흘러내려 개울을 이루고, 작은 젖 줄기들이 동산에서 방울져 떨어질지어다.

너희는 그저 그분께 사죄드리고 돌아가겠다고 말하기만 하면 된다.

보고 끝.

예언자 요엘

아모스

아모스는 부업이 예언자인 목동이었다. 또한 부업으로 수목 관리 일을 했다. 아모스가 살던 시대에 이스라엘은 평화로웠고 경제도 도약하기 시작했다. 하지만 이런 호시절에도 아모스는 주위에서 목격한 탐욕과 도덕적 타락 때문에 혼란스러웠다. 이스라엘 사람들은 융화적인 범세계인이 되었다. 그들은 코린트식 가죽의자에 앉아 수입 포도주를 마시고 가장 값비싼 신들을 섬겼다. 신경제에 적응하지 못한 사람은 거리로 내몰렸고 굶주려 죽었다. 예전에는 토지를 소유했던 사람이 지금은 농장 일꾼이 되어야 했다. 예전에는 자신의 먹을거리를 키우던 농부들이 이제는 포도넝쿨을 심었고, 포도주에 통달한 척 까다로운 와인 속물이 되었다. 예전에는 한데 뭉치던 사람들이 부유한 대농장 주인과 궁핍한 농장 일꾼으로 점차 갈라지는 현실이 아모스의 마음에 들지 않았다.

한 백성이 정체성을 대가로 지적 교양만 얻은 것이다. 아모스는 유대인이 또 하나의 술주정뱅이 이교도 집단으로 전락할 위기에 처했다고 걱정했다.

"우리가 이교도와 다를 바가 없어지면……." 아모스는 궁금했다.

"하나님이 우리를 지켜주려고 애쓰실 이유가 있을까?"

"하나님은 이스라엘을 구하시려고 가능한 무엇이든 하실 것이다." 아모스는 사람들에게 경고했다.

"하지만 너희가 사자 아가리에서 양을 끌어당겼는데 때론 두 다리만 나오기도 한다. 아니면 귀 한쪽만 나오든가. 그래서 하나님은 우리를 정말 구해주시려고 하는데 우리가 그것에 미치지 못할지도 모른다."

"내가 그런 걱정을 왜 해야 돼?" 누군가 주장했다.

"난 성가대에서 노래를 부른다고. 다달이 제물도 바치고. 하나님이 누군가를 구해주시면 분명 나를 구해주실 거야."

"하나님이 네가 부른 찬송가에 관심이나 있으실까?" 아모

"하나님은 너희가 부자가 되기를 바라시며, 그것은 나도 부자가 되기를 바라신다는 뜻이다."

스가 대답했다.

“하나님이 네 염소고기를 필요로 하실까? 하나님이 네 교회 캠프나 짐승 제물 따위가 안중에나 있으실까? 네가 그분의 백성을 집에서 쫓아내고 그들의 자식들이 거리에서 굶주리며 돌아다니게 놔두는데 말이다.”

부유한 사내 둘이 나서서 아모스와 논쟁을 벌였다.

“혹시 하나님이 정의로운 이에게 돈으로 상을 주시는 것은 아닐까요? 길을 가다가 그런 생각을 해본 적은 없소? 혹시 이 가난한 사람들은 모두 게으른 탓에 하나님의 벌을 받아 부랑자가 되지는 않았을까? 그분이 가난의 저주를 내린 사람을 도와주면 하나님이 진노하시지는 않을까?”

“이봐, 아주 좋은데.” 남자의 친구가 포도주 잔을 홀짝이며 말했다.

“시사회보에 내도 되겠어!”

“그렇다면 누군가 뇌물을 받거나 과부 노파의 농장을 빼앗아 부자가 된 것이라면, 그것이 그들이 거룩하다는 증거라고 생각하오?” 아모스가 물었다.

“그리고 그가 과부의 자식들을 소금광산에 팔아넘긴다면, 그것은 자업자득이 분명한 거요? 당신은 어느 별에 살고 있는 것이오?”

아모스가 말을 계속했다. “믿거나 말거나 상관없지만 하나님은 이웃을 속이고 이웃을 약탈하라고 그대들을 사막에서 데려오신 것이 아니오. 하나님은 그대들에게 상을 주시는 것이 아니오. 그대들을 역겨워하시오. 하나님은 그대들이 이웃을 갈취하면서 탐욕을 하나님의 승인의 증표로 착각하게 놔두느니 차라리 온 나라를 불태우실 것이오."

아모스가 많은 사람들을 화나게 했고, 급기야 왕이 그를 궁전으로 불렀다.

"아모스, 여보게 친구! 왜 자꾸 사과 수레는 흔들려고 하나?" 왕이 아모스의 어깨를 다정하게 어루만지며 말했다.

"물론 노숙자들이 문제기는 하지. 경제적 전환기에는 불가피하게 약간의 낙오자가 생기기 마련이야. 뜻하지 않게 노예로 팔려가거나 굶어 죽는 사람이 없지는 않아. 그래, 비극이야. 하지만 대다수 사람들로서는 이보다 더 좋은 시절은 없었을 거야. 경제가 날로 번창하면서 사람들의 삶이 점차 풍요로워지고 10년 전에는 들어본 적도 없는 물건들이 시장에 즐비하다네. 그런데 뭐가 문제라고 난리법석인가?"

"죽은 과부와 굶주리는 아이들이 적다고 해서 그들을 나머지 사람들이 1년 내내 신선한 포도를 먹기 위한 작은 대가쯤으로 여기는 모양인데, 일러두지만 부는 덧없는 것이네. 오르막이 있으면 내리막이 있는 것이야. 언젠가 잔치가 끝나는 날—만사에는 끝이 있는 법이지—우리의 비단옷이 전당포에 맡겨지는 날, 쇼핑몰이 유령마을로 변하는 날, 그날이 오면 우리에게 남은 유일하게 값진 물건은 이웃을 대하는 우리의 태도라네."

"자자," 왕이 말했다.

"자네 말대로 방안을 마련하려던 참이었어. 예언자들 덕분에 아랫도리에서 방울소리가 날 지경이야. 하지만 문학에 《스위트 밸리 하이Sweet Valley High》[20]가 100권은 더 필요하다면 이스라엘에 예언자가 100명은 더 필요하다네. 하여간 와줘서 고맙고, 자네 덕분에 많은 생각을 하게 되었어."

왕이 아모스에게 나가는 문을 일러주었고, 그를 그 나라에서 영구히 추방했다.

오바댜

에돔Edom의 백성에게.

지금은 그대들이 비상하고 있는 것 같지만 만사에는 끝이 있는 법이다. 독수리도 진창에 처박혀 죽는다.

혹여 그대들이 깜박했을까 봐 일러두는데, 그대들은 에서의 자손이고 우리는 형제 야곱의 자손이다. 말인즉슨 우리는 사촌지간이고, 다정한 사촌들처럼 서로서로 끌어주고 밀어주어야 한다는 것이다. 그런데 이스라엘이 침략당했을 때 그대들은 어디에 있었는가? 하프 강습소에 있었는가? 됐고, 다음

---

20) 청소년이나 어른들이 함께 볼 수 있는 드라마 장르의 소설. 1983년 출간돼 20년 동안 2억 5000만 부 넘게 팔렸다.

"에돔의 백성들이여, 너희는 다 나쁜 놈들이다!"

에 그대들이 블레셋인 때문에 볼기짝이 바쁠 때 우리가 어디에 있을지 알아맞혀볼 텐가? 그래, 맞았다. 그대들의 천막이 불타고 소들을 도둑맞고 금은보화가 약탈당할 때 우리는 동산 꼭대기에 앉아 달착지근한 포도주를 홀짝거리고 있을 것이다.

종말을 대비하려고 안간힘을 써봐야 소용없다. 그대들이 놀라 어찌할 바를 모를 때는 이미 돌이킬 수 없을지어다. 친구들이 그대들을 배신할지어다. 침략자들이 밤도둑처럼 올지어다. 하지만 그들이 좀도둑은 아닐 터, 도둑은 그대들을 돌로 때려죽이거나 그곳에 다시는 곡식이 자라지 못하도록 대지에 소금을 뿌리는 짬을 내지는 않을 터이기 때문이다. 아무렴 그렇고말고! 그들은 잘은 모르지만 사이코패스 같은 것과 아주 비슷하다.

그것이 무엇이냐고? 후회막심이라고? 하나님이 그대들을 용서해주시면 좋겠다고? 이런, 이걸 어떡하나! 하나님이 어떤 변명도 들으시려 하지 않으니 말이다. 그 어떤 말로도 그분의 마음을 돌려놓지 못할 것이다. 그대들은 이제 죽은 목숨이다. 자식들에게 고아가 되었다는 소식을 전하는 것이 좋겠다. 아니지, 더 정확히 말하자면 예비 고아겠지. 그대들의 집, 그대들의 곡식, 그대들의 어린 예비 고아 자식들에게 작별을 고하라. 그대들의 심판의 날이 다가오고 있다. 그날이 오면 이스라엘이 재건되어 우리는 아무 탈 없이 즐거운 삶을 구가하고 있을 것이다. 그대들 덕분이 아니다. 개자식들아!

그대들의 다정한 사촌,
예언자 오바댜

요나

하나님이 아시리아인에게 진저리를 치셨다. 그들은 이스라엘을 정복하여 재물을 약탈하고 백성을 흩어놓았다. 아시리아가 골칫덩어리가 아닐 수 없었다. 그래서 하나님은 예언자 요나Johna를 수도 니느웨Nineveh로 보내 40일 후에 아시리아인을 죽이실 것이라고 알리라고 이르셨다.

요나는 그들이 그런 뜻을 받아들이지 않을 것이라고 생각했다. 사실은 그들이 고환을 꺼내 동물 모양의 풍선을 불지도 모른다는 걱정이 앞섰다. 그래서 부두에 도착하자 하나님을 속이고 달아나려고 했다. 그는 니느웨로 가는 대신에 다시스 Tarshish로 가는 배를 탔다.

하지만 하나님은 쉽사리 속아 넘어가시는 분이 아니다. 그래서 폭풍을 보내 요나의 배를 가로막으셨다. 집채만 한 파도가 뱃전을 때리며 당장이라도 배를 침몰시킬 기세였다. 폭풍이 극심하게 몰아치자 사공들은 초자연적인 힘이 작용하고 있을지도 모른다고 생각했다. 그들은 폭풍이 누구 때문인지 밝히기 위한 제비를 뽑았고, 요나가 짧은 제비를 뽑았다.

"바다에 던져주셔서 고마워요. 걱정하지 마세요. 하나님께서 보살펴주실 거예요."

"대체 어느 신을 화나게 했기에 이다지도 심한 폭풍이 몰아치는 거요?" 사공들이 따져 물었다.

"난 유대인이오." 요나가 대답했다.

"우리 신이 바다를 만드셨소. 그러고 보니 그분이 육지도 만드셨구려."

"무슨 일이오? 어쩌다가 그런 신을 화나게 한 것이오?" 사공들이 나무랐다.

"어떻게 하면 당신네 신들 중 그 신을 달랠 수가 있소?"

"나를 배 밖으로 던져버리면 다 괜찮아질 것이오." 요나가 그들에게 말했다.

그들은 요나에게 화가 났을망정 승객을 난간 밖으로 던져버리는 짓은 차마 하지 못해 물을 퍼내고 해안가로 노를 저으며 버텼다. 하지만 폭풍이 더욱 거세지면서 배가 금방이라도 가라앉을 것 같아 그들은 마지못해 요나를 바다에 던졌다. 폭풍이 금세 멎으며 해가 구름 밖으로 나왔고, 배는 힘차게 제 갈 길로 나아갔다.

한편 바다에 빠진 요나는 거대한 물고기에게 통째로 잡아먹혔다. 물고기의 창자에 갇혀 있는 동안 요나는 인생의 도덕적 재고목록[21]을 작성할 시간이 있었다.

"어째서 하나님을 속일 수 있다는 생각을 했을까?" 그는 궁

---

21) 기독교에서, 인간의 나약함과 장점과 단점 등에 관한 목록.

금했다.

"따지고 보면 하나님이 내 편이신데 아시리아인을 두려워할 이유가 무엇인가? 누가 날 간질이기만 해도 하나님께서 물고기에게 잡아먹으라 하든지, 오랑우탄에게 때려죽이라 하든지, 무엇이든지 명하실 텐데 말이야."

얼마 지나지 않아 소예언서를 위해 입맛을 잃은 물고기가 해안가 쪽으로 요나를 토해냈다. 요나는 더 이상 신변에 닥칠 일을 걱정하지 않았다. 한 양동이의 밑밥 냄새를 풍기면서 그는 니느웨를 향해 당당하게 나아갔다. 그는 생선 악취가 나는 도시의 거리를 돌아다니며 사람들에게 하나님이 그들을 응징하실 때가 가까웠다고 말했다.

아시리아인은 그를 죽이려 하지 않았다. 그를 비웃지도 않았다. 놀랍게도 온 도시의 사람들이 바닥에 이마를 대고 엎드려 용서를 구하는 기도를 올리기 시작했다. 왕은 백성들에게 겸손의 징표로 흙바닥을 데굴데굴 구르고 자루 옷을 입으라고 명령했다. 심지어 동물들까지 작고 앙증맞은 자루 옷을 입었다.

"그래." 요나는 기세등등하게 말했다.

"당연히 무서울 것이다!"

액운의 메시지를 전달하고 나서 요나는 의기양양하게 도시를 벗어나 우산 모양의 멋진 그늘나무 아래 앉아 불꽃놀이가 시작되기를 기다렸다. 하지만 불꽃놀이 따위는 없었다. 하나님이 정하신 시한이 왔다가 갔는데도 니느웨는 여전히 건재했고, 벽돌은 모두 제자리에 놓여 있었다.

요나가 자리에 앉아 실망감을 감추지 못했다.

"하나님, 니느웨를 파괴하실 것이라고 하셨잖아요. 저들에게 분명하게 일러두라면서 저를 여기까지 데려오셨고요. 전 수백 마일을 왔어요. 물고기 뱃속에서요! 제기랄! 여기까지 와서 완전 개고생하게 만드셨잖아요."

"마음이 변했다." 하나님이 어깨를 으쓱해 보이셨다.

"그들도 몹시 슬퍼하며 사죄했잖니. 그걸 보니 외려 내가 더 미안해지더구나."

"됐고요. 참고로 알려드리지만 저를 얼간이로 만드신 것은 전혀 고맙지가 않네요."

하나님이 요나가 앉은 자리 위의 그늘나무를 때리시자 나무가 시들시들 말라 죽더니 옆으로 넘어졌다.

"와우 죽이는걸요!" 요나가 말했다.

"여기서도 얼추 100도는 되는 것 같네요. 차라리 절 죽이지 그러세요. 이보다 더 운수 사나운 날도 없을 거구먼요."

"고작 나무 한 그루 죽였다고 속이 상한 것이냐?" 하나님이 말씀하셨다.

"네가 심지도 않은 나무고, 물을 주거나 거름을 주지도 않은 나무 아니더냐? 저쪽에 있는 도시에는 무려 12만 명의 인구가 살고 있고, 그 하나하나가 다 내가 만들고 돌봐온 것들이다. 그들의 죽음이 나와 무슨 상관이 있냐고 말하지는 않겠지?"

"그들이 그릇된 종교를 믿는다고 해서 내가 너희를 사랑하는 것만큼 그들을 사랑하지 않을 것이라 착각하지 마라."

미가

하나님이 오실 것이다. 그런데 그분의 심기가 몹시 불편하시다. 산이 녹아내리고 계곡이 갈라질 것이다. 너희가 다른 신과 있는 것을 들키는 날에 그 대단한 물건이 박살날 줄 알아라. 하나님이 열 받으시면 아무도 못 말린다. 사마리아와 예루살렘이 박살나 돌무더기로 변할지어다. 너희 자식들이 노예로 팔려갈지어다. 너희 머리카락이 모조리 뽑힐지어다. 참으로 멋진 미래의 풍경이 아니더냐?

오해하지 말고 들어라. 나도 마음이 편치 않다. 그런 일이 일어나면 그날은 내 인생에서 가장 슬픈 날이 될 것이다. 내 울음소리는 자칼과 같고, 내 신음소리는 올빼미와 같을 것이다. 그 소리가 어떠할지 상상에 맡기겠다. 나는 너무 우울해 며칠 동안 알몸으로 온 마을을 돌아다닐 것이다.

나는 우리의 나라를 사랑한다. 진심이다. 작금 이 나라에서 벌어지고 있는 일들에 대해 도저히 나 자신을 속이고 넘어갈 수가 없구나. 전에는 우리가 이웃과 가족처럼 지내던 나라의 백성이었는데 지금은 부자와 권세가들이 모든 것을 독차지하고 있다. 우리 나머지는 대농장의 일꾼이 되든지 아니면 굶어 죽든지 선택의 기로에 서 있다. 만약 하나님께서 당신의 백성이 노예로 살기를 바라셨다면 이집트에서 벽돌을 쌓으며 살도록 놓아두셨을 것이다. 그곳에서는 적어도 오이는 먹었다.

전에는 이웃이 과수원을 잃을 위기에 처했다는 소식을 들으면 도와주려고 달려갔다. 그런데 지금은 오직 자두를 싸게 살 수 있어야만 이웃의 집에 들르더구나.

이런 것들을 꼬집으면 내가 인기가 없어진다는 것을 모르지는 않는다. 하지만 나는 팁 항아리에 팁이 많아질수록 예언이 달콤해지는 그런 예언자가 아니다. 내가 사랑받는 예언자가 되

"이봐요, 섹시한 신, 데이트 안 할래요?"

고자 했으면 무료 포도주의 도래를 예언했을 것이다. 하지만 나는 너희에게 미움을 살망정 하나님이 진노하셨다는 사실을 알려야겠다.

너희들 대다수는 하나님께 숫양과 올리브기름 제물을 부지런히 바치기만 하면 심판을 면할 수 있으리라 생각하는 모양이다. 그것이 문제인 듯싶다. 뭐냐 하면, 너희는 하나님을 뇌물로 매수할 수 있는 또 다른 관리쯤으로 여긴다는 것이다. 하지만 하나님은 수퇘지고기나 등불용 기름을 바라시지 않는다. 사실 하나님은 오직 세 가지만을 바라신다. 그것이 무엇인지 들어보겠느냐? 간략히 요약하면 이러하다. 전체 유대교파는,

1. 부자와 권세가들이 우리를 가축처럼 다루지 못하는 공정한 사회를 만들라.

2. 하나님이 무언가를 이르실 때마다 잘난 척하며 나대지 마라. 겸손해라. 너희가 조금만 더 거룩해도 큰 발전을 이룰 것이다.

그리고 마지막으로,

3. 때론 떡고물을 바라고 서로를 도와줘라. 무슨 말이냐? 우리는 서로에게 더 나은 삶을 주려고 이 땅에 존재하는 것이다.

나훔

주님께서 융통성이 없는 분은 아니지만 착각하지 마라. 이스라엘을 무너뜨린 나라를 벌하지 않고 지나치실 분이 아니다. 그대들 아시리아인은 자신을 상당히 뜨거운 감자라고 생각하지? 글쎄다. 그럴까? 앞으로 그대들의 수도에서 무슨 일이 벌어질지 알려주겠다. 니느웨는 말라버릴지어다. 우물이 모조리 말라붙고 그대들의 물은 모래로 변할지어다. 그대의 백성들이 목말라 죽을지어다. 레바논 삼나무가 시들어버릴지어다.

아울러 조금 역설적이긴 하다만, 그분께서 홍수를 보내셔 그대들을 죽이실 것이다. 그대들의 우상이 박살날지어다. 그대들의 아이가 전부 물에 빠져 죽을지어다. 한편 유대의 백성은 그대들의 파멸을 기뻐하며 근사한 축제를 열고 춤을 출지어다.

또한 하나님께서 붉은 옷의 병사들을 보내실 것이다. 그대들의 도성이 약탈당할지어다. 전차들이 분주히 거리를 오가고 병사들이 집집마다 돌아다니며 금과 은을 노략질하고, 노예들이 비둘기처럼 신음할지어다. 시체가 도랑을 막을지어다. 그대들도 다른 민족에게 그러지 않았느냐. 이제 그대들 차례다. 하나님은 그대들의 옷자락을 머리 위로 들어 올리셔 그대들의 알몸뚱이를 비웃으시는 한편 그대들에게 똥을 던지실 것이다.

성벽이 안전을 지켜줄 듯싶으냐? 그대들도 성벽에 둘러싸인 도시를 무너뜨린 적이 있다. 성벽이 안전을 지켜주기에는 턱없이 모자라다는 것을 알지어다. 구름은 하나님이 걸으실 적에 발길에 이는 무수한 먼지이다. 그분이 지나실 적에 바위가 산산이 부서질지어다. 그대들의 요새가 나무처럼 흔들리고 그대의 병사들이 무른 무화과 열매처럼 떨어질지어다.

그중에 최악은 무엇인지 아느냐? 아무도 그대들을 가여워하지 않는다는 것이다. 세상 사람들이 아시리아인이 절멸해가는 것을 지켜보며 기뻐 환호할 것이다. 아마 공중제비를 돌지도 모른다.

Welcome to
NINEVEH
HOME OF
DRY WELLS,
DEAD TREES,
SMASHED IDOLS,
AND DROWNED KIDS
니느웨에 오신 것을 환영합니다. 마른 우물과 죽은 나무와 박살난 우상과 익사한 아이들의 고장

하박국

Q: 주님! 언제까지 제 기도를 무시하실 것이옵니까? 날마다 바빌로니아인이 저희를 죽이지 못하게 해달라고 기도했는데 아무런 도움도 안 주시고 날만 흘러가고 있습니다.

A: 하박국아! 내가 왜 바빌로니아인을 막아주겠느냐? 그들을 내가 보냈는데. 세상에서 가장 추잡하고 사악한 백성을 구하여 지금과 같은 완전 죽이는 나라로 일으켰다. 그들의 말은 표범처럼 날쌔고 늑대처럼 비열하다. 그들은 요새화된 도시를 비웃는다. 그들은 양동이로 모래를 퍼내듯 포로를 잡아간다. 힘만이 그들이 믿는 신이며 의지만이 그들이 따르는 법이다. 완전 죽이지 않느냐! 그들이 바람처럼 너희를 지나가리라.

Q: 주님! 그러니까 바빌로니아인을 이용하여 저희를 벌하고 계시군요? 네. 무슨 말씀이신지 알겠습니다. 그런데 저희 나쁜 짓을 벌하시면서 저희보다 10배는 더 나쁜 민족을 이용하시는 것은 조금 부당하다고 생각지 않으십니까? 그러니까 말인즉슨 연쇄살인범이 무단횡단한 자에게 형을 선고하는 것 같다고요.

의로운 이에게 복을 주시고 불의한 이에게 벌을 주시는 공명정대한 신이라고 믿고 자랐는데, 이제부터는 그것이 다 구라

"오늘은 영 전능한 것 같지가 않구나."

였다고 생각하렵니다. 어디를 보아도 세상은 불의가 다스리고, 예언자들은 목숨을 부지하려고 숨어 있습니다. 제가 잘못 알고 있는 것입니까? 정의는 별로 안 중요하신 것입니까? 주님의 응답 간절히 기다리옵니다.

A: 하박국아! 바빌로니아인을 벌하지 않는다고 누가 그러더냐? 그래, 네 말이 맞다. 너희보다 훨씬 나쁜 놈들이지. 우상을 숭배하고, 피를 갈망하고, 죽음만큼 탐욕스럽다. 그들이 너희 죄의 벌이라면, 그들에게는 어떤 미친 짓거리가 예비되어 있을지 상상에 맡기겠다. 걱정하지 마라. 일이 마무리될 즈음이면 모든 사람이 합당한 벌을 받았을 테니까.

Q: 아니, 그게 아닙니다. 제 말을 오해하셨나봅니다. 그들에게도 벌을 내려달라고 청하는 것이 아닙니다. 저는 우리 모

두에 대한 마음을 푸시라고 청하는 것입니다. 솔직히 그들이 벌을 받든 제 잘린 머리가 창에 꽂혀 어디에 놓이든 상관없습니다. 휴, 다 잊으십시오. 저기요, 당신께 우주를 운영하시는 방식에 대해 말씀드리려는 것이 아닙니다. 주님, 당신께옵선 무엇이 최선인지 아십니다. 과거에 저희를 위해 놀라운 일들을 행하셨듯이 다시 저희를 위해 행해주실 것이라고 믿사옵니다. 또한 당신께서 원하시는 것은 무엇이든 행하실 권능을 지니셨다는 데도 아무런 의심이 없사옵니다. 만약 당신이 원하시면 산이 둘로 갈라질 것입니다. 강물이 위로 치솟을 것입니다. 창으로 달도 죽이실 것입니다. 당신께서는 우주에서 가장 위대하시며, 온 누리의 사람이 모두 전지전능하신 하나님께 경배해야 합니다. 마지막으로 작은 소망이 하나 있는데 들어보시겠습니까? 권능에 기대어 위대함을 보이지 마십시오. 자비도 위대한 행위일 것입니다. 그래서 당신께서 마다하지 않으시고 저를 할복에서 구해주시면 감사할 것입니다.

"뿌루퉁 아저씨(Mr. Grumpy)가 오시는군."

스바냐

주님의 말씀이다.

움직이는 것은 다 죽이겠노라. 살아남은 것은 작은 돌무더기에서 남루한 삶을 살게 될 것이다. 창공에서 새를 날려버리겠다. 물고기를 쓸어버리겠다. 딱히 이유는 없다만 화가 나면 그렇게 한다. 애초에 인간을 만든 까닭은 말벗을 삼으려는 것이었는데, 첫날부터 바알이나 몰록 같은 '튀는 애'들 때문에 무시당하고 과소평가되고 버려졌다.

너희 '선택받은 백성'들아, 너희는 늘 나를 속이고 바람을 피우는구나. 그래서 너희를 위해 가장 고통스런 벌을 아껴두었다. 밤에 등불을 들고 예루살렘 거리를 돌아다니며 너희가 잠든 동안 너희를 짓뭉개주겠다. 너희 왕자를 드롭킥으로 날려주고 너희 장사치들을 담배처럼 피워주겠다. 외국 옷만 입어봐라. 녹아웃을 시켜주마. 마음에 안 들면 바알한테 구해달라고 해봐라.

내가 농담하는 것 같으냐? 벌을 내리는 날에 너희는 해진 모래주머니처럼 피를 흘리고 창자에서 똥이 흘러나올 것이다. 뇌물을 써서 막고 싶으냐? 하지만 이를 어쩌나? 나는 돈이 필요 없으니 말이다!

이스라엘 백성만 걱정하면 될 것 같으냐? 블레셋인아, 너희도 엉덩이 조심하는 것이 좋다. 아침식사 시간에 내가 찾아가지 않도록 주의해라. 모압인아! 너희는 요즘 말도 안 되는 헛소리 많이 하고 다니더구나. 소돔과 고모라라고 들어는 봤느냐? 내가 다하는 날 너희에게 잡초와 소금 외에는 아무것도 남지 않으리니. 잡초와 소금농장에 살러 오라고 사람들을 설득할 수 있을는지 행운을 빈다!

에티오피아인아, 비웃지 마라. 다음은 너희 차례다. 아시리아인아, 잘 들어라. 너희도 흔들어주마. 그것도 세게. 내가 다하는 날 나무 한 그루, 올빼미 한 마리 남지 않으리로다.

그러고 나서 너희를 벌한 것이 미안해지면, 꽃을 가지고 돌아와 너희를 데리고 브런치를 먹으러 갈 것이다. 왜 우리는 번번이 이 모든 일을 되풀이해야 하는지 도무지 모르겠구나. 너희 인간들이 내가 만든 목적대로 친구가 되어주면 예전에 한 대로 너희를 보살펴주겠다. 아픈 녀석은 치료해주고 건강한 녀석은 애지중지 돌봐주겠다. 노인은 안마를 해주고 어린이는 간질여주겠다. 달리 무엇을 해야 할지 모르겠구나. 아마 지진과 벼락 몇 방이면 너희들 정신이 번쩍 날 것이다. 내가 이 살인을 다하는 날 우리가 뒤끝 없이 만날 수 있기를 기대할 뿐이다. 너희가 날 좋아해주기를 진심으로 바란다.

학개

30년의 유배 생활 끝에 유대인은 거룩한 고향땅으로 돌아와 새로 집을 짓고 벽에 회반죽을 바르고 협탁을 고쳤다. 예언자 학개는 나라가 재건되었는데도 솔로몬 성전이 아직 폐허로 남아 있다는 사실에 마음이 괴로웠다. 그래서 성전에 원래의 영광을 돌려주자고 이스라엘 민족을 설득하는 것을 개인적 소명으로 삼았다.

"오, 이스라엘인이여, 들어라." 예언자 학개가 말했다.

"하나님께서 너희를 고향땅으로 돌려보내주셨으니……."

"다리우스 말하는 것이오?" 누군가 말을 가로막았다.

"그게 누구야?"

"다리우스 황제가 우리를 이스라엘로 돌려보냈잖아요."

"대체 뭣들 하는 거냐? 휴식시간은 10년 전에 끝났단 말이다."

"맞아." 다른 누군가가 거들고 나섰다.

"기억나네. 뉴스에서 한창 떠들어댔지."

"참, 그랬지." 학개가 대답했다.

"하지만 누가 다리우스에게 그런 마음을 먹게 만든 것 같으냐?"

"다리우스!"

"좋다……. 그럼 공동 노력이라고 해두자." 학개가 한발 물러났다.

"하나님과 다리우스 덕분에 너희는 이스라엘에 돌아왔다. 중요한 것은 너희가 사창굴도 새로 지었고, 내 말을 오해하지 마라. 그중에는 앙증맞은 집도 있더구나. 하지만 우리가 일정 정도는 하나님 덕분에 돌아왔으니 그분의 집도 새로 지어야 하지 않겠느냐? 우리가 겪은 가뭄이 기억나느냐? 장담하건대 쾌적한 새 성전에서 요청했더라면 하나님께서 얼마간의 비를 뿌려주셨을 것이다.

이 자리에 노인이 있는가? 너희는 옛 성전의 모습이 기억날 것이다. 잡석과 쥐똥으로 뒤덮여 있었느냐? 너희가 기억하는 성전은 그러하냐. 나는 아니다. 너희는 또한 하나님의 식성이 얼마나 까다로우셨는지 기억날 것이다. 한번은 그분께 스테이크를 가져가다가 스테이크에 완두콩이나 빵이 닿아 몽땅 버리고 다시 새로 만들어야 했느니라. 그런 분이 낙서로 덮인 잡석 더미에서 식사를 하시게 해야겠느냐?"

학개는 총독 스룹바벨Zerubbabel을 찾아가 말했다.

"하나님께서 제게 이르시길, 언젠가 그분께서 지상의 모든 왕국을 정벌하시고 이곳 성전에서 세상을 친히 다스리시겠다고 하셨습니다. 아울러 그 모든 것을 가능하게 할 사람이 바로 당신이라고 말씀하셨습니다. 저기, 하나님은 그런 식의 친절을 잊으시는 분이 아닙니다."

눈치가 빠른 총독이 즉시 성전에 인부를 배치하여 공사를 시작했다.

"당신이 성전 공사를 진행해나가는 것을 보니 기뻐 감개가 무량합니다." 학개가 총독에게 말했다.

"제 말을 믿으십시오. 하나님이 알아채셨습니다. 사실 그분께서 세상에 돌아오시면 당신을 오른팔로 삼으시겠다고 제게 이르셨습니다. 당신과 함께 세상을 다스리시겠다고 말이죠."

"정말이오?"

"아무렴, 그렇고말고요. 제 말을 믿으십시오. 그날이 오면 세상에 스룹바벨이라는 불후의 이름을 모르는 사람이 없을 것입니다. 그러니 당분간 성전 공사에 매진하십시오."

스가랴

학개가 이미 너희와 꼼꼼히 살피고 있는 것은 안다만 성전 공사에 박차를 가할 필요가 있다. 전반적인 재건 노력을 룸바 박자에 맞춰 되도록 빠른 시일에 공사를 마무리하도록 하자. 됐지?

일단 성전이 완공되면 하나님께서 메시아를 보내실 것이다. 메시아는 우리를 이방의 통치로부터 해방시켜주실 지도자로다. 메시아는 세상 여기저기에 흩어져 있는 유대 민족을 모아 집으로 데려오고 이 지상에 하나님의 나라를 세우실 왕이로다. 하지만 하나님은 성전이 완공되어야만 메시아를 보내주실 것이다. 이유는 묻지도 따지지도 마라. 그분이 그렇다고 말씀하셨다.

또한 성전을 재건하는 것만으로는 부족하다. 너희가 진심으로 믿는 것이 중요하다. 너희가 예전에 했던 것처럼 믿는 척해서는 안 된다. 하나님은 복종을 원하시지만, 그보다는 그분을 진심으로 사랑하고 서로를 존중하는 백성을 원하신다. 성전 안에서 찬송가를 부르고 계단에서 구걸하는 과부를 저주하는 것은 통하지 않는다. 그분이 우리에게 온당한 백성이 되라고 명하셨는데도 그분의 말씀을 귀담아듣지 않아 우리가 바빌로니아인의 칼에 찔려 죽어가며 도와달라는 절규를 그분도 귀담아듣지 않으셨다.

예전에 성전은 우리가 염소를 죽여 하나님께 사죄하러 가는 행복한 곳이었다. 죄와 회개의 건전한 원천이자, 늘 우리가 주시당하고 있으며 수치스러워해야 한다는 것을 일깨워주는 곳이었다. 그리고 솔직히 말해 우리는 좀 수치스러워해야 한다. 성전은 우리가 하나님의 선택받은 백성답게 행동할 수 있도록 격려하는 곳이다. 아니면 그분은 우리를 걱정하지 않을 것이다. 그럼 메시아는 오지 않는다. 하나님의 나라는 물론이고 아무것도 없다.

그것을 어떻게 아냐고? 그럼, 내가 꾸고 있는 꿈에 대해 말해주겠다.

먼저 날아다니는 두루마리가 꿈에 보였다. 그것은 대략 길

"배너는 내가 가졌고…… 바구니는 네가 들었지…….
잊은 것은 없겠지?"

이가 30피트쯤 되고, 도둑과 거짓말쟁이는 모두 그 나라에서 추방될 것이라고 적혀 있었다. 그러고 나서 천사가 나타나 말했다.

"이리 와서 이것을 보아라."

그가 바구니를 보여주며 덮개를 열자 안에는 조그만 여자가 갇혀 있었다.

"이 여자가 이스라엘의 죄다." 여자가 기어 나오기 전에 재빨리 바구니 덮개가 닫혔다.

천사가 두루마리와 작은 여인이 담긴 바구니를 들고 사라지자 주님께서 친히 오셔서 이르셨다.

"너희가 모두 죄를 지었지만 상관없으니 돌아와라. 나는 성전에 돌아가 살고 싶다. 나는 너희를 보살펴주고 싶다. 예루살렘을 꿈쩍도 하지 않는 바위로 만들어주겠다. 이민족이 쳐들어오면 그들의 눈에서 눈알이 썩어 나오고, 입에서 혀를 뽑아주겠다. 그들의 군마에게도 똑같이 해주겠다. 그리하여 내가 너희를 얼마나 사랑하는지 보여주겠다. 그리고 내가 돌아오면 빈둥거리는 황제와 왕이 더 이상 보이지 않을 것이며, 내가 온누리를 직접 다스리겠다. 나는 유대인의 신이자 인간 종족 전체의 신이 되겠다. 아울러 지상의 민족을 모두 예루살렘으로 초대하여 초막절을 기념하겠다. 초대에 응하지 않은 자는 곡식을 위한 비 한 방울 얻지 못할 것이며, 초대에 응한 자는 무료 조리도구를 비롯하여 특별 선물을 푸짐히 받을 것이다."

근사하지 않느냐? 하지만 이것은 모두 성전이 완공되고 나야 가능하다.

말라기

유대 백성이여, 이는 하나님 말씀이다.

먼저 성전이 재건되어 문을 열고 영업을 시작했다니 고맙기 그지없구나. 그렇기는 하나 내가 너희와 따져야 할 것이 좀 있다.

30년간 유배 생활을 하고 났으니 조금 무뎌지는 것은 당연하다만 사제들아, 이리 와봐라. 누가 봐도 이 짐승들은 이제껏 받은 제물들 중에서 가장 저질이다! 눈먼 염소 맞지? 너희라면 눈먼 염소가 먹고 싶겠느냐? 하다못해 지난주에는 구토를 하는 암소를 제물로 바쳤더구나? 30초마다 구토하는 암소를 총독에게 가져다주고 어떤 경을 치게 되는지 봐라. 미안하다만 이 고기는 정말이지 구역질이 나는구나.

너희가 제물로 바칠 멀쩡하고 튼튼한 가축이 모자라 보이지는 않는구나. 여기저기에 돌아다니는 짐승들을 보니 말이다. 제물로 바칠 고기에 인색하게 구는 까닭은 양치기를 고용하고 옷을 사는 데, 아니면 너희 자식들이 요즘 홀딱 빠져 있는 것들에 돈을 더 많이 쓰려는 것이겠지.

내가 행한 것이 그런 인색한 모욕을 당해도 마땅한 것인지 잘은 모르겠다만, 이다음에 이방의 제국이 너희들 나라에 쳐들어와 자식을 노예로 삼고 아내를 훔쳐 가거든 내게 도와달라고 하지 마라. 나도 벼락 치는 데 드는 돈을 아껴야겠다.

아참! 내 10프로는 떼먹지 마라. 그래 십일조 말이다! 너희는 더도 덜도 말고 10프로를 내야 한다. 십일조는 내 재정적 안녕을 위한 투자가 아니라 너희 자신을 위한 투자라고 여기는 것이 이롭다. 저 곡식은 너희가 심은 줄 아느냐? 누가 해마다 메뚜기와 쥐가 저것들을 먹어치우지 못하도록 막아주는 줄 아느냐? 바로 나다. 그러니 너희 자신에게 물어보아라. 너희 곡식을 풍채 좋고 샤방샤방한 하나님이 돌봐주시는 것이 좋을까? 아니면 간질 걸린 양을 억지로 삼키고 속이 더부룩한 하나님이 돌봐주는 것이 좋을까?

나 때문에 마음이 불안하다고? 그것 참 잘코사니다! 어느 날 내가 너희의 행실에 따라 너희 면면을 심판할 것이기 때문이겠지. 심판은 불의 도가니와 같거나 아주 강력 세탁비누와 같을 것이다. 온갖 얼룩, 온갖 더러움은 씻겨 나가고 오직 정직하고 의로운 이들만이 남을 것이다. 거짓말쟁이, 간음한 자, 과부와 고아와 이민자들을 못살게 군 자는 불살라질 것이며, 반대로 의로운 이는 행복한 새끼 토끼처럼 즐거이 뛰놀 것이로다.

"그게 가진 것 다냐?"

신약성경

"제 지피에스(GPS)에 주소를 찍겠습니다."

"예수님? 나사렛의 예수님이시죠?
고등학교 때 뵙고는 뵙지를 못했군요."

6장
복음서

그리스도교의 탄생. 예수가 젊은 거리의 마법사로 이름을 떨치는 중에, 제자들은 무료 의료 서비스를 베풀고 사람들은 먹을거리에 반하다.

하나님께서 지시하신 대로 유대인이 솔로몬 성전을 재건했다. 성전이 완성되자 하나님이 메시아를 보내시어 그들을 이방의 통치에서 해방시키시고, 지상에 하나님의 나라를 세우시겠다는 약속이 지켜지기를 기다렸다. 하지만 수백 년이 지나도 메시아는 오지 않았다. 그새 이스라엘은 달걀 바구니처럼 이 제국에서 저 제국으로 돌려졌다. 페르시아가 바빌로니아로부터 이스라엘을 넘겨받아 그리스에 전달했고 그리스는 로마에 정복되었다.

유대인들은 로마인들의 지배하에 사는 것이 싫었고 자기 나라에서 2등 시민으로 사는 것도 신물이 났다. 그래서 때론 일부의 젊은 영혼들이 자신이 예언자들이 예언한 메시아일지 모른다고 생각하여 반역을 도모했다. 헤롯 왕이 죽자 그의 노예들 중 하나인 페레아의 시몬이라는 키 크고 잘생긴 사나이가 자신이 왕이라고 밝혔다. 이스라엘은 섹시한 통치자의 오랜 전통이 있었던지라 사람들은 생각했다. "왜 아냐?" 로마인이 이 물음에 대해 그를 죽여 "이래서 아니야."라고 대답했다.

실패한 메시아들이 왔다가 갔다. 누군가 호언장담으로 시작하여 반역을 꾀하면 로마인들이 잽싸게 진압에 나섰다. 그 후 메시아 지망생은 십자가에 못 박혀 길옆에 세워졌고, 그곳에서 나그네들에게 로마 제국에 충성하는 것이 얼마나 옳은 결정인지 일깨워주는 인간 광고판으로 이바지했다. 유대인들은 메시아가 대체 오기는 오는지, 온다 한들 공익 광고판이 되는 신세를 면할 수는 있는지 의심하기 시작했다.

바로 이런 세상에 아기 예수가 태어났다.

마태복음

예수는 작은 마을 베들레헴에서 비천한 신분으로 태어났다. 태생이 비천한 데도 불구하고 사람들은 예수에게 뭔가 특별한 데가 있다는 것을 알아차린 듯했다. 심지어 이방인들도 그것을 알아차렸다.

새로운 왕의 탄생을 알리는 점성술의 별자리를 좇아 현자 셋이 유대 왕국으로 왔고 예수에게 값비싼 선물을 선사했다. 고대의 기프트 카드에 해당하는 황금, 향유 일종인 유향, 유향이나 거의 다름없는 몰약. 세 현자는 상상력이 풍부한 선물 공여자는 아니었다.

모든 사람이 이 새 왕의 탄생 소식에 기뻐한 것은 아니었다. 헤롯 왕은 새 왕이 태어났다는 예언을 듣자 병사들에게 베들레헴에 있는 2세 이하의 아이는 전부 죽이라고 명령했다. 다행히도 예수와 가족들은 때맞춰 무사히 변경을 넘었다. 그들은 2년 동안 이집트에서 불법체류자로 생활하다가 고국으로 돌아와 나사렛이라는 후미진 마을에 정착했다.

예수는 가족이 운영하는 목공소에서 일했지만 서른 살에 들어서자 자아를 찾아 세상을 돌아다니며—아마 약간의 설교를 해야 할—마음에 품어온 일을 하기로 결심했다. 그래서 여기저기를 방랑하면서 의견이 없는 것이 거의 없었지만 주로 하나님과 인생과 사랑을 주제로 설교를 했다.

“네가 가난한 이에게 베푸는 것은 네가 온당하고 친절한 사람이기 때문이지 누가 지켜보고 있기 때문이 아니다.” 예수가 말했다.

“장터에서 눈먼 이에게 동전을 던져주며 으스대는 사람을 보면 이런 생각이 든다. ‘젠장, 나팔수도 데려오지 않고?’ 온당한 일을 하면서 자랑하는 자는 십중팔구 불쌍한 인간이 될 것이다. 아무도 지켜보지 않는 때야말로 하나님이 우리를 가장 잘 보시는 때이다.”

예수는 교만한 사람을 경멸했다.

“신앙심을 과시하려고 여러 사람 앞에서 요란하게 기도를 시작하는 예수쟁이가 되지 마라. 대중 앞에서 예배를 올리는 행위는 하나님을 위한 것이 아니라 그들 자신을 위한 것이다. 그분을 위한 것이라면 골방에서 기도하는 것이 더 온당하다.

물질적인 소유에 지나치게 집착하지 마라. 너희가 가진 것들 중에 먹히거나 도둑맞거나 부서지지 않을 것은 하나도 없다. 아무도 빼앗아갈 수 없는 보물에 자신을 맡겨야 한다.”

예수는 또 이탈하라고 설득하는 데 많은 시간을 바쳤다.

“세상은 일자리를 가져본 적이 없는 새들로 가득하다. 그렇기는 하나 그들은 용케도 잘 헤쳐 나가는 듯이 보이더구나.” 예수가 말하곤 했다.

“노동은 공허한 형식에 지나지 않으며 우리가 자연을 개선하고 있다고 우리를 설득하려는 것이다. 하지만 그것은 망상이다. 솔로몬 왕이 제아무리 대단한 멋쟁이였어도 데이지 꽃 반만큼도 차려입지 못했다.

짐작건대 하나님께서 우리가 이곳을 좋아하기를 바라실 가능성을 우리가 받아들이지 못하는 이유를 이해하지 못하겠구나. 아들이 네게 생선을 달라고 청하면 너는 코브라를 주느냐? 아니지 않느냐? 그런데 너는 하늘에 계신 아버지가 무엇을 주실지 왜 그렇게 걱정하느냐? 우리는 굶어 죽을 걱정 따위는 하지 않아도 된다. 그저 하나님께 생선을 달라고 청하는 법만 알면 된다.”

예수는 하나님을 아버지로 자주 언급했다. 그 이유는 하나님이 실제 아버지였기 때문이다. 예수는 어머니 인간 마리아와 아버지 하나님의 아들인고로 혼혈아였다. 하나님을 생물학적 아버지로 둔 데서 생긴 부작용 중 하나가 예수가 지닌 신묘한 능력인데, 그것은 유용할 때가 많았다.

그가 거리에서 나환자를 만나 치료해주며 말했다.

"그래. 내 널 고쳐주마. 하지만 아무한테도 말하지 마라. 사람들이 내 가르침보다 내 신비한 능력에 관심이 더 많으면 안 되니 말이다."

물론 그런 일을 비밀에 부치는 것은 불가능하다. 예수의 기적에 관한 일화들이 온 나라에 퍼지면서 삽시간에 예수에게 치료를 받거나 죽은 아이를 되살리려는 사람들로 장사진을 이루었다.

무료 의료 서비스의 수요를 감당하기가 어려워지자 예수는 추종자들 중에서 12명을 골라 공식 제자로 삼고 일을 대리하게 했다. 제자들에게 병자들을 치료하는 신묘한 기술을 나눠주고는 사람들을 치료하고 가르침을 전하도록 순례를 보냈다.

"그 누구한테도 돈을 받지 마라." 예수가 그들에게 주의를 당부했다.

"나도 너희에게 능력을 나눠주고 돈을 받지 않았다. 돈 걱정은 하지 마라. 우리는 그저 이 마을 저 마을 돌아다니며 사람들이 우리를 먹이고 재워줄 것이라고 믿으면 된다. 너희가 돈 없이 사는 것이 얼마나 쉬운지 놀랄 것이다."

예수의 설교를 듣던 중에 한 남자가 앞으로 나서 물었다.

"하나님 나라에 가려면 어떻게 해야 합니까?"

"계명은 잘 지키고 있느냐?" 예수가 물었다.

"사람을 죽이거나 아내 몰래 바람을 피우진 않느냐?"

"그럼요. 계명은 잘 지키고 있습니다." 그 남자가 예수에게 다짐했다.

"잘했다. 하나님 나라에 반나마 닿았느니라." 예수가 남자의 등을 철썩 때리며 말했다.

"이제, 모두 다 팔아 나를 따라오너라!"

"모두 다요? 무슨 말씀이신지. 예수님, 그러니까 제 포트폴리오는 사실 부풀려진 데가 많습니다. 당장 현금화할 자산도 많지 않고요……. 저기, 저건 머리 둘 달린 염소잖아요?" 예수가 고개를 돌리자 부자 남자가 자리에서 황급히 달아났다.

"보았느냐?" 예수가 제자들에게 웃으며 말했다.

"낙타가 바늘귀로 들어가는 것이 부자가 하나님의 나라에 들어가는 것보다 쉬우니라."

예수는 당대 유대인의 믿음과 상반되는 사후세계의 존재를 믿었다. 그래서 사람들에게 물질세계를 초월하여 사후에 천국에서 영적 존재로 살 준비를 시켰다.

예수가 묘사한 바에 따르면, 지옥은 천박한 사람의 영혼이 포터리 반Pottery Barn 22) 상점이 없어 무엇을 해야 할지를 모르는 곳이다.

어느 날 예수와 제자들이 일주일 동안 영적 은둔을 위해 산에 올랐다. 예수가 홀로 은둔에 들자 제자들은 스승이 실종되었을지도 모른다는 생각이 들었다. 그래서 2인자라 자처하는 제자 베드로는 걱정이 되지 않을 수 없다.

"놀라워." 베드로가 말했다.

"근본적 안식Radical Sabbatical 23)에 든 지 이제 겨우 이틀밖에 안 지났는데 벌써 실종자가 생겼어."

베드로가 수색대를 구성하여 예수를 찾았을 때는 놀랍게도 예수가 모세를 비롯한 예언자 엘리야의 유령과 한창 대화 중이었다.

"당신은 누구신가요?" 베드로가 물었다.

"너는 내가 누구인 것 같으냐?"

"메시아이십니다. 메시아가 아니시면 하나님의 아드님도 아니시겠죠."

예수가 베드로의 뺨을 토닥이며 말했다.

"그래, 아무에게도 말하지 말거라. 알았느냐? 아직은 때가 아니다. 내 존재를 세상에 드러낼 준비가 안 되었느니라."

그 시대 사람들은 비밀을 숨기는 데 몹시 서툴렀다. 또다시 예수에 대한 소문이 퍼지면서 메시아로 짐작되는 이 사내에

---

22) 그릇 등 다양한 생활용품을 파는 미국의 프랜차이즈 상점.
23) 바쁜 일상의 문제를 접어두고 자아를 성취할 새로운 가능성을 모색하는 것.

대한 이야기로 사람들이 시끌벅적했다. 사람들이 왕을 모시듯 그를 맞이했는데, 예수는 하나가 아니라 두 마리의 나귀를 타고 예루살렘으로 들어왔고 사람들은 나귀가 지나가는 길바닥에 야자나무 가지를 던졌다.

사두개인Sadducee이라 불리는 귀족적 지식인 무리는 본데없는 산원숭이가 록스타 대접을 받는 것이 못마땅했다. 그래서 예수의 콧대를 납작하게 해주면 재미있을 것이라고 생각하여 그들로서는 터무니없는 이야기라고 생각하는 사후세계의 존재에 대한 믿음을 추궁하기 시작했다.

"가령 어떤 여자가 남편이 죽어 재혼을 했다고 합시다. 그들이 다 죽어 하늘나라에서 되살아났을 때 여자는 누구의 아내입니까?" 그중 하나가 물었다.

"그래. 예수, 어디 한번 대답해봐!"

"그런 것까지 묻는 것을 보니 너희의 식견이 얼마나 형편없는지 알 만하구나." 예수가 대답했다.

"하늘나라에선 아무도 결혼을 하지 않는다. 사실 그들은 사람이 아니다. 그들은, 글쎄다, 천사나 뭐 그런 것과 비슷하다. 헌데 정녕 너희가 주장하는 하늘나라에선 결혼을 하느냐? 하나님께서 서류를 가려내지 못하시기 때문에 그런 하늘나라는 존재할 리가 없다.

너희는 독선적인 위선자에 지나지 않는다! 너희는 나에게 하나님의 말씀에 대해 말하면서 고작 시시콜콜한 절차상의 문제에 묶어두는 것밖에 못하는 것이냐? 너희는 사랑도 없는 데다 식견도 없고, 가진 것이라고는 율법밖에 없구나. 너희는 하나님의 율법을 따른다면서 그분의 계명을 무시하고 있다. 너희야말로 우물 바닥의 죽은 낙타는 놓아두고 물 잔의 죽은 파리는 건져내는 자들이로다."

하지만 사두개인과 벌인 자유토론에서 승리는 대가를 요구했다. 그들은 예루살렘 성전의 종교법정 산헤드린Sanhedrin으로 달려갔다. 예수는 권력을 가진 자들을 건드렸으므로 볼 장 다 보았다는 것을 알았다. 그래서 제자들을 따로 불러 자신이 곧 죽게 될 것이라고 말했다. 제자들 중 유다Judas는 그의 종교가 막다른 길에 다다랐으며, 그렇다면 가능할 때 이익을 챙기는 편이 낫다고 생각했다. 그래서 산헤드린으로 갔고, 은화 30냥을 받은 대가로 그들이 예수를 조용히 잡을 수 있도록 예수를 넘기는 데 합의했다.

예수는 마지막으로 성대한 만찬을 마련하여 제자들과 시간을 보내는 것이 산뜻한 마무리라고 생각했다. 제자들과 건배를 하고는 술잔을 올리며 말했다.

"이제 올 것이 왔도다. 오늘 밤 너희들 중 하나가 나를 배신하리라. 난 체포되어 죽으리라. 우리가 모두 하늘나라에서 만나 술잔을 기울이기 전까지 내가 마시는 마지막 술이로다."

"뭐라고요? 배신을 하다니요?" 그들이 말했다.

"누가 예수님을 배신합니까?"

예수가 유다에게 고갯짓을 했다.

"이런 제기랄……. 중요한 일이 있는데 깜빡했네!" 유다가 말하고 벌떡 일어나 급히 방을 나갔다.

저녁식사가 끝나고 예수가 남은 제자들에게 안뜰에 나가 다 함께 기도를 올리자고 말했지만 밤이 깊은지라 제자들은 잠에 곯아떨어졌다.

"일어나라!" 예수가 성난 목소리로 말했다.

"아까 말하지 않았더냐? 난 죽을 몸이란 말이다. 지금이 우리가 함께 보낼 마지막 순간인데 너희는 단잠이나 자겠다는 것이냐?"

이때 유다가 돌아왔다. "이봐, 내가 돌아왔어! 나 없는 새 별일 없었지?"

그는 예수에게 다가가 볼에 입을 맞추었고, 그때 무장한 병

"예수야, 냉큼 돌아오지 못해."

사 수십 명이 나무와 관목 뒤에서 뛰쳐나와 예수를 붙잡아 묶었다.

"아니, 저자들은 누구예요? 제가 데려온 것 아니에요." 유다가 설득력 없이 말했다.

병사들이 예수를 심문하기 위해 성전으로 끌고 갔다. 이즈음 유다는 낙하산에 대해 재고하기 시작했다. 그는 스승을 배신했다고 생각하니 괴로웠다. 그는 돈을 돌려주려고 하는데 산헤드린은 그를 돌려보내려고만 했다. 유다는 자신이 혐오스러워 돈을 성전 바닥에 집어던지고 빈 밭을 찾아가 목을 맸다.

한편 산헤드린은 예수를 심문했고, 어떤 대답을 하든지 그에게 침을 뱉거나 얼굴을 걷어찼다. 그것은 마치 일본 게임쇼에 걸려든 것처럼 보였다.

"듣자하니 네가 메시아라면서? 사실이야? 로마인들로부터 이스라엘을 구하러 세상에 왔다며? 네가 우리 왕이야?"

"물론 그렇다. 하지만 난 그저 선택받은 왕이 아니다." 예수가 대답했다. 하지만 그들은 이미 들을 만큼 들었다.

그들은 예수가 스스로 메시아라고 주장했으므로 그를 반역죄로 처형해달라고 로마 총독에게 보냈다. 로마인들이 예수에게 매질과 고문을 하고는 십자가에 못 박을 언덕까지 십자가를 지고 가게 했다. 병사들이 재미삼아 그에게 자주색 겉옷을 입히고 머리에 날카로운 가시로 만든 왕관을 씌웠다. 그들은 조롱하듯이 '유대의 왕'이라고 적은 팻말을 십자가에 걸었다.

그들은 십자가에 못으로 예수의 손과 발을 박고 나서 그가 죽어가는 동안 모든 사람이 그를 비웃을 수 있도록 언덕 꼭대기의 십자가에 그를 걸어두었다.

예수와 함께 십자가에 못 박힌 다른 두 사내도 그를 조롱하는 데 가세했다.

"이보게, 하나님 아들이라고 주장하는 그 자식 아니야? 이봐 아들!" 그가 외쳤다.

"우리 좀 내려주지 않겠나? 못한다고? 괜찮아, 내 그럴 줄 알았어."

"저거 완존 또라이 자식이잖아!" 반대편 사내가 낄낄거리며 말했다.

"나라면 지금 당장 너하고 손뼉을 마주치며 인사했을 것 같거든."

온 세상의 조롱거리로 만드는 것으로는 모자랐던지 그를 십자가에 못질한 병사들이 그의 옷가지를 걸고 내기를 했고, 해면에 신 포도주를 적셔 그에게 억지로 먹였다.

예수는 주위에서 펼쳐진 서커스를 지켜보아야 하는, 인생에서 더없이 불행했을 날에 하늘을 올려다보며 부르짖었다.

"하나님! 나의 하나님! 어찌하여 저를 버리시나이까?" 그 말을 남기고 예수는 숨을 거두었다.

예수가 숨을 거두자 하늘이 어두워지고 땅이 흔들렸으며 온 마을의 죽은 자들이 되살아나 좀비처럼 도시를 배회하기 시작했다.

"결국 하나님의 아들이셨어!" 한 병사가 중얼거렸다.

그들은 예수의 시신을 가져다가 열성 팬들 중 하나가 기증한 무덤에 묻었다. 그러고는 추종자들이 시신을 훔쳐가지 못하도록 무덤을 큰 바위로 막고 경비병 둘을 세워두었다. 하지만 그 주 일요일에 심한 지진이 일어났다. 천국에서 천사가 내려와 바위를 옆으로 밀었고, 천사와 싸우게 될 것이라는 말을 듣지 못한 경비병들은 혼비백산하여 달아났다.

이튿날 아침 예수의 숙녀 친구들 중 몇이 무덤에 들렀다가 바위 위에 앉아 그들을 기다리고 있는 천사를 만났다. 천사가 여자들에게 모든 제자들을 찾아가 예수가 되살아나 갈릴리 마을에서 기다린다는 말을 전하라고 일렀다.

아니나 다를까 예수가 살아나 갈릴리에서 쉬고 있었다.

"예수님! 돌아가시지 않아 정말 다행이에요. 그런데 이제 어떡하실 건가요? 예루살렘으로 돌아가실 건가요? 기적을 좀 보여주어 물꼬를 트는 것이 좋을까요?"

"여기서 내 소임은 끝났다." 예수가 그들에게 알렸다.

"나는 하늘나라로 돌아가 하나님 곁에 있을 것이다. 그러니 너희는 너희의 일을 하여라."

"헌데…… 뭘 해야 하나요?" 그들 중 하나가 물었다.

"지금 무슨 말을 하는 것이냐?" 예수가 대답했다.

"내가 죽은 자로부터 돌아온 것까지 합쳐 얼추 300여 가지의 기적을 보여주지 않았더냐? 사람들에게 기적을 전해라. 내가 하나님의 아들이라고 전해라. 메시아가 하나님의 나라를 위해 세상을 준비하러 왔었노라고 전해라. 아참, 그리고 내가 곧 다시 온다는 말도 전해라."

그러고는 예수가 하늘로 날아갔다.

마가복음

마가의 이야기는 예수가 세례자 요한을 만나는 데서 시작한다. 요한으로 말하면, 사막에서 살며 너무 가난해 낙타 털옷을 걸치고 메뚜기를 먹었는데 메뚜기에 꿀을 발라 더 맛나게 먹은 신비주의자였다. 세례자 요한이라는 이름은 그가 세례를 해주거나 사람들을 물속에 담그는 침례를 베풀기를 좋아한 데서 붙여졌다. 세례는 영적 존재로서 재탄생을 상징하는 목욕의식이었다.

예수가 세례를 받자 창공이 갈라지며 비둘기 한 마리가 날아 내려왔다. 하나님의 울리는 음성이, 예수가 그분의 아들이며 그분이 자랑스러워하는 녀석이라고 모든 사람에게 알렸다. 하나님의 극찬을 받고 나서 예수는 여기저기 돌아다니며 하나님의 일을 하고 기적을 일으켜 사람들을 황홀하게 했다. 또한 구마의식을 행하고, 열을 내리고, 많은 나환자를 치료했다.

예수는 나환자를 유난히 좋아했다.

예수는 속물이 아니었다. 그는 누구하고나 잘 어울렸다. 이윽고 어부와 매춘부를 비롯하여 여타의 밑바닥 인생들이 그를 풀타임으로 따라다니기 시작했다. 그는 이 추종자들 중에 12명을 공식 제자로 삼았다. 어떻게 하나님의 예정된 사람이 그런 비천한 사람들과 어울릴 수 있는지 묻자 그는 어깨를 으쓱하며 말했다.

"건강한 사람과 아픈 사람 중에 누구에게 의사가 더 필요하겠느냐?"

사람들이 거리 마술에 열광하는 동안 예수가 그만의 종교철학을 가르치며 사람들의 마음을 쑤셔댔다.

"공짜 생선과 빵은 마음에 드는데." 그들은 불평하곤 했다.

"교리는 생략하시면 안 되나?"

"여긴 세례 때문에 오신 건가요? 메뚜기 좀 드실래요?"

예수로서는 교리를 생략할 수 없었다. 그는 돌아다니며 사람들에게 그들이 하나님을 얼마큼 사랑하는지와 이웃을 얼마큼 잘 대우하는지가 가장 중요하다고 설교했고, 특히 그것은 바리새인들을 아프게 찔러댔는데, 그들은 모세가 정한 수천 가지의 율법을 꼼꼼히 지키기 때문에 자신들이야말로 성자라고 여겼다.

"우리가 일생을 바쳐 쌓은 공적이 홈 메이드 샌들을 신은 정체 모를 놈에게 훼손되는 꼴을 가만히 두고 보지 않겠어." 그들이 잘라 말했다.

어느 날 바리새인들이 안식일에 밭에서 곡식을 거두는 예수를 보았고, 그것은 명백한 모세 율법의 위반이었다. 그들과 마주한 예수는 대수롭지 않다는 듯 어깨를 으쓱하며 말했다.

"하나님께서 인간을 위해 안식일을 만드셨지 안식일을 위해 인간을 만드시지 않았다."

예수의 불경스런 가르침과 신묘한 능력이 논란거리가 될수록 그의 인기도 높아졌다. 따르는 무리의 수가 늘어가자 예수는 기적의 수위를 높이기로 마음먹었다. 그는 버스 한 대 단위로 나환자와 불구자를 치료했다. 종국에는 죽은 사람까지 되살려내기 시작했다. 예수가 수많은 권력자들을 불안하게 했고, 그들은 그를 조용히 제거할 방법을 강구하기 시작했다.

그렇지만 예수는 온 나라를 돌아다니며 공연을 계속했다. 하루는 옛 고향마을을 지나게 되었다. 이 한적한 전통 마을 사람들은 모두 그를 어린 예수로 기억했다. 그런데 그가 소문난 충격요법 설교자가 되어 돌아오고 있었다. 어머니와 형제들은 마을 사람들에게 예수가 하나님의 아들이라거나 그들이 그를 따라야 한다고 말하는 것은 자살 행위나 마찬가지라서 걱정이 되었다. 그들은 초조하게 예수를 무대에서 끌어내리려고 했다.

"제발 우리 애를 집으로 데려가게 해주세요." 마리아가 애원했다. "악의는 없어요. 아이 머리가 아파서 그래요."

"그래, 집에 가는 게 좋겠어." 바리새인들이 주장했다.

"이봐, 자네 가엾은 어머니가 걱정하시잖나!"

하지만 예수는 가족과 바리새인은 아랑곳하지 않고 일과를 시작했다. 아픈 사람들을 고치고 마귀를 쫓아냈다. 예수가 구마의식을 행하는 것을 본 바리새인들이 길길이 날뛰며 사술과 마귀 숭배라 비난했다.

"그게 말이 되느냐?" 예수가 그들에게 물었다.

"만에 하나라도 내가 마귀를 숭배한다면, 사람들 속에 마귀를 집어넣지 사람들 속에서 마귀를 꺼내겠느냐?"

나중에 바리새인들이 손을 닦지 않고 점심을 먹는 예수를 보았다. 그들은 호루라기를 불고 아우성을 치며 그를 다그쳤다. "모세의 율법은 손을 씻으라고 했어! 스스로 자신을 더럽혔다고, 선생! 손을 안 씻고 점심을 먹었기 때문에 이제부터 당신은 불결해!"

예수가 두 눈을 굴리며 말했다. "사람의 입속으로 들어가는 것은 밖으로 나오는 똥에 비하면 사람을 반도 더럽히지 못한다."

그러고 나서 다시 샌드위치를 먹기 시작했다. 바리새인들은 이 건방진 왕재수의 말을 들을 만큼 들었다고 결심했다.

예수가 순례를 하던 중 어느 날 큰 소동이 벌어졌다. 제자들이 예수에게 현지 가족의 아들을 치료해달라고 청할 것인지를 놓고 언쟁을 벌이고 있었다.

"무슨 일로 그러느냐?" 예수가 물었다.

아이의 아버지가 예수에게 다가와 말했다. "이 아이는 제 아들입니다. 그런데 발작 마귀가 씌어 입에 거품을 물고 바닥

"뭐든 다 돼요. 빵. 포도주. 치료. 죽은 자를 살리는 것? 식은 죽 먹기죠. 창녀와 나환자한테 물어보세요. 다들 오세요. 파티 시간이에요."

을 때굴때굴 뒹굽니다. 발작이 아주 심한 날은 침대에서 떨어지거나 벽난로 안으로 굴러 들어가려고 합니다. 어쩌다 우리가 밖에 나갔을 때 발작이 심하여 호수로 뛰어들지도 모릅니다. 아이가 호수로 뛰어들게 두고 볼 수는 없습니다. 호수는 위험해요! 도무지 어떻게 해야 할지 모르겠습니다."

"그런 지가 얼마나 되었느냐?" 예수가 물었다.

"태어난 뒤 줄곧 그랬습니다."

예수가 다가가 아이에게 양손을 대었다. 아이가 자지러지는 비명을 지르며 잠시 몸을 격렬하게 떨어대다 축 늘어지더니 잠잠해졌다.

"맙소사! 예수가 아이를 죽였어!" 누군가 비명을 질렀다.

하지만 몇 분 뒤 아이가 정신이 들자 사람들이 모두 환호성을 질렀다.

"바리새인들은 우리를 지적하고 혼내기만 해." 사람들이 말했다. "언제고 예수님을 그들에게 모시고 갈 테야."

예수와 제자들은 유월절을 쇠러 예루살렘에 들렀다. 성전에 당도한 예수는 입구에 제물로 바칠 짐승을 파는 행상 부스와 돈을 바꿔주는 환전소가 장사진을 이룬 것을 보았다. 성전이 예배를 보는 곳이 아니라 농빈 상터로 변한 것을 보고는 격노했다. 그가 환전 탁자를 걷어차고 비둘기 장사꾼에게 매질을 했다. 이렇게 분노를 폭발시키는 바람에 그는 성전을 운영하는 사두개인 사제들과 심각한 분쟁에 휩싸였다. 그들은 예수를 체포하여 그의 죄목을 읽었다.

“하나님은 너희의 율법에 아무 관심이 없으시다.” 예수가 말했다.

“하나님은 너희의 판매 실적에 관심이 없으시다. 하나님은 오직 너희에게 부족한 것, 사랑과 이해만을 너희에게 바라실 뿐이다.”

“예루살렘은 촌구석이 아니야.” 그들이 예수에게 말했다.

“계산대를 걷어차며 난동을 부리는 짓은 동쪽 지방의 이름 없는 마을이나 자네가 온 어딘가에서 가능할지 몰라도, 여기는 예루살렘이고 우리에게는 율법이 있어. 우리에겐 시스템이라는 게 있다고. 쉽게 말해, 여기서 자네는 아무런 권한이 없다는 말이야. 그러니까 기념품이든 뭐든 사면서 유월절을 즐기는 것은 얼마든지 해도 돼. 책임자가 누구인지만 잊지 말고. 알았나, 젊은이?”

예수는 비유를 들어 대꾸했다. “포도밭이 있었다.”

“뭐야? 우리한테 이야기를 해주겠다는 거야, 지금?” 한 사제가 물었다.

“쉬잇! 이야기를 들어보자고.” 다른 사제가 말했다.

예수가 목청을 가다듬고서 이야기를 이어갔다. “포도밭 주인이 너희들처럼 멋지고 존경할 만해 보이는 남자들에게 포도밭을 빌려주었다. 그리고 시간이 흘러 추수철이 되자 주인은 임대료를 받아오라고 하인을 보냈다. 그런데 임차인들이 돈은 지불하지 않고 하인을 때려 빈손으로 돌려보냈다. '흠, 뭔가 착오가 생긴 게 분명해.' 하고 주인은 생각했다. 그래서 다른 하인을 보냈는데 그들이 그를 죽였다. 드디어 주인이 말했다. '내 아들을 보내야겠군. 감히 내 아들한테까지 돈을 못 준다고 하지는 않겠지.' 그런데 그들은 그마저도 죽여버렸다."

"하고 싶은 말이 뭐야?" 그들이 짜증스레 물었다.

"말인즉슨 주인이 직접 포도밭에 오게 하려거든 십중팔구 운영에 변화를 주어야 할 것이다."

그들의 잘못과 상관없이 사제들은 숨은 뜻을 정확히 간파했다. 예수는 혁명을 주장하고 있었다. 그들로서는 이것이 인내심의 한계였다. 그리고 예수로서는 그가 체포되는 것은 시간문제라는 것을 알았다.

애초에 그들은 예수를 속여 어리석은 말을 하게 하거나 로마인이 그를 체포할 명분이 될 만한 말을 하게 하여 예수에게 흠집을 내려고 했다. 그래서 예수에게 세금을 내야 한다고 생각하는지 물었고, 만약 "그렇다"고 대답하면 그의 반항적 이미지가 손상될 테고, 만약 "아니다"라고 대답하면 그가 반역죄를 범하게 될 것이라고 기대했다. 예수가 수사적 올가미에서 벗어나려고 동선을 여봐란 듯이 보여주며 동전에 누구의 얼굴이 있는지를 물었다. 군중들이 동전은 카이사르의 것이라고 대답하자, 그는 카이사르의 것은 카이사르에게 주어야 한다고 말했다. 아울러 하나님께 진 빚은 하나님께 갚아야 한다고 덧붙여 사제들을 부끄럽게 했다. 결국 사제들은 예수에게 흠집을 내려던 시도를 단념해야 했다. 그들은 예수를 당장 체포하고 싶었으나 유월절이 끝날 때까지 고상하게 기다리기로 했다.

유월절 전날 예수는 친구이고 나환자인 시몬Simon의 집에 들렀다. 탁자 앞에 앉아 있는 동안 한 여인이 값비싼 향유가 담긴 옥합을 깨어 예수의 머리에 붓기 시작했다.

"으아 하하하!" 예수가 즐거운 신음소리를 냈다.

"대체 당신이 무슨 짓을 하는지 아시오?" 다른 손님 하나가 그녀를 나무라며 말했다.

"우린 이렇게 낭비할 돈이 없어요. 그 향유는 순수 나르드nard로 만든 것이란 말이오!"

"이해를 못하겠구나. 무에 그리 큰일이라고 야단법석인 것이냐?" 예수가 물었다.

"그 향유는 아주 귀한 것입니다." 그가 설명했다.

"그것을 팔아서 가난한 이들에게 돈을 나누어줄 수도 있었습니다."

"여인의 마음이 참으로 가상하지 않으냐." 예수가 말했다.

"넌 그렇게 초를 쳐야만 직성이 풀리겠느냐. 너는 가난한 이들을 돌볼 시간이 많지만 난 곧 죽을 몸이다. 그러니 이 순간을 즐기게 해주려무나. 알았느냐?" 예수가 달콤한 향내가 풍기는 머리카락을 쓸어 말총머리로 묶고 저녁 일을 계속했다.

이튿날 예수는 제자들을 마을로 보내 유월절 만찬을 준비하도록 했다. 만찬을 끝내고 안뜰에서 시간을 보내고 있을 때 그들 중 하나가 예수를 경찰에게 팔아넘겼다.

경찰들이 예수를 사제에게 데려갔고, 사제들이 그를 거칠게 다루며 메시아라고 생각하는지 물었다. 예수가 메시아라고 대답하자 그를 로마 총독 본디오 빌라도Pontius Pilate에게 보내 반역죄로 처형해달라고 요구했다.

총독은 예수가 로마 제국에 위협적인 인물로 보이지 않았고, 그래서 무작위로 소집한 군중으로 하여금 방면할 죄수를 고르게 하는 고대의 형편없는 관습에 호소해보기로 했다. 예수와 바라바Barabbas라는 반란자를 군중들 앞에 데려다가, 박수를 가장 많이 받는 죄수를 방면해주겠다고 말했다. 사제들이 미리 자기편 사람들로 군중을 채워놓은지라 당연히 군중들은 바라바를 풀어주기를 원했다.

"정말로 예수를 원하지 않느냐?" 빌라도가 물었다.

"유대인의 왕이냐? 다른 사람이냐?"

"이쪽 말고 저쪽!" "다른 사람!" "바라바!" 그들이 외쳐댔다.

예수를 십자가형에 처하는 것 말고는 다른 수가 없었다. 예수가 숨을 거두자 그들은 그의 친구들 중 하나가 기증한 무덤에 시신을 넣고 커다란 바위를 굴려 입구를 막았다.

그 주 일요일, 부인 몇이 예수의 무덤을 보러 갔다. 그들 중에는 예수의 어머니 마리아와 친구인 막달라 마리아도 있었다. 그들은 예수의 시신에 발라주려고 향유를 가져갔다.

"몸에 향유를 발라드리면 좋아하셨어요." 막달라 마리아가 말했다.

"그분은 몸에서 향긋한 냄새가 나는 것을 좋아하셨지요."

예수의 무덤으로 걸어가던 중에 어머니가 갑자기 걸음을 멈추었다.

"이런 미처 생각을 못했구나." 그녀가 말했다.

"안에 어떻게 들어가지? 그들이 커다란 바위로 입구를 막아 놓았잖느냐? 기억나느냐?"

그런데도 그들은 향유를 들고 계속 걸어갔다. 무덤에 도착했을 때 입구를 막아둔 바위가 옆으로 치워져 있었다.

무덤 안으로 들어가니 긴 탁자에 예수의 시신 대신 흰옷을 입은 천사가 앉아 있었다.

"예수님은 어디 계신가요?" 그들이 물었다.

"근처에서 산책을 하고 계실 것입니다." 천사가 대답했다.

"그럼 살아 계시다는 말인가요?"

"물론이죠." 천사가 대답했다.

"죽은 자를 되살리는 사람을 죽일 수 있다고 생각한 것은 아니겠죠?"

누가복음

하나님이 자식을 두기로 하셨다. 그래서 마리아라는 젊은 여인에게 아들을 가지라 명하셨다. 아마 더 인상적인 것은 하나님이 아무런 걱정할 필요 없는 완전 죽여주는 일이라며 약혼자 요셉을 설득하셨다는 점이다.

부부가 베들레헴이라는 작은 마을을 지날 때 마리아가 갑자기 산기를 느꼈다. 모든 여관이 만원인지라 하나님의 아들은 소와 양과 당나귀들에 둘러싸여 마구간에서 태어났다. 요셉과 마리아는 아기의 이름을 예수라고 지었다.

예수는 남달리 지적인 데다 하나님의 아들답게 일찍부터 종교적 소양이 뛰어났다. 요셉과 마리아는 해마다 그를 데리고 유월절을 쇠러 예루살렘으로 갔다. 어느 해, 그들이 집으로 돌아가던 중에 예수가 사라진 것을 알았다. 마음을 졸이며 예루살렘으로 되돌아가 사방을 찾아다닌 끝에 그들은 성전에서 사제들과 모세5경을 토론하고 있는 예수를 발견했다.

"예수 H. 그리스도!" 어머니가 고함쳤다.

"얼마나 걱정했는지 알아?"

"무슨 큰일이라도 났나요?" 예수가 대답했다.

"제 아버지 집에 들렀을 뿐인데요."

성년의 예수가 풀타임으로 신앙생활을 하기로 마음먹고 순회 랍비가 되었다. 그는 제자 12명을 모아 조력자로 삼았다.

그들은 어부와 세금 징수원, 실패한 혁명가 등 각양각색이었다. 예수는 제자들에게 별명을 지어주기를 좋아했다. 시몬의 이름은 베드로Peter로 바꾸었는데 그것은 '바위'를 의미했다. 제자들 중 다른 시몬은 셀롯Zeolot이라고 불렀다. 또한 야고보James와 형제 요한John은 '천둥의 아들들'이라 불렀다.

제자들 중에서 소수 취향을 가진 사람치고는 매우 드물게 회의주의자로 유명한 제자 도마Thomas와 훗날 예수를 배신하는 유다는 멋진 별명을 받지 못했다. 예수가 시대를 앞서갔던지라 이너 서클에는 막달라 마리아, 베다니Bethany의 마리아와 언니 마르다Martha 등의 여자들도 속해 있었다. 예수와 제자들은 이스라엘 전역을 순회하면서 이야기를 들려주고, 기적을 일으키고, 친구 집에서 식객 노릇을 했다. 그들은 일종의 즉석 공연단과 비슷했다.

예수는 종교에 대한 의견이 많았다. 하지만 그중에서 가장 중요하게 여긴 덕목은 용서였다. 그가 살았던 고대 세계는 복수와 살인, 그리고 벼락을 맞아 어둠 속에서 빛나지 않으려고 신들을 달래는 데 관심이 많았다.

예수는 생각했다. "우리가 서로를 용서하면 삶이 멋지지 않을까? 내가 너를 용서하면 복수할 마음이 들지 않을 텐데. 네가 나를 용서하면 늘 등 뒤를 조심하지 않아도 될 텐데. 하나님이 우리를 모두 용서해주신다면 우리가 그분을 우주 경찰관보다는 자애로운 아버지로 여길 텐데."

제자들이 예수에게 어떤 기도를 해야 하는지 묻자, 그들이 이웃을 용서하였으니 하나님도 그들을 용서해달라는 기도를 해야 한다고 말했다.

"예전에는 눈에는 눈, 이에는 이에만 관심이 많았다." 예수가 설명했다.

"하지만 누가 너희 뺨을 때리거든 그에게 다른 쪽 뺨도 내밀어라. 누가 외투 한 벌 때문에 너희를 고소하거든 그에게 두 벌을 내주어라. 못하겠느냐? 물론 너희는 외투 두 벌이 줄어들겠지만, 정신적으로 너희는 툴툴 털어버리고 새로 시작할 수 있을 터이다. 상대편 녀석이 평생토록 죄책감과 옹졸함에 시달리게 놔두어라. 그게 필요한 사람 있느냐?"

예수는 복수가 가치 있다고 생각하지 않았다.

"정의의 저울의 균형을 맞추는 것은 하나님의 일이지 폭력배의 일이 아니다." 그가 사람들에게 말했다.

예수는 예루살렘으로 가기로 했다. 제자들 몇이 밤에 신세질 곳을 알아보기 위해 인근 사마리아인의 마을로 먼저 출발했다.

"어떻게 됐느냐?" 제자들이 돌아오자마자 예수가 물었다.

"마을 사람늘이 우리를 받아주지 못하겠답니다." 그들이 대답했다.

"주님, 하늘에서 불을 불러다 마을을 쑥대밭으로 만들어버리죠?"

예수가 고개를 저었다. "안 된다. 우리는 그들을 용서할 것이다. 이제껏 누누이 말했건만 무엇을 들은 것이냐?"

예수의 가르침은 주로 종교계 인사들, 특히 바리새인을 당혹스럽게 했다. 바리새인은 다소 속물적인 성자들의 집단인데, 그들은 율법을 철저히 지키기 때문에 하나님의 사랑을 받을 자격이 있다고 자부했다. 그들은 언제나 자질구레한 것까지 하나님의 율법을 철저하게 지키는 것을 중요시했다.

예수가 바리새인 시몬의 집에서 저녁을 먹고 있었다. 식사 자리에 초대받지 않은 여인이 불쑥 나타났다. 여인은 그녀가 저질렀다고 짐작되는 큰 죄로 말미암아 배척당해왔다. 더는 잃을 것이 없었기에 그녀는 집으로 들어와 경비를 지나쳐 예수에게 다가왔다. 그의 얼굴을 마주보고 꼼짝도 않은 채로 무엇을 해야 할지, 무슨 말을 해야 할지 몰라 한없이 눈물만 흘렸다. 슬픔과 수치심 때문에 흐르는 눈물이 예수의 발등을 적셨고, 그래서 꿇어앉아 머리카락으로 그의 발등을 닦기 시작했다.

"누가 와서 이 음란한 여자를 끌어내라!" 바리새인이 밖에 대고 소리쳤다. 하지만 예수가 여인을 보내려고 하지 않았다.

"시몬? 뭐 좀 물어봐도 될까요?" 예수가 물었다.

"그럼요." 시몬이 식당 마루에 펼쳐진 풍경에 역정을 내며 대답했다.

"어떤 남자에게 돈을 빚진 두 사람이 있었어요. 한 사람은

500냥의 빚을 졌고, 또 한 사람은 50냥의 빚을 졌지요. 두 사람이 다 빚을 갚을 돈이 없었어요. 그래서 남자가 두 사람의 빚을 탕감해주었지요. 빚을 진 두 사람 중에서 누가 더 고마워할까요?"

"글쎄요. 빚이 많은 쪽 아닐까요?" 시몬이 대답했다.

"그래서 우리는 죄가 큰 사람을 용서해야 합니다." 예수가 꿇어앉은 여인을 일으켜 눈에서 눈물을 닦아주었다.

"그만 가보아라. 더는 수치스러워하며 살지 마라. 네 죄는 용서받았다."

예수는 늘 이런 식의 짧은 이야기를 즐겨 했다. 그의 가르침은 대개 이런 짧은 비유의 형식을 취했다. 예수는 상황을 단순화하기 좋아했다. 한번은 모여든 사람들에게 단지 두 가지만 하면 하나님의 나라에 들어갈 자격이 충분하다고 말했다. 그 두 가지는 하나님을 사랑하고 내 이웃을 사랑하는 것이었다. 아무래도 그것조차 이해하기가 어지간히 쉽지 않았는지 한 남자가 건방지게도 예수를 변호하려고 들며 '이웃'의 정의를 물었다.

"내 이웃이라면 옆집 사람인가요? 동네 거리의 사람인가요? 동족인 유대인인가요?" 예상대로 예수가 이야기로 대답했다.

"한 사내가 길을 가다가 노상강도를 만나 흠씬 두드려 맞고서 짐을 빼앗긴 뒤 죽게 버려졌다. 길거리에 피를 흘리며 쓰러져 있는데 사제가 당나귀를 타고 다가오고 있었다. 사내가 '이제 살았구나!' 하고 생각했지만 사제는 그를 지나쳐 그냥 가버렸다.

그 후에 유대교 회당에서 만나 알고 지내는 사람이 우연히 지나갔다. '됐어. 이번엔 정말 살았다고!' 사내가 안심했다. 하지만 행인은 그저 주위에서 어정거리면서 옷자락에 피가 묻지 않게 조심하기만 했다.

마지막으로, 사내는 세 번째 남자가 길을 따라 다가오는 것을 보았다. 그런데 사마리아인이었다. 우리는 사마리아인들이 유대인을 얼마나 싫어하는지 잘 알지 않느냐? 물론 가엾은 사내도 길에 가만히 누워 생각했다. '이보다 운수 사나운 날도 없을 거야.' 하지만 그 사마리아인은 걸음을 멈추고 그를 대충 치료한 뒤 인근 마을로 데려가 그가 나을 때까지 침대 옆을 지

영업 종료.

켰다. 심지어 사내의 치료비까지 내주었다. 자, 그럼, 너희에게 묻겠다……. 세 사람 중에 누가 이웃이겠느냐?"

"유대교 회당에서 만난 사내가 이웃이죠, 맞죠?" 그 남자가 자신 있게 대답했다.

"알아서 생각하려무나." 예수가 한숨을 내쉬었다.

예수는 간통과 살인과 물질주의가 욕정과 증오와 탐욕에 열중하게 자신을 방치한 데서 오는 당연한 결과라고 여겼다. 예수의 말에 따르면 유혹을 무조건 참는다고 이롭지 않았다. 보답 없는 욕망이 욕망에 굴복하는 것보다 더욱 고통스럽다. 그래서 머잖아, 십중팔구 무슨 수를 쓰든지 욕망하는 대로 행동할 것이라서 그 모든 노력이 자기부정의 헛된 고문이 돼버린다는 것이다.

예수의 의견에 따르면, 해결책은 오로지 마음을 바꾸어 애당초 지독한 욕망이 자리 잡지 않게 하는 수밖에 없었다. 누군가를 죽이고 싶은 마음이 그를 실제로 죽이는 것과 똑같이 영혼에 해로웠다.

용서하고 더는 문제 삼지 말라는 설교에 대해 바리새인들은 감정을 적나라하게 드러냈다. 예수가 많은 사람들에게 설교를 하는 동안 바리새인들이 뒤쪽에 모여 투덜거리곤 했다.

"저 히피 녀석이 뭔 헛소리를 늘어놓는 거야?"

예수는 그런 철학을 예루살렘에도 전파했다. 안식일에 유대교 회당에서 설교를 하다가 골다공증이 이제껏 본 중에서 가장 심한 노파를 보았다. 그녀는 등이 인간 지팡이 사탕처럼 굽어 있었다. 그래서 예수가 등을 곧게 펴주어 그녀를 치료했다. 그러자 바리새인들이 안식일에 일을 했다며 예수를 호되게 꾸짖기 시작했다.

“일주일에 엿새는 기적을 행하잖아.” 그들이 투덜거렸다.

“일요일이 돌아왔다고! 일요일에 누군가를 치료해주는 것은 옳지 않잖아?”

“허드렛일들로 하나님의 지지를 얻을 수 있을 것 같으냐? 너희는 경건의 행위로써 예언자의 무덤을 청소한다. 애초에 예언자들을 죽인 것이 바로 그 경건한 자들이었는데 말이다. 아마 하나님은 살아 고동치는 심장이 더 많고 장의사가 더 적기를 바라실 것이다.”

한 바리새인이 분노해 예수를 한쪽으로 데려가서는 예루살렘을 떠나는 것이 신상에 이로울 것이라고 말했다.

“무슨 상관이냐?” 예수가 물었다.

“위대한 예언자들은 모두 예루살렘에서 죽는다.”

바리새인들은 모세5경에 대한 예수의 식견에 탄복했지만 지속적인 모욕에 분노가 치밀어 오르고, 그들이 일생 동안 철저히 준수해 얻은 하나님의 사랑을 예수가 거리의 술주정뱅이와 변태들에게까지 베풀려 애쓰고 있다는 사실이 섬뜩했다.

“대관절 어떻게 이런 작자들을 하나님이 사랑하실 수 있다는 말이냐? 하나님의 계명을 무시하는 데 온 삶을 바친 사람들을 말이야. 대관절 어떻게 모세의 율법을 경멸하는 사람이 다시 유대교인이 될 수가 있다는 말이냐?" 바리새인들은 알고 싶었다.

그래서 예수가 그들에게 돌아온 탕아의 이야기를 해주었는데, 그것은 술 마시고 노느라 아버지의 돈을 흥청망청 쓴 방탕한 부잣집 아들에 대한 이야기였다.

탕아는 유산을 상속해달라고 아버지를 졸라댔다. 일단 돈이 손에 들어오자 아버지와 형제를 농장에 남겨두고 도시로 달아나 클럽 키드처럼 살기 시작했다. 값비싼 옷을 구입하고, 친구들의 술값을 내주고, 매일 밤 친구들을 불러다가 염소 바비큐 요리를 대접했다. 하지만 오래지 않아 아버지의 돈이 바닥나 길거리에서 살게 되었다. 돈이 사라지자 파티 친구들도 사라졌다. 그는 음식을 구걸하고 가죽바지를 저당 잡혀야 했다. 더는 추락할 데가 없어진 어느 날 돼지 구유에서 옥수수 찌꺼기를 주워 먹고 있었다.

유산을 탕진한 탕아는 수치스럽지만 집으로 돌아가면서 아버지가 하인으로 부려주기를 바랐다. 아버지가 화를 낼 것에 대비해 마음을 다져 먹었다. 하지만 거지꼴의 앙상한 아들이 농장 마당을 터덜터덜 걸어오는 것을 본 아버지가 달려 나가 그를 맞이하며 어깨에 따뜻한 외투를 둘러주고 손가락에 금반지를 끼워주었다. 그날 밤 아버지가 잃어버린 아들의 귀향을 축하하는 잔치를 열었다.

아버지의 다른 아들은 형제가 물려받은 유산을 탕진하고 인생을 허비했는데도 풍선을 매달고 케이크를 자르는 잔치를 열어야 하는 이유를 이해할 수 없었다. 아버지가 그를 돌아보며 말했다.

"아들아, 네 형제를 사랑한다고 너를 덜 사랑하는 것이 아니다. 너는 아직 행복한 삶을 사는 데 필요한 모든 것이 남아 있지 않느냐. 그러니 오늘만큼은 형제가 돌아온 것을 기뻐해주지 않으련?"

예수는 그런 가르침 때문에 적들이 생겼다는 것을 잘 알았다. 덤으로 주어진 삶을 살고 있다는 것을 아는지라, 제자들과 유월절의 마지막 저녁식사를 하는 자리에서 자신이 곧 죽게 된다는 사실을 알렸다. 때문에 제자들 사이에 소동이 벌어졌는데 그들은 "정말 안타깝습니다." 또는 "예수님이 정말 그리울 거예요." 하고 말하는 대신 예수가 죽고 나면 누가 후임자가 될는지를 두고 언쟁을 벌였다.

결국 그들이 예수에게 결정을 해달라고 요구했다.

"주님, 이 문제는 전적으로 주님이 결정하실 일입니다. 주님이 돌아가시고 나면 누가 대장이 될지 말씀해주세요. 주님께서 돌아가시길 바라는 것이 아닙니다. 다만 이 문제에 대한 의견이 다 달라서요. 주님, 저인가요? 저 맞죠?"

"내가 가고 난 후에 너희 중에 누가 이끄는 사람이 될지 알고 싶으냐?" 예수가 물었다.

"네!" 그들이 대답했다.

"너희들 중에 누구든지 가장 잘 섬기는 사람이 될 것이다." 예수가 말했다.

그날 밤 예수가 체포되었다. 그러고는 반역을 꾀하여 왕이 되려고 했다는 이유로 로마 총독 본디오 빌라도에게 끌려갔다. 빌라도가 보기에 예수가 위협적인 인물이라기보다 연민을 자아내는지라 일체 소동에 관여하고 싶지 않았다. 그래서 예수를 헤롯 왕에게 보내 정말 왕이 되려고 했는지 가려달라고 요구했다.

헤롯 왕이 멋진 마술쇼를 보게 될 것이라 기대하며 흥분해서 예수를 맞이했다. 하지만 실망스럽게도 예수는 따분한 데

"계획적 진부화는 어찌 됐느냐?"

다 어딘가 우울해 보였다. 그래서 장난삼아 예수에게 왕의 옷을 입혀 빌라도에게 돌려보냈다. 왕의 자주색 예복에 주름 잡힌 요의를 걸친 마르고 슬픈 인상의 사내를 본 빌라도가 벌컥 웃음을 터뜨렸다. 우스꽝스럽고 비열하기 짝이 없는 장난 덕분에 빌라도와 헤롯은 금세 절친한 친구가 되었다. 빌라도는 예수가 위협적인 인물인지 여전히 확신이 서지 않았지만 모든 사람들이 행복하기를 바랐고, 좋은 것이 좋은 것이라 예수를 예루살렘 외곽에서 십자가형에 처하라고 지시했다.

예수가 천천히 피를 흘리며 죽어가는데 온 세상 사람들은 그를 조롱하려고 모여든 것처럼 보였다. 그가 십자가에 매달려 죽어가는데 그들은 용서 따위의 한심하고 그릇된 사상에 인생을 허비할 만큼 순진하다는 이유로 예수를 때리고 비웃었다. 그런 이유로 그는 그들을 용서했다.

요한복음

하늘나라의 나날은 적적했다. 그래서 하나님께서 변화를 주기로 마음먹고 지상에 성령을 보내시어 그분과 함께하자며 모든 사람을 초대하셨다.

성령은 지상으로 내려와 예수라는 작은 아기 안에 깃들기로 했다. 그래서 예수가 하나님의 아들이라 불리는 것이다. 서른 살에 들어서 예수는 제자들을 모았고, 그들은 조력자에 경호원이자 절친한 친구로 이바지했다. 아울러 정기적인 순회공연의 고정 출연자가 되어 이스라엘 전역을 돌아다니며 만나는 사람들에게 하나님의 초대를 전했다.

예수와 제자들은 일에 착수하자마자 결혼식 초대를 받았다. 결혼식 피로연에서 포도주가 떨어지자 예수가 주인에게 빈 항아리들을 우물에 가져다 물을 가득 채우라고 일렀다. 그들이 이른 대로 다 하자 예수가 물을 포도주로 바꾸었다. 사람들이 보통의 포도주보다 마술로 만든 포도주가 더 맛있다며 연신 칭찬했다. 당시의 일반적 관례를 따르면, 잔치가 시작되었을 즈음 질 좋은 포도주를 내놓고 사람들이 취해 맛의 차이를 느끼지 못할 즈음 싸구려 포도주를 내놓는지라 잔치가 끝나갈 즈음 그런 질 좋은 포도주는 보기 드문 대접이었다.

매년 유대인은 예루살렘의 성전을 방문하여 하나님께 제물을 바치고 죄를 뉘우쳤다. 그러니까 성전은 하나님의 욕단지[24] 비슷한 것이었다. 성전에 들어가기 전에 방문객은 몸을 씻어 정결의식을 치러야 했다. 예수가 당도했을 때 수천 명의 사람들이 어깨에 수건을 걸치고 욕장 밖에 줄지어 늘어서 있었다.

누구나 모세의 율법을 적어도 하나는 어겼고, 그래서 누구

24) 욕을 하면 벌금을 넣는 저금통.

나 욕장에 가야 했다. 모세가 어지간히도 많은 율법을 남겼는지라 율법을 다 지키는 것은 불가능했다. 유대인의 위대성은 많고도 많은 율법에 있는 것이 아니라 율법을 한 번 어길 때마다 목욕을 해야 한다는 데 있다고 주장해도 무방하다.

또한 성전 밖은 제물로 바칠 짐승을 사려고 기다리는 사람들로 장사진을 이루었다.

예수가 나타나기 전까지 그날은 성전의 흔하디흔한 평범한 날이었다. 하지만 성전에 당도했을 때 그는 수준 미달의 비둘기와 병색이 완연한 양을 소리쳐 파는 상인들이 몹시도 신경에 거슬렸는지라 좌판을 둘러엎고 돈 바구니를 걷어차기 시작했고, 그것은 성전 운영진에게 그다지 호평을 받지 못했다.

예수는 예루살렘을 돌아다니며 그의 설교를 들으려는 사람이면 누구에게나 천국에서 그와 함께하자고 초대했다. 예수의 설명에 따르면, 천국은 그들이 상상할 수 있는 최고급 회원제 클럽과 같았다. 하지만 천만다행히도 그가 주인의 아들인지라 손님 명단에 그가 원하는 대로 얼마든지 손님 이름을 적을 수 있었다.

천국이 존재하는 데다 입구에 벨벳 밧줄까지 쳐져 있다는 예수의 이단적인 이론에 강하게 이끌린 니고데모Nicodemus라는 사제가 예수를 저녁식사에 초대했다.

"그런데 천국에 가려면 어떻게 해야 하나요?" 그가 물었다.

"다시 태어나야 합니다." 예수가 대답했다.

"저기, 그게 좀 곤란한 게…… 제 나이가 여든셋이라서."

"비유하면 그렇다는 말이죠." 예수가 한숨을 내쉬며 짜증스레 말했다.

"말인즉슨 천국은 영적인 곳이라 천국에서 살려면 육체적으로나 영적으로나 다시 태어나야 합니다."

곧 수많은 사람들이 예수를 따랐다. 한번은 설교를 들으러 5000명의 사람이 운집했다. 설교가 상당히 길어져 이윽고 저녁식사 시간이 되었지만 아무도 먹을 것을 가져오지 않았다. 결국 선견지명이 있었던지 빵 다섯 덩이와 생선 두 마리를 가져온 소년을 제자들이 발견했다. 예수가 그 음식을 가져다 잘게 쪼개어 군중들에게 고루 나눠주라며 제자들에게 건넸다. 기적처럼 예수가 빵과 생선을 아무리 여러 번 쪼개도 그것은 동나지 않았다. 군중을 다 먹이고도 남았다.

"됐어. 이것으로 충분해!" 누군가가 남은 생선 샌드위치 조각을 입안에 털어 넣으며 말했다.

"메시아가 분명하다!" 군중들이 환호했다. 예수는 사람들이 그를 예루살렘으로 데려가 정부를 뒤엎고 왕으로 추대하기 전에 살그머니 사라졌다.

예수는 갈릴리 인근에 머물고 있었으므로 고향마을에 잠시 들렀다. 어디서나 말한 대로 고향마을 사람들에게도 자신이 하나님의 아들이라고 말했다.

"나는 생명의 빵이요." 그가 말했다. "내 살을 먹은 자, 영원히 주리지 않을 것이며 영원한 생명을 얻으리로다."

"이봐, 그것은 불온한 사상이잖아." 누군가 말했다. "방금 저 사람이 식인을 주장했지?"

"비유!" 예수가 설명했다. "비유란 말이다! 난 너희에게 영원한 생명이라는 놀라운 선물을 주려고 하늘나라에서 왔다. 너희는 그저 청하기만 하면 되느니라."

"하늘나라에서 왔다고?" 누군가가 가리켰다.

"난 네 부모가 누군지 알아. 이 근방에 살지."

"잠깐……! 그러니까 저 사람이 그 꼬마 예수란 말이야? 요셉과 마리아의 자식? 어쩐지 사실이라고 하기에는 너무 근사하더라니." 사람들이 흩어지기 시작했다.

"이해하지 못하는구나." 예수가 대답했다.

"수많은 사람들을 먹이는 것은 예수가 아니다. 너희에게 천국의 문을 열어주는 것은 예수가 아니다. 이런 일을 행하는 것은 바로 예수 안에 사는 하나님의 영이다. 예수는 너희와 똑같은 가죽자루에 불과할 뿐이다. 하나님이 내 안에 사시는 것처럼 너희 안에도 사시게 하면 너희도 이런 일을 행할 수 있다. 우린 누구나 하나님의 자식이 될 수 있다."

"아, 됐어." 그들이 투덜거리며 멀어져갔다.

"덕분에 잠시나마 그곳에 가보기는 했어."

예수와 제자들은 굴하지 않고 순회공연을 꾸준히 해나갔고, 성전 봉헌절을 쇠러 예루살렘으로 돌아왔다. 예수가 솔로

"물이 참 좋군요. 고맙습니다."

몬 행각의 부스에 앉아 자신을 착한 양치기에 비유한 설교를 했다.

"여우나 사자가 나타나면 삯꾼은 제일 먼저 달아난다. 그의 양 떼도 아닌데 양이 잡아먹히거나 말거나 무슨 상관이겠느냐? 하지만 온 삶을 바쳐 양 떼를 돌보고 키운 양치기라면 다르지 않겠느냐? 그는 양 떼를 구하는 일이라면 무엇이든 할 것이다. 설령 목숨을 바쳐야 할지라도 말이다……."

"비유는 벌써 들을 만큼 들었어!" 누군가 소리쳤다.

"이봐, '착한 양치기' 이야기도 그만해. '생명의 빵' 이야기도 집어치워. 말해봐. 당신이 그 빌어먹을 메시아야, 아니야?"

"그래, 말해봐!" 다른 사람들이 가세하여 고함을 질러댔다.

"허나 너희가 메시아의 양이라면," 예수가 쑥스러워하며 대답했다. "양치기의 목소리만 듣고도 알 것이다."

“그래, 너 잘났어!” 구경꾼들이 돌멩이와 벽돌을 집어 예수에게 던졌고, 늘 빠져나가듯이 제때에 사라졌다.

사람들은 그의 난해한 심상을 참기 어려웠을 테고 사제들은 하나님의 아들이라는 신성모독적인 주장에 화가 났을 테지만, 예수의 모세5경에 대한 식견과 기적에 대해서는 누구나 놀라움을 금하지 못했다. 사제들은 이 사내가 대체 어디서 왔는지 서로에게 물었다. 누군가 예수가 예언자일 것이라고 상정했지만 갈릴리 출신이라는 사실이 알려지자 하나님이 그런 거지소굴 같은 곳 출신을 예언자로 보내실 리 만무하다고 결론지었다.

예수가 먼 곳에 있을 때 친한 친구인 나사로Lazarus가 죽었다는 소식을 들었다. 돌아와보니 나사로의 누이인 마리아와 마르다가 복받치는 슬픔에 제정신이 아니었다.

“걱정 마라.” 예수가 자매를 위로했다. “내가 해결해주마.”

나사로가 죽은 지 나흘이 지난지라 그들이 나사로가 묻힌 무덤의 문을 열자 악취가 연기구름처럼 소용돌이쳐 몰려나왔다. 예수가 악취와 싸우며 어두운 무덤 안으로 들어갔다. 밖에서는 군중이 기대에 찬 침묵 속에 기다렸다. 기대한 대로 잠시 후에 예수가 미라처럼 온몸에 붕대를 둘둘 말은 나사로와 함께 걸어 나왔다. 군중들이 미친 듯이 열광했다.

저녁에 예수가 마리아와 마르다, 나사로와 축하 만찬을 즐기고 있었다. 마리아가 나르드 한 파인트를 깨어 예수의 발에 쏟아 붓고는 머리카락으로 닦아 말리자 온 집 안에 달콤하고 향긋한 냄새가 가득했다.

유다가 귀하디귀한 향유를 발 세정제로 사용한 것에 이의를 제기했다. 예수와 제자들을 대신해 돈주머니를 관리하는 회계담당자로서 향유를 팔았더라면 가난한 사람들을 1년은 먹일 넉넉한 돈을 마련했을 것이라며 불평했지만, 알고 보면 유다가 돈을 가로채는 데 심취해 마리아의 나르드에 부리를 담글 수 없게 되자 못내 아쉬웠던 것이었다.

나사로의 부활 소식을 풍문으로 들은 사제들이 뭔가 대책을 세우기로 했다. 예수가 계속해서 사람들을 되살리면 오래지 않아 사람들이 모두 그의 추종자가 될 것이었다.

예수는 유월절을 쇠려고 예루살렘으로 돌아왔다. 사람들이 모두 나사로를 되살린 예수의 이야기로 웅성거렸다. 하지만 이런 영웅적 환대에도 불구하고 예수가 여우 소굴에 들어섰으며 조만간 당국이 그를 죽이리라는 것을 모르지 않았다. 그래서 제자들과 마지막 밤을 뜻 깊게 보내고 싶어 성대한 유월절 만찬을 준비했다. 저녁식사 중에 유다가 게필테 피시gefilte fish[25]를 더 가져오겠다며 슬그머니 밖으로 나갔다.

저녁식사가 끝나고 나서 예수와 제자들이 인근의 올리브나무 밭으로 자리를 옮겼다. 제자들은 깊은 잠에 빠져들었지

25) 유대 음식. 생선에 달걀, 양파 등을 섞어 끓인 스프.

만 예수는 체포와 죽음이 가까이 다가온 것을 알고 기도를 드렸다.

"하나님, 당신께서 성령을 보내시어 이 가련한 육신에 거하게 하사옵고, 그로 하여금 다른 사람들에게 당신과 당신의 나라에 대해 알리게 하셨나이다. 이제 그 소임을 다하여 곧 이 육신이 죽사옵니다. 보답으로 간청하오니 제가 가고 난 후에 그의 제자들을 돌보아주소서." 예수는 풀밭에 제멋대로 누워 코를 골고 있는 11명의 사내를 손짓하며 말했다.

"당신께서 저를 세상으로 보내셨듯이 저도 똑같이 저들을 세상으로 보내려고 하옵니다. 저들이 조롱당하고 투옥되고 살해되어야 저들의 박해자들이 하늘나라에서 당신과 함께하게 될 것이옵니다.

저들이 철부지 아이 같다는 것을 어찌 모르오리까? 이기적이고 소란스럽고 그다지 총명하지는 않지만, 저들의 믿음은 물정 모르는 숙맥처럼 강한지라 앞으로 저들에게 닥칠 고난을 생각하니 마음이 저리옵니다. 하오니 이따금 저들에게 휴식을 베풀어주시겠습니까? 이따금 성령을 보내시어 저들을 살펴봐주시겠습니까? 그분이 아무것도 안 하셔도 되옵니다. 제 바람은 오직 그뿐이옵니다. 곧 집으로 돌아갈 것입니다. 그만 가야 하옵니다. 아멘."

바로 이때 유다가 병사들을 데리고 돌아왔다. 예수가 그들에게 끌려가 심문을 받고 사형을 언도받았다. 그 주 금요일에 예수가 십자가형에 처해졌다. 십자가에 매달려 죽어가면서 하늘을 올려다보고 말했다. "다 끝났사옵니다."

"아냐, 아직 안 끝났어." 병사가 말했다. "아직 안 죽었잖아."

"비유……." 예수가 웅얼거렸다. "비……유……." 그러고는 숨을 거두었다.

하지만 예수는 십자가형으로 죽지 않고 사흘 뒤 일어나 다시 돌아다녔다.

십자가형 이후로 제자들의 삶은 조금 정상으로 돌아간 듯했다. 그들 대다수가 다시 어부가 되었다. 그들이 배를 타고 나간 날은 유난히 고기가 잡히지 않았는데 강가에서 웬 친절한 손님이 그물을 반대편에 던져보라고 고함쳤다. 그들이 그의 말대로 하자 갑자기 고기가 너무 많이 몰려들어 배로 끌어올리기도 어려울 지경이었다. 그들은 금세 손님이 예수라는 것을 깨달았다. 뭔가 이상한 일이 일어나면 늘 그가 주위에 있었기 때문이다.

예수가 제자들을 강가로 불러 아침을 먹였다. 몇 년 전에 그러했듯이 빵을 쪼개고 물고기를 잘랐지만 이번에는 아첨하는 군중이나 기적을 기대하는 팬들 없이, 예수와 친구들만의 오붓한 자리였다. 예수가 베드로에게 물었다.

"나를 사랑하느냐?"

"당연하죠!" 베드로가 대답했다.

"시몬아, 나를 사랑하느냐?"

"주님도, 아시면서." 시몬이 대답했다.

"그럼 내 양 떼를 돌봐다오." 예수가 그들에게 명령했다.

"그렇지만 주님은 양이 없으시잖아요……." 베드로가 대답하는 중간에 예수가 사라졌다.

"거참, 이상한 말씀도 다 하시네."

"아! 뭔 말인지 알겠다!" 시몬이 불쑥 말했다.

"비유하신 거야! 세상 모든 사람에게 주님의 가르침을 전하라는 말씀이신 듯싶어. 이 알레고리에서 그분의 양 떼란 세상 모든 사람을 말하는 거지."

"그럼 그렇다고 왜 딱 부러지게 말씀을 안 하시냐고?"

"전화 다시 드릴게요."

"잉크가 더 있었으면 좋으련만."

7장
바울의 활동과 편지

친구를 열 받게 하고 이방인을 왕따시키는 방법. 많은 비유대계 개종자들이 초조하게 할례에 관한 결정을 기다리다.

예수 그리스도를 사랑하는 것은 쉬웠다. 교훈적인 이야기를 들려주는 데다 사람도 치료해주고, 운 좋으면 순회 왔을 때 공짜로 생선을 얻을 수도 있었다. 그리스도는 편한데 그리스도교는 괴로웠다. 무엇보다도 그리스도교가 정확히 무엇이냐는 것이 문제였다. 유대교가 그리스도교의 관문종교인가? 또는 그리스도교가 유대교와 분리된 별개의 종교인가?

게다가 예수 그리스도가 하나님이 이방의 지배로부터 이스라엘을 해방시키려 보내신, 사람들이 애타게 기다려온 메시아였다고 어떻게 설득할 것인가? 예수가 죽은 데다 로마인들이 여전히 이스라엘에 바글거린다는 지적은 어떻게 불식할 것인가? 예수를 섬기는 것은 전부터 섬겨온 신들에 신을 하나 더 추가하는 것이 아니라고 이교도들을 어떻게 설득할 것인가?

운 좋게도, 바울이라는 인물에게 이 모든 문제들의 해답이 있는 듯이 보였다. 사실 많은 사람들에게—그들 대다수가 바울보다 존경받는 인물들이었지만—독자적인 그리스도교 버전이 있었지만, 바울은 자신의 버전을 글로 기록할 만큼 지적이었다. 왕은 돈과 권력과 편먹고 사제는 전통과 편먹을 것이다. 하지만 결국에는 작가가 늘 이긴다. 왕은 죽고 전통은 변한다. 하지만 책은 그 무엇보다도 오래 살아남는다.

사도행전

예수 그리스도가 죽은 자로부터 일어난 뒤 제자들은 기쁜 소식으로 세상을 괴롭히고 싶어 죽을 지경이었다.

하지만 현재로서는 새로운 종교를 시작하는 데 와플로 배를 채우는 것보다 더 좋은 수가 없었고, 그래서 제자들은 아침을 먹으러 나갔다.

그들은 예수 그리스도의 가르침을 온 누리에 알리는 데 뭔가 문제가 있다는 것을 깨달았다. 그들은 모두 같은 지역 출신이라 같은 언어를 사용했다. 그렇다면 다른 나라에서 설교는 어떻게 해야 하는가? 그들이 둘러앉아 말다툼을 하면 할수록 그들은 이상한 말을 웅얼거렸다. 식당의 다른 손님들은 그들이 시럽이나 그 비슷한 무언가를 마셔 취했다고 생각했지만 사실은 그렇지 않았다. 그들은 방언으로 말하고 있었다. 하나님이 도와주시려고 성삼위일체the Holy Trinity의 조지 해리슨George Harrison과 비슷한 성령을 보내셨다. 성령이 그들에게 외국어 구사 능력을 선사했다. 그것으로 문제가 해결되었다.

새로이 외국어 능력까지 겸비한 제자들이 작은 그룹으로 갈라져 세상을 순회하기 시작했다. 예수가 했듯이 그들은 가는 곳마다 마술을 시연하고 메시지를 대중화했다.

먼저 그들은 동포인 유대인을 중점적인 전도 대상으로 삼았다. 베드로와 요한이 예루살렘으로 갔다. 도중에 성문 옆에서 구걸로 먹고사는 불구자를 치료해주었다. 수십 년 만에 처음으로 다리를 다시 쓰게 된 거지가 춤을 추면서 그들의 뒤를 졸래졸래 따라왔다. 예루살렘 사람들이 평생 다리를 절던 남자가 주위를 껑충거리며 뛰어다니는 것을 보고는 이 신흥 종교에 남다른 무언가가 있지 않을까 의심하기 시작했다.

성전에서 사제들이 베드로와 요한을 체포하고는 뒤처리 문제를 논의했다.

"예수가 죽으면 그리스도적인 것도 다 죽을 줄 알았어요. 그런데 처음부터 다시 똥을 치워야 하는 거냐고요?" 한 사제가 성전 밖에서 춤을 추는 거지에게 손짓을 하며 말했다.

"글쎄요, 두 사람이 저 거지를 치료해준 것만은 부인하기 어려운 사실이지요." 다른 사제가 말했다.

"다리를 돌려주었다는 이유로 처벌할 순 없는 노릇이니 이번에는 그냥 넘어가는 것이 좋겠어요."

그들이 베드로와 요한을 법정에 세우고 결정을 통고했다.

"이번에는 그냥 풀어주겠다. 이번의 절름발이 사건을 너희의 경계로 삼도록 해라. 알아들었느냐? 하지만 또다시 이번 같은 기적을 행하거나 예수라는 작자에 대한 설교를 하며 돌아다닐 때는 너희 둘을 곧장 감옥에 처넣겠다. 알겠느냐?"

하지만 다시 거리로 돌아온 베드로와 요한은 경고를 무시하고 사람들에게 예수 그리스도에 대한 말을 전하고, 가난한 이에게 돈을 나눠주고, 아픈 이를 치료해주었다. 베드로는 유독 나환자를 잘 치료해서 환자들을 두 줄로 세워놓고 한가운데를 달려가며 그들과 손뼉을 마주쳐 치료했다. 제자들이 가는 곳마다 개종자가 늘어났고, 그래서 사제들은 순서에 따라 약간 엄한 사랑을 보여주기로 했다.

"이교도에게 돌을 던지시는 동안 외투 보관해드릴까요?"

사제들은 다음으로 붙잡은 그리스도인 스데반Stephen이라는 사내를 신성모독의 죄를 물어 돌로 때려죽이기로 했다. 군중이 스데반을 죽이려고 모이자 사울Saul이라는 사내가 자진해서 그들의 외투를 맡아주었다.

"정말 바람직한 젊은이로군!" 그들은 사울에게 양모 외투를 건네며 말했다. "요즘 애들이 자네만 같으면 바랄 게 없겠어."

"돌 던지기 하시며 즐거운 시간 보내세요!" 사울이 손을 흔들었다.

스데반이 죽었다는 소식을 들은 제자들이 두려워 뿔뿔이 헤어졌다. 사마리아로도 가고, 가자Gaza로도 가고, 다마스쿠스Damascus에 상점을 열기도 했다.

도망자 신세인데도 베드로와 요한을 비롯한 나머지 제자들은 꾸준히 설교를 하고 기적을 일으켰다. 곧 예루살렘의 사제들은 이 새로운 소수 취향의 싹을 잘라버리는데, 한 녀석을 돌로 때려죽이는 것보다 조금 더 많은 땀과 수고가 필요하다는 것을 깨달았고, 그래서 사람들에게 외투를 돌려주고 돌아온 사울을 때와 장소를 불문하고 그리스도인을 색출하여 체포하는 일에 가담시켰다.

사울이 다마스쿠스로 가던 중에 강렬한 빛에 눈이 멀었다. 그때 하늘에서 우렁찬 목소리가 호통을 쳤다.

"사울아! 사울아! 대체 이 무슨 병신 짓이냐?"

"대체," 사울이 겁에 질려 물었다.

"누구신데 제 눈을 왜 멀게 하셨습니까?"

"난 예수 그리스도다! 그래, 그 예수 그리스도! 너는 지금 하나님의 일을 하고 있는 것이냐? 너는 내가 하나님의 나라를 준비하라고 보낸 사람들을 죽이고 있다. 하나님 눈 밖에 나자면 뭔 짓인들 못하겠느냐. 사울아! 이제 마을에 가서 별도의 지시를 기다리도록 해라. 네게 정말 실망했다, 사울아!"

사울은 눈이 보이지 않아 넘어질 듯 비틀거리며 마을로 갔고, 한 그리스도인이 그를 데려다 시력을 회복할 때까지 돌봐주었다. 사울은 그리스도교로 개종하여 두 달 동안 베드로와 야고보로부터 새로운 신앙에 대한 교육을 받았다.

누구도 새 개종자의 열정은 따라잡지 못하고 자신이 무엇을 하는지 모르는 사람보다 많은 성과를 내지 못하는 법이다. 그리스도교 속성과정을 마친 사울은 이교도를 개종시키는 맡은 바 사명을 다했다.

그는 바울Paul로 이름을 바꾸었는데 그것이 덜 유대인 같았기 때문이다. 바울이라는 이름은 다마스쿠스 거리에 투견처럼 퍼져나갔고, 그는 기적을 일으키고 예수에 대해 선포하고 다른 종교를 조롱했고, 일반적으로 대개는 사람들을 열 받게 했다. 그가 얼마나 인기가 없었는지 한밤중에 다른 그리스도인들이 그를 바구니에 숨겨 성벽 너머로 넘겨주고 나서야 가까스로 살아서 다마스쿠스를 벗어날 수 있었다.

다마스쿠스를 벗어난 바울은 안티오키Antioch로 갔고, 지역

사람들에게 예수 그리스도의 부활을 믿으면 이제까지 지은 죄를 예수가 용서하고 영원한 생명을 준다고 말했다. 그것이 비유대인들에게 꽤 좋은 조건처럼 보였는지 개종자가 늘어났다. 하지만 유대교 회당에서 설교를 하려고 하자 동포 유대인들이 불쾌한 기색을 드러냈다.

"하나님 말씀이라면 우리도 알고 있다구." 그들이 무시하듯 말했다.

"그런데 예수는 어떤 인물이야? 얼마나 주제넘은 녀석인데 내 죄를 용서해준다는 거야?"

예루살렘에 머물던 그리스도인들 중 일부가 바울이 개종시킨 비유대계 그리스도인을 만나러 안티오카에 나타났다.

"와우! 그러니까 너희 이민족들이 모두 그리스도교 신자라는 거야?" 그들이 감동해서 물었다.

사내들이 고개를 끄덕였다.

"정말이야? 너희 모두 할례는 받았겠지?"

"뭐라고?" 사내들이 불안스레 웃으며 물었다.

"그래, 할례! 물론 받아야지. 그리스도인이 되려면 유대인이 되어야 해. 무엇보다 그리스도교는 유대 종교잖아."

이런 소소한 세부적 요건들이 그리스도교 공동체에서 상당히 많은 논란을 야기했다. 제자들과 다른 교회 지도자들이 예루살렘에서 회의를 열어 성인 남자들이 그리스도인이 되기 위해 포피를 잘라내야 하는지를 논의했다.

수많은 토론과 논쟁을 벌인 끝에 운명적인 결정이 내려졌다. 즉시 안티오카의 비유대계 그리스도인에게 긴급 서한을 보내 결과를 통보했는데, 내용인즉슨 할례는 받지 않아도 되지만, 그것을 과거에 일삼던 이교적 습성에 대한 문호개방정책으로 해석해서는 안 된다는 것이었다. 가령 우상을 숭배하거나 매춘부와 어울려 놀아선 안 되며, 교살당한 것은 무엇이든 먹어서는 안 됐다. 하지만 할례에 한해서 작은 이교적 음경은 온전히 유지해도 되었다.

할례 문제를 해결한 바울이 빌립보Philippi로 자리를 옮겼다. 그가 예배를 보러 가던 중에 사람들의 미래를 알려주는 젊은 점쟁이를 우연히 만났다.

“흠,” 바울이 턱을 쓰다듬으면서 말했다.

“가엾게도 처자가 마귀에 씐 모양이군.” 바울이 점쟁이 뒤로 다가가 신속하게 구마의식을 시행했다. 바울이 그날의 선행을 다했다고 만족스러워하던 차에 체포되는 어이없는 일이 벌어졌다. 구마의식 때문에 미래를 보는 능력을 잃은 점쟁이가 생계수단을 도둑맞았다며 그를 고소했다.

간수는 바울을 난폭하게 다루어 쥐가 우글거리는 더러운 감옥에 던져 넣었다. 그들은 그를 그곳에서 썩게 놔두려고 했지만 바울이 우연히 자신이 로마 시민이라고 말하는 바람에 사정이 달라졌다. 로마의 괴뢰국가를 운영할 적에 로마 시민을 재판도 하지 않고 구타해서 구금하는 것은 이기는 전략이 아니다. 그래서 간수와 원로들은 바울의 먼지를 털어주었고, 감옥에서 꺼내 성문까지 걸어가게 하면서 그가 이 사건을 훗날 웃으며 추억할 수 있는 어이없는 실수쯤으로 여겨주기를 바랐다.

바울은 빌립보를 떠나 세상을 순회하며 가르침을 전했고, 이국적인 무대에서 다양한 사람들을 적잖이 화나게 했다.

에베소Ephesus에서는 바울이 군중들에게 유방이 10개 달린 여자를 섬기는 것이 흐뭇하기는 하지만 아르테미스Artemis는 가짜 신이라고 말했다. 도시 전체가 아르테미스 신전에서 일을 하거나 작은 은제 캐릭터 여신상을 팔아 생계를 유지하는 지라, 그것은 디즈니랜드 앞에서 미키 마우스가 소아성애자라고 비난하는 것과 같았다. 한바탕 대소동이 벌어졌다. 도시의 모든 사람들이 거리로 몰려나와 아르테미스 여신을 변호했고, 에베소는 바울이 가까스로 살아서 탈출한 곳의 긴 목록에 추가되었다.

예루살렘에서는 바울이 성전으로 예배를 보러 갔다. 그를 알아본 신자들이 광분해 날뛰었다. 그리스도인의 정신을 바로잡으라고 보냈는데 엉뚱하게 세상 각처의 유대교 회당을 다니며 모세의 율법을 저버리라 설득하고 유대인을 그리스도인으로 개종시키는 변절자가 여기 있다고 소리쳤다. 구경꾼이 몰려들었고 바울은 성전 밖으로 끌려 나갔다. 스데반에게 했듯이 사람들이 외투를 벗어 다른 잘생긴 젊은이에게 맡기며 바울을 돌로 때려죽일 준비를 했다.

천만다행히도 로마 병사 둘이 소란을 목격했다. 그들이 바울의 손에 수갑을 채운 다음 연석에 앉혀놓고는 진상 파악을 시작했다.

"대체 무슨 일인데 그러시는 겁니까?" 병사들이 물었다.

사람들이 저마다 앞서거니 뒤서거니 아우성을 쳐대면서 바울을 죽이라고 요구했다.

병사가 군중들을 겨냥해 말했다. "워워, 다들 진정하세요. 내가 저 사람을 죽이면 안 된다는 것은 알잖아요. 하지만 저 사람을 좀 패주면 기분이 나아지겠어요?"

이때 바울이 또다시 비장의 카드를 빼들었다.

"날 때리면 안 돼요." 그가 말했다.

"난 로마 시민이오! 난 시민으로서 권리가 있어요!"

"있잖아? 하나님께서 내 꿈에 나타나셔서
베이컨은 먹어도 괜찮다고 하셨어."

"당신이 로마 시민이라구요?" 병사가 물었고, 바울이 고개를 끄덕였다.

"젠장, 이자는 우리가 혼내줘야 할 모양이오."

그래서 병사들이 바울을 가이사랴Caesarea 26)로 데려갔고, 그는 재판을 기다렸다. 로마의 법체계에서는 빠른 시일 안에 재판 일정이 잡히기를 바란다면 적재적소에 약간의 뇌물을 먹여 정의의 수레바퀴에 기름칠을 할 필요가 있었다. 바울은 아무래도 이런 사실을 몰랐거나, 아니면 로마법의 이 독특한 뉘앙스에 참여하고 싶지 않았던 모양이다. 감옥에서 2년을 보내고 나서야 바울은 재판을 기다리기가 지겨워 로마 황제에게 사건을 직접 심리해달라는 청원서를 보냈고, 그것은 로마 시민의 권리였다.

청원서를 제출한 직후, 운명의 장난인지 오래도록 고대하던 재판을 받으러 총독 앞에 불려 나갔다.

"이자는 무슨 이유로 기소되었나?" 총독이 물었다.

"저자가 어떤 죽은 남자를 섬기는데, 저자 말로는 그 남자가 되살아나 신이 되었답니다." 서기가 말했다.

"대체 그따위 것을 내가 어떻게 심리하느냐고!" 그가 바울을 돌아보며 말했다. "그래, 자기 변론을 하겠나?"

바울은 다마스쿠스로 가다가 어떻게 장님이 되었고, 예수

26) 헤롯 왕이 인조 항구를 축조하여 로마 황제 아우구스투스에게 헌상한 지중해 연안 도시. 예루살렘 북서쪽 105㎞ 지점에 있다.

가 꿈인지 생시인지 나타나 사람을 치료하는 능력을 어떻게 주었고, 예수에 대한 설교를 하다가 어떤 고초를 겪고 어떻게 구사일생의 탈출을 감행했는지 총독에게 말했다.

"그만하게, 바울! 이제껏 들어본 이야기 못지않게 미친 이야기지만 미치지 말라는 법은 없으니 풀어주도록 하지."

총독이 바울의 석방 서명을 하려고 서류를 넘기다가 바울이 로마에 보낸 청원서를 우연히 발견했다. "이게 뭐야? 여기에 자네가 황제에게 사건 심리를 요청하는 청원서를 보냈다고 적혀 있는데, 뭐 하러 이런 어리석은 짓을 한 거야? 이젠 자네를 풀어줄 수가 없겠어. 로마에 보내 재판을 받게 해야 하거든."

"괜찮습니다." 바울이 말했다. "어차피 로마에 가려고 했거든요. 그 네로Nero라는 젊은이도 합리적으로 보이고. 분명 잘 지낼 거예요."

"숙취 좀 치료해주세요."

그 후로 바울의 소식은 들리지 않았다. 고쳐 말하면 그는 살아서 로마를 떠나지 못했다. 남은 생을 감옥에서 보냈고, 덕분에 편지를 쓸 시간이 많았다. 그는 죽는 날까지 그리스도를 위해 사람들을 줄기차게 괴롭혔다. 다만 편지로.

로마서

친애하는 로마의 신자 여러분께.

바깥에 내 가르침에 이의를 제기할 자격이 충분하다 생각하는 시건방진 반대자들이 있는 모양이더군요. 그들 중에는 다마스쿠스로 가다가 장님이 되었거나 예수님을 환영으로 친견한 사람은 없으리라 짐작되지만 아무래도 상관없습니다.

먼저 분명히 말해두지만 그리스도교는 만인을 위한 종교입니다. 여러분 대다수가 고국에서 온 유대인인 것으로 아는데 그렇다고 이교도 새내기를 무시해도 되는 것은 아닙니다. 오히려 그들을 존경해야 합니다. 그들은 하나님이나 예언자에 대해서는 모르나 예수 그리스도에 대한 믿음은 지극합니다. 그러니 우리 로마인 형제들을 열렬히 응원해줍시다.

아울러 유대인으로 태어나 모세의 율법을 지키기만 하면 뒤로 가도 천국에 가게 되는 것이 아닙니다. 로마 제국에도 율법이 있습니다. 그것을 어기지 않으면 성자가 되는 것이 아니라 나무 기둥에 못 박히고 싶지 않은 사람이 되는 것입니다.

그래서 어기지 말아야 하는 것은 하나님의 율법입니다. 자, 보세요. 여러분의 영혼은 으르렁대는 개와 같습니다. 모세의 율법은 여러분의 영혼을 길들이지도 변화시키지도 못하고 영혼을 가두는 우리를 줄 뿐입니다. 하지만 구원은 우리에 가두는 데 있지 않습니다. 구원은 애당초 우리가 필요하지 않도록 영혼을 변화시키는 것입니다. 여러분의 영혼이 영원히 살도록 약속받은 곳은 천국이지 우리가 아닙니다. 하나님께서 수천 마리의 들개들이 천국을 제멋대로 돌아다니며 가구를 물어뜯기를 바라실 것 같습니까? 그렇지 않아요. 그분은 여러분의 영혼이 자라 성숙해지고 변화되어 천국에 어울리는 무언가가 되기를 바라십니다.

반대로 율법을 지켜도 구원받지 못한다고 해서 지상에서 막 살아도 되는 것이 아닙니다. "로마에 가면……"이라는 표현의

"너희가 예수님을 마다하지 않을 것이라고 확신해?"

의미를 모르지는 않지만 그것을 글자 그대로 받아들이지 마시기를 바랍니다. 난교 파티가 특히 그렇습니다. 솔직히 까놓고 말해 로마는 사기꾼, 우상숭배자, 나약한 술주정뱅이와 창녀들로 가득합니다. (물론 지금 이 자리에 계실 분들은 예외지만 말이죠.) 그들로부터 배우는 것이 적을수록 발전할 것입니다.

그렇다고 여러분의 동포인 로마인을 무시하라는 말이 아닙니다. 그리스도교의 요체는 죄인을 용서하는 것입니다. 다만 여러분이 그들을 물들여야지 거꾸로 그들에게 물들어서는 안 됩니다. 사실 그들을 우리 편으로 만드는 것은 그다지 어렵지 않습니다.

다른 종교는 죄를 용서받으려면 소의 피로 목욕을 하거나 스스로 불구자가 되어 신전에 기어들어야 합니다. 우리 그리스도교는 우리의 잘못을 인정하고 예수 그리스도를 믿기만 하면 됩니다. 우리 종교가 더욱 효율적이고 더욱 무릎을 꿇기가 쉽습니다. 이제 우리 자신을 유대교의 곁들이 공연으로 여겨서는 안 됩니다. 우리는 만인에게 개방된 별개의 종교입니다. 유대인만이 아니라 모든 사람들에게 하나님이 필요합니다.

그리스도인이 되기는 쉽지만 그리스도인으로 살기는 마치 거북이 등을 안마하는 것처럼 곤란하고 어려울 수도 있습니다. 특히 삶에 쾌락과 유혹이 너무 많기 때문에 그렇습니다.

그래서 그리스도인으로서 여러분 자신을 죽은 사람으로 여기는 편이 더 나을 수도 있습니다. 율법, 배고픔, 두려움, 욕정, 이중에 어느 하나도 죽은 자에게 해당되는 것이 없습니다. 그러니 자신이 죽었다 생각하고 죽은 사람처럼 행동하십시오. 체포가 두렵지 않다는 듯이 복음을 전하고, 죄지을 필요 없다는 듯이 살고, 배신이 두렵지 않다는 듯이 서로를 사랑하십시오. 그러면 죽음에서도 자유로워지지 않겠습니까?

현세의 죽음을 축하하며.
바울

고린도 전서

친애하는 고린도의 신자 여러분께,

듣자 하니 여러분이 화합하는 데 어려움이 많다더군요. 적잖은 신자들이 파벌을 지어 경전의 시시콜콜한 자구를 토론하느라 시간을 허비하고 서로 자기주장이 더 현명하다고 경쟁한다지요. 작작 좀 하십시오. 그런 식으로 상대를 이기려는 노력은 헛수고입니다. 그것은 자신이 얼마나 똑똑한지 과시하려는 고의적인 진 러미gin rummy[27] 두뇌 게임에 불과합니다. 그것은 하나님께 다가가는 데 아무런 도움이 되지 않습니다.

---

27) 둘이 하는 카드놀이의 일종.

하나님이 여러분의 지혜에 감동하실 것 같은가요? 여러분은 양말 속에 들어갈 방법을 알아낸 바퀴벌레에게 감동을 합니까? 하나님과 비교하면 우리는 벌레에 지나지 않습니다. 또한 이런 말을 하기는 싫지만 사람들이 개종을 하는 이유는 우리의 지적 논증 능력 때문이 아닙니다. 저는 여러분이 접촉한 수보다 더 많은 사람을 개종시켰지만 지금은 모직 치마를 입은 노숙자입니다.

솔직히 말하면 우리는 사람들에게 터무니없는 것을 믿으라고 요구합니다. 우리가 할 수 있는 것이라곤 그들에게 그리스도에 대해 설명하고 걸려들기를 바라는 것밖에 없습니다. 그분이 행하신 기적과 죽은 자로부터 돌아오신 이야기가 사람들에게 먹혀들든가, 아니면 우리가 미쳤다고 생각하든가. 그게 다입니다. 결론적으로 하나님은 우리에게 논객이나 교수 또는 철학자가 되라고 하시지 않습니다. 그분은 우리에게 그리스도에게 눈먼 사람이 되라고 하십니다.

그래서 복음을 전하는 것이 쉽지가 않습니다. 유대인은 늘 증거를 원하고, 그리스인은 설득력 있는 주장을 좋아하고, 우리는 그 어느 것도 많지가 않습니다. 하지만 전에, 제가 제 이야기만 가지고 고린도에 왔는데도 여러분 모두 걸려드셨지요. 그러니 낙심하지 마십시오. 그저 진실을 말하고 어떻게 되는지 지켜보십시오.

그런데 일전에 들으니, 옛 이교도 신자들 중에 아직도 유대교와 그리스도교의 윤리를 받아들일 자세를 갖추지 못한 신자들이 있다더군요. 심지어 아버지의 아내와 불륜을 저지르고 있는 사람도 있다고요. 다시 말하지만 작작 좀 하십시오.

제가 모세의 율법을 반드시 지키지 않아도 된다고 누차 말해오던 차에 공교롭게도 이런 일이 벌어져 좀 꼴사나워지긴 했지만, 제 말이 틀리지 않은지라 이제부터 여러분이 준수해야 할 계율 몇 가지를 정했습니다.

1. 혼외정사는 금지합니다. 사실 마음 같아선 섹스를 완전히 금지해 남는 정력을 하나님을 섬기는 데 쏟으라고 하고 싶습니다. 하지만 섹스를 안 하고는 못 견디겠거든 결혼해서 한 사람하고만 섹스를 하십시오.
2. 우상의 제물로 바친 고기는 먹지 마십시오. 설사 채식주의자가 되게 생겨도 안 됩니다.
3. 여자는 예배를 드릴 때 머리를 가리십시오. 저번에 여러분의 교회를 방문했을 때 두건이든 뭐든 아무거로도 머리를 가리지 않고 기도하는 여자들을 보았는데, 왠지 아주 이상해 보였습니다.
4. 반대로 남자는 교회에서 머리를 가리지 마십시오. 세상사가 원래 그런 겁니다.
5. 아울러 남자는 가욋돈을 벌려고 남창으로 일하지 마십시오. 또한 매춘부가 남자든 여자든 후원해서는 안 됩니

다. 여러분이 투수든 포수든 상관없습니다. 매춘부에게 돈을 지불할 때마다 돈의 일부가 이교도의 신전에 바쳐질 것입니다. 그러니 경쟁 상대를 후원하지 마십시오.

6. 방언이 멋지기는 하지만 여러분을 통해 말씀하시는 분이 정녕 하나님이셔야 합니다. 속이지 마십시오.
7. 주님의 만찬을 거행하거나 애찬식을 열 때는 도시락 파티보다는 포틀럭 파티potluck party 28) 파티가 되게 하십시오. 지난번 고린도에 갔을 때 모든 사람들이 자신이 먹을 음식을 가져왔는데, 어떤 개자식은 술에 취해 구운 양고기를 걸신들린 듯이 먹는 반면, 옆에 앉은 사람들은 고작 크래커 몇 개를 와작와작 씹고 있더군요. 이런 모습이 얼마나 추해 보이는지 아십니까? 특선 음식을 독차지하고 싶거든 집에서 드십시오. 우리가 한데 어울려 식사를 할 때는 가족처럼 무엇이든 서로서로 나누어야 합니다. 옆자리에 앉은 사람을 난처하게 하면서 형제애는 기려서 무슨 소용이 있습니까?

제가 여러분을 제 가족처럼 사랑하고 여러분에게 가장 이로운 것만을 갈구한다는 것을 잊지 말아주십시오. 만약 그것 때문에 여러분을 죄책감이 들거나 속상하게 한다면 미안합니

28) 참석자들이 각자 음식을 조금씩 가져와서 나눠 먹으며 즐기는 파티.

"지금 당신 아버지의 아내와 불륜을 저지르고 있는데…….
자네는 어떻게 생각하나?"

다. 하지만 다시 생각해보면, 우리가 종교생활을 하는 목적은 가족처럼 우리가 사랑을 받는 데 뭔가 부족하다고 느끼기 때문입니다.

여러분이 반드시 명심해야 할 계율은 서로에게 사랑으로 말하고 사랑으로 행동하는 것입니다. 여러분은 이 세상 최고로 멋진 사람일 수 있고 여러분의 말이 천사의 오줌처럼 달콤할 수 있지만, 그 안에 사랑이 없으면 여러분은 쨍그랑거리는 꽹과리에 지나지 않습니다. 사랑은 논쟁에서 누군가를 옴짝달싹 못하게 하거나 타인보다 더 우월한 기분이 들게 하지 않습니다. 사랑은 오래 참는 것이며 넘어졌을 때 일어나도록 도와주는 것입니다. 여러분이 무엇이든 바르게 해도 사랑으로 행하지 아니하면 결국 헛수고가 되어버릴 것입니다.

사랑을 전하며.

바울

추신: 헌금 접시는 반드시 사람들이 빈털터리가 되는 주말이 아니라 돈이 있는 주초에 돌리십시오. 토요일에 예배가 있기 때문에 곤란하다는 것은 알지만, 현금이 있을 때 독촉하는 것이 중요합니다. 필요하면 언제든지 예배시간을 일요일로 옮기셔도 됩니다.

고린도 후서

친애하는 고린도의 신자 여러분께.

고린도에 간다고 해놓고 못 가게 되어 미안하군요. 하지만 여기 아시아의 사정이 여의치 못한 데다가 제가 불쑥 나타나 괜히 흥을 깨지나 않을까 걱정도 되고 해서요.

여러분이 아버지의 아내와 잠자리를 한다던 사내를 손봐주었다는 소식 들었습니다. 잘하셨어요! 하지만 그가 뉘우치며 그만두겠다고 약속하거든 마음을 누그러뜨리고 그를 다시 교회에 받아주어야 합니다. 용서야말로 우리가 그리스도인이 된 온전한 이유라는 것을 잊지 마십시오. 인간의 법은 그저 죄를 벌하여 동기부여만 하지만, 그리스도는 죄를 벌하는 것도 중요시하지만 믿음으로 보답하는 것을 더 중요시합니다. 그래서 우리는 원래 당근 인간으로 타고났지 몽둥이 인간이 아닌 것입니다.

아울러 지난번 편지에서 약간 퉁명스런 인상을 주었다면 미안합니다. 여러분이 그곳에 대단히 멋진 교회를 마련했다고, 디도Titus가 여러 형제들을 입이 마르도록 칭찬하더군요. 하지만 건방 떨지 마십시오. 제가 전해들은 바로는 설교를 하러 나갔을 때 보여주라며 교회 신자들에게 추천장을 나눠주고 있다면서요. 그것이 얼마나 교만해 보이는지 아시나요? 그리스도의 사랑을 선포하면서 추천장을 건넬 것이 아니라 여러분이 추천장이 되어야 합니다. 사랑과 용서를 행하는 것이 이력서를 건네는 것보다 사람들에게 더욱더 설득력이 있습니다.

생각해보면, 개중에 거리에 나가 하나님의 말씀을 전하는 것이 두려운 사람도 있을 것입니다. 매질이나 구타, 혹은 십자가형을 당하고 싶지 않기 때문이겠죠?

두려움을 떨쳐버리는 데 도움이 되는 간단한 사고 실험을 해보죠. 영혼은 야영을 하는 사람이라 하고, 육체는 아주 보잘것없는 천막이라고 해보죠. 천막은 외풍이 심한 데다 물까지 새고 영혼이 간신히 들어갈 정도로 비좁습니다. 결국에 별일이 없으면 천막이 해져서 무너질 것입니다. 하지만 운 좋게도 우리의 천막은 하나님의 성문 밖 바로 앞에 있습니다. 그러니 야만인이 몰려와 천막을 짓밟아 뭉개버릴 걱정은 안 하셔

"우리는 당근이 중요하지 몽둥이는 중요하지 않다."

도 돼요. 만약 그런 일이 생기면 하나님이 여러분을 그분의 멋지고 따스한 성안으로 옮겨주실 겁니다.

또한 여러분도 아시다시피 예루살렘의 교회가 완전 빈털터리입니다. 그들에게 몇 세겔만 베풀어주시겠습니까? 이런 부탁을 드리지 않아도 되는 날이 얼른 왔으면 좋겠군요. 때로는 여러분이 솔선해서 그리스도 형제들을 도와주십시오.

그런데 일부 교만한 허풍선이들이 논란의 소지가 다분한 것을 가르치고 있다더군요. 심지어 개중에는 자신을 '지극히 큰 사도super-apostle'라고 칭하는 사람도 있다고요. 허접하기 짝이 없는 짓이죠! 그들은 뭐 기도할 때 레이저를 쏘는 능력이라도 있답니까?

하지만 진짜 열 받아 미치겠는 것은 이 안티 녀석들이 제가 하나님 말씀에 대해 뭣도 모른다며 제 험담을 한다는 것입니다. 그럴 때는 여러분이 저를 강하게 변호해주신다고 해서 죽지는 않겠지요? 제가 저를 큰 소리로 변호하면 제 자랑을 한다고 비난할 테지요. 하지만 그들이 저를 헐뜯는데 한마디 변명도 하지 않으면 그들을 부추기는 꼴이 될 테지요. 여러분이 제 든든한 지원군이 되어주시면 더 바랄 것이 없겠습니다. 이만 줄이겠습니다.

그리스도 안에서 사랑을…….
바울

추신: 기부금을 가지러 디도가 들를 것입니다. 제가 머저리로 보이지 않게 해주십시오. 형제들!

갈라디아서

친애하는 갈라디아의 신자 여러분께.

제 귀가 의심스럽군요. 제가 아주 잠깐 자리를 비웠을 뿐인데 제 가르침을 전부 버리셨더군요. 다시 유대교인으로 살 작정이십니까? 여러분에게 그리스도인이 되려면 코셔 음식을 먹고 할례를 받아야 한다고 누가 말했든 상관없습니다. 야고보와 베드로가 제가 여러분을 가르칠 '자격이 없다'고 말했어도 상관없습니다. 제 복음은 예수 그리스도께서 친히 주신 것입니다. 그분이 제 눈을 멀게 하시고 꿈인지 생시인지 나타나시어 그분의 말씀을 세상에 선포하라고 이르셨습니다. 인정하건대 그것이 4년제 예수학 학위는 아니지만 이보다 더 좋은 자격증은 없을 것입니다.

솔직히 말씀드리지요. 저는 한때 골수 유대교인이었습니다. 사실은 근본주의자였습니다. 사실은 신성모독이라며 그리스도인을 죽였습니다. 하지만 예수 그리스도를 친견하고 나서부터 달라졌습니다. 덕분에 우리가 모두 하나님의 백성이라는 것을 깨달았습니다.

베드로와 관련해 말하자면, 일전에 그를 만나 바로 이 문제를 놓고 결판을 지었습니다. 우리가 안티오카에 있을 때 이민족 그리스도 신자들과 식사를 했는데 횡재한 개만큼 기뻐하더군요. 물론 모세의 율법에 위배되기는 하지만 그것이 큰일은 아니잖아요? 하지만 야고보의 제자 몇이 예전 동네에서 찾아오자 그가 미스터 코셔Mister Kosher가 되었습니다. 이민족 그리스도인과 함께 앉기에는 너무 훌륭했지요.

제가 안에 들어갔을 때는 방 한쪽에 할례를 받은 사내들이 줄지어 있고, 반대쪽에 할례를 받지 않은 사내들이 줄지어 있었습니다. 아무도 어우러지지 않았습니다. 그곳의 풍경은 마치 8학년들의 댄스파티장 같았습니다. 그래서 제가 모든 사람들이 있는 자리에서 베드로에게 큰 소리로 말했지요.

"베드로, 지난주에는 우리가 한자리에 앉아 돈가스를 먹었는데 이제는 할례를 받지 않았다고 옆자리에 앉는 것조차 싫은 거예요? 이곳에선 우리가 모두 형제인 줄 알았는데요!"

그것 말고는 그들이 무슨 일로 불평하는지 잘 모릅니다. 저는 진작 야고보와 베드로를 비롯한 예루살렘의 교회 지도자들에게 제 가르침을 분명히 말했습니다. 저는 그들이 할례를 받지 않은 그리스도교 신자를 만날 수 있도록 디도까지 데리고 갔는데 그들이 그를 선뜻 받아들였어요! 디도의 행실이 정말 단정하다고 침이 마르게 칭찬을 해놓고선 이제 와서 무엇이 문제라는 것인지 도통 모르겠군요.

그래서 마지막으로 말하겠는데요, 그리스도인이 되려고 할

"금방 바울이 보낸 편지가 도착했는데,
할례는 신경 쓰지 말라는군."

례를 받을 필요가 없습니다. 아시겠어요? 바라건대 이 편지가 제때에 도착해 수술을 신청하신 분들을 막아주었으면 좋겠군요. 구원은 보이스카우트의 공로기장 받듯이 받는 것이 아닙니다. 음경의 살점을 아무리 많이 잘라내도 하나님을 믿지 않으면 하나님께 가까이 다가갈 수 없습니다.

아브라함을 기억하시죠? 유대 민족의 조상이죠? 모세의 율법은 아브라함이 죽은 뒤 수백 년이 지나 쓰였지만 하나님은 여전히 당신의 절친한 친구이자 우리 민족의 아버지로서 아브라함을 손꼽으십니다. 분명코 하나님이 아브라함에게 끌리신 까닭은 그의 음경이 할례를 받았다거나, 그가 꿩고기를 먹지 않고 수염을 길렀기 때문이 아닙니다. 아브라함은 그런 율법에 대해 들어본 적도 없을 것입니다. 하나님이 아브라함을 소중히 여기신 까닭은 그의 믿음 때문입니다.

여러분도 기억하시겠지만 아브라함은 아들이 둘 있었습니다. 이스마엘과 이삭이지요. 이스마엘은 노예의 소생으로 한낱 재산처럼 취급되었고, 단지 이름만 아들이었습니다. 이삭은 아브라함의 아내의 소생으로 아브라함을 아버지로 대했고 아브라함도 그를 아들로 사랑했습니다.

우리는 아브라함의 자손입니다. 그렇다면 우리 자신에게 물어보아야겠지요. 우린 어떤 아들이 되고 싶은가? 아버지에게 가까이 가지도 못하는 율법의 노예가 되고 싶은가? 아니면 밖에 나가 엉덩이잡기 놀이를 하는 아들, 아버지를 사랑하고 아버지의 사랑을 받는 아들이 되고 싶은가? 율법은 단지 우리에게 이스마엘과 같은 삶을 줄 뿐입니다. 우리 믿음만이 이삭이 될 기회를 줄 것입니다.

형제 여러분! 저는 이제껏 오직 하나님을 기쁘게 해드릴 수 있는 일만 하고자 했습니다. 하나님이 제가 모세의 율법을 따르기를 바라신다고 생각했으면 전 그리스도인이 되지 않았을 것입니다. 지금도 유대교인이었을 것입니다. 지금도 근본주의자였을 것입니다. 사실 지금 당장 여러분을 죽이러 길을 떠났을 것입니다.

어쨌든 이것으로 모든 것이 깔끔히 정리되기를 바랍니다. 부디 제가 그곳으로 내려가는 일이 없었으면 합니다.

사랑을 듬뿍 담아…….

바울

에베소서

에베소의 교회 신자들께.

그리스도교 신자가 위대하지 않은가요? 여러분은 바람을 피우고, 닥치는 대로 여자를 덮치고, 아무하고나 섹스를 하는 미친 이교도 떼였습니다. 하지만 예수 그리스도의 권능 덕분에 달라져 절제와 박애가 넘치는 새롭고 충만한 삶을 살고 계십니다.

이제는 너무 문명화되어 미개인이라는 티도 안 나는군요. 더러는 여러분이 할례를 받지 않았다는 사실에 호들갑을 떨기도 하지만 상관없습니다. 우리들 중에는 유대인으로 태어난 사람도 있고 이민족으로 태어난 사람도 있지만 상관없습니다. 우리가 하나님의 한 백성이라는 것이 중요합니다. 따라서 음경은 좋으실 대로 하십시오.

이교도의 음경은 달고 있어도 상관없지만, 일러두지만 이교도처럼 생각해서는 안 됩니다. 무엇을 말하는지 아시잖아요. 부정, 폭력, 울고불고 떼쓰기. 그리스도인이 되려면 여러분을 재료로 새로운 사람을 빚어내야 합니다. 그래서 이 자리를 빌려 약간의 조언을 하고자 합니다. 분노하고 있는 동안 해가 저물게 하지 마십시오. 원한이 퍼지fudge 29)를 망치게 하지 마십시오. 여러분!

만약 남의 똥을 훔치고 있거든 돌려주십시오. 제발 서로에 대한 지저분한 농담이나 뒷담화를 삼가십시오. 그것이 교회를 안에서부터 삼켜버릴 것입니다. 그리스도께서 우리를 용서하셨듯이 우리도 서로를 용서해야 합니다.

여러분 중에는 이제부터 하는 말에 해당되지 않는 분도 계

29) 설탕, 버터, 우유로 만든 사탕.

"여러분이 종이 되려거든 착한 종이 되어야 한다는 거요."

시겠지만, 시작하겠습니다. 아내 여러분! 남편에게 복종하십시오. 이는 종에게도 해당됩니다. 건방 떨지 마십시오. 그리스도의 명령을 받들듯이 주인에게 복종하십시오. 그리스도께 종이 있을 것 같지는 않습니다만.

반대로 종이 있거든 친절을 베푸십시오. 주인이든 종이든 다 천국에 계신 똑같은 주인을 섬긴다는 것을 명심하십시오. 그분께서 너무나 위대하신지라 여기 지상에서 누가 주인인지 누가 종인지 상관하지 않으십니다. 그것은 머리 위에서 윙윙거리는 파리들 중에서 어느 것이 주인인지 어느 것이 종인지를 가려내려는 것과 같습니다. 남편 여러분! 여러분이 가장이고 아내가 여러분의 지시에 복종해야 한다고 해서 무심하고 인정머리 없는 밥맛이 되지 마십시오. 아내가 결혼해서 행복하다고 느끼게 해주십시오.

하여튼 제 조언을 따르고 서로를 위해 기도하는 것을 명심하면 만사가 두루 평안할 것입니다. 아참, 저를 위한 짧은 기도도 부탁드립니다. 운명의 장난인지 제가 다시 투옥되었답니다.

사랑의 키스를!

바울

빌립보서

친애하는 빌립보의 신자 여러분께.

있잖아요, 대체적으로 제 투옥이 우리 조직을 위한 자산이 되어주고 있는 것 같습니다. 투옥된 덕분에 간수들과 (실제로 상당히 멋진 분도 있답니다!) 우리의 신앙을 교류할 기회를 얻었을 뿐더러 여러분이 신속하게 대처하여 제가 부재중인데도 기강을 바로잡고 설교를 다니고 계시니 말입니다. 여러분 중에는 진정으로 사람들을 개종시키려 애쓰시는 분도 계십니다. 또한 여러분 중에는 제가 보이지 않는 지금이 교회 사다리를 올라갈 기회라서 설교를 다니시는 분도 계십니다. 솔직히 말해 설교를 하러 다니는 한 동기는 아무래도 상관없습니다.

하지만 여러분의 열망이 정상에 올라서는 것이라면, 저는 우리의 전체적인 운동이 무엇을 위한 것인지 핵심을 놓치고 있다는 지적을 하지 않을 수가 없군요. 우리는 한 남자를 흠모합니다. 그분은 하나님이셨지만 인간의 모습으로 오셨다가 우리 인간을 대신해 돌아가셨습니다. 그러므로 그리스도인이 올라설 정상은 왕이 되는 것이 아니라 순교자가 되는 것입니다.

인간의 머리로는 도무지 이해하기 어려운 이상한 관념이라는 것은 알지만, 비평가들 때문에 헷갈리지 마십시오. 그들은 여러분을 부추기고, 여러분을 말로써 능가하고, 여러분이 복

"이상 끝, 이순에로 섹시하기를."

된 삶을 등져 바보가 된 기분이 들게 할 것입니다. 하지만 그들의 운명은 무덤이요, 그들의 신은 위장이요, 그들의 유산은 일생 동안 용케도 피해온 변절일 것입니다. 반대로 여러분의 운명은 영원한 생명이요, 여러분의 신은 전지전능하신 하나님이요, 여러분의 유산은 여러분이 섬겨온 사람들일 것입니다.

정신 바싹 차리고 들어주세요. 누군가를 게으르고 부도덕하다고 비난하려면 여러분이 먼저 유혹을 견딜 수 있어야 하며, 그렇지 않으면 결국에는 뺑쟁이가 되고 말 것입니다. 별이 되고 싶거든 빛이 나게 해야 합니다.

그런데 제가 깜빡하기 전에 깜짝 놀랄 위문품을 보내주시어 감사하다는 인사를 드려야겠습니다! 빌립보의 교인들은 사람의 기분을 특별하게 하는 재주가 있으신 것 같아요! 여러분은 늘 그러셨지요. 초창기에 복음을 전하러 그리스 지역을 누비고 돌아다니던 시절이 기억나는군요. 다른 교회의 신자들은 아무도 그 빌어먹을 프레첼 쪼가리 하나 안 주셨는데, 여러분은 저를 데려다가 밥을 먹이며 여러분 교회 사람인 듯이 대해주셨죠. 그 일은 결코 잊지 못할 것입니다.

아참, 그리고 제 일을 도와주라고 에바브로디도Epaphroditus를 보내주셔서 감사합니다. 안타깝게도 그가 나환자처럼 아픈지라 돌려보내려고 합니다. 그러니 그가 도착하거든 뜨거운 국을 먹이고 칭찬을 아끼지 말아주십시오. 아셨죠? 이곳의 그리스도교 친구들이, 특히 로마의 수많은 고급 감옥들 중 이곳에 로마 황제의 손님으로 와 있는 친구들이 안부를 전해달라는군요. 곧 다시 뵐 수 있기를 바랍니다.

그때까지 평안하고 타락하지 않기를…….
바울

골로새서

골로새의 거룩한 형제들에게.

아주 많은 교회들이 부끄러운 두뇌 게임을 벌이고 있을 때 여러분처럼 신실한 그리스도인 소식을 듣게 되어 기쁘기 그지없습니다.

그렇기 때문에 여러분은 그리스도교에 더욱 충실해야 합니다. (이는 아무리 강조해도 지나치지 않을 것입니다.) 누가 뭐라고 해도 그리스도는 하나님과 여러분을 이어주는 유일한 다리입니다. 미리 경고해두는데 여러분은 교묘한 주장과 사실들을 이용하여 믿음을 의심하게 하는 대머리 지식인과 마주치게 될 것입니다. 믿음을 의심하지 마십시오! 여러분의 영혼이 뇌에게 백태클을 당하지 않으면 무사히 천국에 오를 것입니다.

아울러 아직도 코셔 음식을 먹어야만, 할례를 받아야만, 올바른 행사에 가야만 하나님과 더 가까워질 수 있다고 주장하는 교회 사람들의 말을 귀담아듣지 마십시오. 그것은 단지 하나님께 우리가 인간 존재라는 것을 얼마나 유감스러워하는가를 보여주기 위해 의도된 인간이 만든 의례에 불과합니다. 예수께서 여러분이 하나님의 나라에 들어갈 수 있도록 십자가에서 돌아가셨기 때문에 그런 의례는 더 이상 필요하지 않습니다. 예수께서 여러분의 할례이십니다!

청교도적인 계율이 여러분의 행동을 거룩하게 해줄 것이라 기대하지 마시고 여러분의 거룩함으로 행동을 정화하십시오. 천상의 영혼이 그리스도의 부활로 태어난 것과 마찬가지로 지상의 육신도 그분의 십자가형으로 죽었습니다. 우상숭배의 흔하디흔한 모습인 성적 방탕, 분노, 탐욕, 이 모든 것이 우리 구세주와 함께 십자가에서 죽었습니다.

"용이 참 근사해."

그러므로 이런 계율들과 그릇된 구별 짓기는 이제 아무런 의미가 없습니다. 유대인과 그리스인, 할례 받은 이와 할례 받지 않은 이, 노예와 자유민 따위는 존재하지 않습니다. 우리는 그리스도 가정의 한 식구입니다. 서로를 가족처럼 대하십시오. 그것이 다입니다.

그럼, 오늘은 이 정도로 해두죠. 지금 감옥에서 이 편지를 쓰고 있어 저를 대신해 두기고Tychicus와 오네시모Onesimus가 여러분을 방문할 것입니다. 이런, 제가 끝내려니까 에바브라Epaphras가 안부 인사를 외치는군요! 유스도Justus, 데마Demas와 의사 누가Luke도 외치네요. 자, 안부 인사는 충분히 외쳤으니 이만 줄이죠. 가능하면 이 편지를 라오디게아Laodicea의 교회에도 전해주세요. 제가 그들에게 보낸 편지도 바꿔서 읽어

"이 마을은 우리 둘에게 그럭저럭 나쁘지 않군."

보시고요.

그리스도께서 다스리시도록 쇠사슬에 묶여…….
바울

데살로니가 전서

친애하는 데살로니가의 신자 여러분께.

무엇보다도 여러 형제들의 놀라운 발전에 감사의 인사를 전해야겠군요. 제가 처음 데살로니가를 불쑥 찾아갔을 때만 해도 여러분은 우상을 숭배하는 멍청이들이었는데, 지금의 모습을 보세요! 거기 바깥에서 제일 신실한 그리스도인이 되지 않았습니까!

그리스도인이 모두 여러분만 같으면 바랄 것이 없겠습니다. 우리가 처음 만났던 때를 기억하시나요? 여러분이 저를 모욕하고 때리려고도 했지만, 돌이켜보면 제가 가르침에 당의를 입히려고 하거나, 듣고 싶어 하는 말만 해주려고 하지 않은 덕분에 제가 여러분을 성식하게 대하고 있다는 것을 아시게 된 것입니다. 제가 여러분을 너무나 사랑해 여러분을 화나게 한 것입니다.

그런데 불쑥 찾아간 것처럼 불쑥 떠날 수밖에 없어 미안합니다. 제가 떠난 후에 당국의 중한 처벌을 받았다는 소식 들었습니다. 아무튼 여러분에게 달갑지 않은 책임을 떠넘기지 않으려 했다는 것은 알아주시면 좋겠군요. 소식을 듣자마자 돌아가려고 했지만 갑자기 여행을 하기에는 사탄이 저를 너무 아프게 했어요. 사탄이 무엇이든 가능하다는 것은 잘 아시죠.

저는 새내기 신자들끼리만 놓아두면 늘 불안한데, 여러분이 없을 때 그들에게 무슨 일이 생길지 모르기 때문입니다. 그래서 여러 형제들이 거짓 예언자의 꼬임에 넘어가지 않았다거나 경찰에게 겁먹어 달아나지 않았다는 소식을 듣고 얼마나 기뻐했는지 모르실 거예요.

지난번 제가 다녀간 후로 회중들 가운데 돌아가신 분들이 계시다는 말을 듣고 안타까웠습니다. 불행히도 그분들의 죽음으로 말미암아 그리스도가 여러분의 생애에 다시 오신다는 제 말이 틀렸을지도 모른다고 의심하시는 분이 계시다고요. 그래서 이 문제에 대한 보충 설명을 드리지요. 제 말이 틀린 듯이 보이나 틀리지 않은 까닭은 여러분의 친구들이 돌아가신 것이 아니기 때문입니다! 머잖아 예수께서 노호하며 돌아오실 적에 교회의 죽은 형제들을 되살리시어 그 기쁜 일에 참여시키실 것입니다. 그래서 결국은 제 말이 맞다는 것을

"정신 바싹 차리고 있어. 내가 언제 돌아올지 모르니."

보시게 될 것입니다. 그리스도는 여러분 생애에 반드시 돌아오실 것입니다. 그분이 오셨을 때 여러분이 죽었을지라도 말이죠.

그때까지 여러분이 죽지 않고 살아 있다고 가정하면, 그것을 바지 안에 고이 간직하는 것을 잊지 마십시오. 사방을 둘러보아도 반 벌거숭이로 돌아다니는 미끈하고 까무잡잡한 그리스인들만 보이는지라 쉽지 않다는 것은 알지만 순결이 최선의 방책입니다. 예수께서 돌아오시어 우리가 모두 날아올라 그분을 공중에서 맞이할 때, 제 말을 믿으세요, 바지를 벗고 있지 않도록 주의하십시오.

끝으로, 우리가 그리스도께서 언제 오실지 정확한 날짜는 모르는지라 불시에 허를 찔려 놀라지 않으려면 매일이 그날인 것처럼 살아야 할 것입니다.

순결반지를 반짝반짝 닦아두십시오.

바울

데살로니가 후서

친애하는 데살로니가의 신자 여러분.

다시 한 번 여러분은 위대하다는 말을 전해야겠군요. 박해를 당할 적에 여러분이 보여준 하나님에 대한 믿음은 우리 모두에게 격려가 되고 있습니다. 제 말을 믿으세요. 그리스도께서 여러분에게 민폐를 끼친 자들의 이름을 적어두시고 계시며, 그분께서 돌아오시면 그들은 졸경을 치르게 될 것입니다. 결국 그리스도를 믿지 않는 자들이 졸경을 치르게 되는 것입니다. 그들은 주님의 면전에서 추방돼 영원한 어둠에 살면서 영원토록 천천히 짓눌려 죽게 될 것입니다. 그러니 힘냅시다!

지난번 편지가 효과가 있어 그리스도께서 곧 돌아오실 것을 한마음으로 믿게 되었다니 기쁘기 그지없습니다. 그렇기는 하나 매일이 그날인 것처럼 안달하며 나대지는 마십시오. 저는 그리스도의 재림이 곧 닥치리라는 것을 추호도 의심해본 적이 없으나 분명 여러분 중에 지나친 분이 없지는 않습니다.

보고받은 바에 따르면, 그리스도께서 곧 오실 텐데 다 무슨 소용이냐며 일하러 안 나가시는 분들이 계시다고요? 어처구니가 없군요. 제가 여러분과 생활할 때 예수께서 돌아오시어 신발의 먼지를 털어주시기만 기다리면서 게으름을 피우는 것을 보셨습니까? 아니죠. 못 보셨을 것입니다. 매일을 하루같이, 온종일 그분이 오셨을 때 세상이 그분을 맞이할 준비가 조금이라도 더 되어 있게 하려고 열심히 일했습니다.

더욱이 그리스도께서 돌아오시기 전에 해야 할 일들이 아직 많이 남아 있습니다. 대반란이 일어나야 하고 반 그리스도교가 출현해야 하고……. 뭔지 다 아시죠? 일하지 않는 자 먹지도 마십시오. 게으름뱅이라면 지긋지긋합니다.

아무튼 상황이 안정되어 여러분을 때리거나 목에 칼을 들이대는 자들 없이 일상의 삶을 회복하시기를 바랍니다. 하나님의 은총이 함께하시기를. 실라Silas와 디모데Timothy의 안부 인사 전합니다.

평화를…….

바울

디모데 전서

팀Tim에게.

자네가 에베소의 교회에 내 가르침을 전해줄 수 있겠는가? 그들이 그릇된 길로 돌아간 것 같네. 특히 후메내오Hymenaeus와 알렉산더Alexander가 그러네. 그 두 허풍선이 사기꾼들은 구제불능이야. 그래서 그들을 그냥 사탄에게 넘겨주기로 했네. 아무튼 자네가 내 부탁을 들어주어 준비되는 대로 에베소로 돌아가면 고맙겠구먼.

그들에게 전할 가르침은 이러하네.

신사 여러분, 공개적인 기도시간을 이용하여 비열한 언사로 서로를 비방하거나 정치적인 발언을 삼가십시오. 기도가 주먹다짐으로 끝이 나거나 아무런 이유 없이 법적 처벌을 받기를 바라지 않습니다. "하나님, 부디 시몬이 저녁 롤빵을 훔치지 않도록 도와주소서." 따위의 기도는 삼가십시오. 여러분이 기도하는 중에 누군가의 이름을 거론하려거든 멋진 것만 말하십시오.

숙녀 여러분, 여러분은 입을 꼭 다물고 계시는 편이 더 좋습니다. 여자가 종교를 가르치도록 허락하는 바람에 우리가

"어리석은 것을 바라며 기도하지 마라."

"내 생각으론 세계 최고 변호사는 아니었어."

에덴동산에서 쫓겨났습니다. 아닙니까? 신사 여러분, 여러분도 그렇게 화려한 옷과 보석으로 꾸미고 예배를 보실 필요가 있습니까? 예배는 패션쇼가 아닙니다. 솔직히 말해 선행과 겸손이라는 장신구로 꾸미시는 것이 낫습니다. 그 장신구들은 절대 유행을 타지 않아요! (되도록이면 그 라인의 장신구를 애용하도록 하십시오.) 아무튼 숙녀 여러분! 자랑을 하거나 수다를 떨거나 아주 하잘것없는 짓 따위를 하시려거든 예배에 나오지 마십시오.

팀! 감독과 집사는 오랫동안 교회에 나온 선하고 올곧은 사람이 맡아야 하네. 그들이 돈을 벌기 위해 교회에 나온다거나 성미가 급하다거나 술맛을 안다거나 해서는 안 되네. 또한 한 여자만 부인으로 삼아야 하고, 자식도 쾌활하고 품행이 단정

해야 하네. 감독이 자기 가정도 바르게 이끌지 못하는데 어떻게 전체 교회를 바르게 이끌 수 있겠나? 사실 교회의 일반 신자들이 진지하고 올곧은 그리스도인이어야 하겠지. 예배시간에 음란한 몸짓을 하거나 휴게실에서 지저분한 농담을 하는 교인 이야기는 그만 들었으면 좋겠네. 그러니 되도록 빨리 그만두게 하게나.

반드시 모든 사람에게 경전을 교육하게나. 그러면 자기 종교에 대해 더욱 올바르게 인식하는 것은 물론이고, 불신자들의 질문 공세에 대처할 대답을 알게 될 것이야.

반드시 과부 신자를 잘 대우하되, 진짜 과부여야 하네. 왜 있잖은가, 이를테면…… 여자의 나이가 예순이 넘었다든가 그런 거. 과부가 젊고 섹시하거든 그다지 걱정하지 말게나. 하지만 고아들은 나이를 불문하고 돌봐주어야 하네. 하나님은 고아를 아끼신다네.

혹시 교회의 신자가 종이거든 예의바르게 행동하고 맡은 바 소임을 다하게끔 하게나. 게으른 종을 누가 좋아하겠나. 종이 퉁명스럽게 구는 것이 그리스도교 때문이라고 주인이 탓하지 않게 하게나. 반대로, 혹시 교회의 신자가 종의 주인이거든 종을 공정하게 대하게끔 하게. 그러면 종은 주인의 종교를 호의적으로 생각해 교회에 나올 마음이 들지도 몰라.

경험에 비추어보건대 나는 죄인을 공개적으로 망신을 주는 것이 좋다고 생각하네. 그래야 다른 사람들도 죄짓는 것을 두려워하지. 하지만 운영의 방식은 자네가 알아서 재량껏 해보게. 또한 목격자가 다수가 아니거든 목회자에 대한 험담은 믿지 말게. 우리는 고위직 목회자의 빈번한 이직을 바라지 않네.

끝으로, 사람들이 너무 속물이지 않은지 살펴보게. 돈을 좋아하는 것이 모든 악의 뿌리일세. 세상을 넓은 안목에서 보면 돈은 헛되고 헛된 것이야. 우리는 이 세상에 빈손으로 왔다가 빈손으로 간다네.

아무튼 내 조언은 여기까지일세. 팀, 자네가 정말 힘든 일을 맡았어. 조언을 모두 글로 적어두는 이유 하나는 내가 얼마나 더 오래 머물 수 있을지 모르기 때문이라네. 그래서 가능한 동안이라도 조언을 하고 지혜를 전하려는 것일세.

잘해보시길.
바울

디모데 후서

안녕, 팀!

여전히 감옥에서 네로 황제의 심리를 기다리는 신세지만 솔직히 말해 상황이 그다지 녹록해 보이진 않아. 기괴망측한 일을 너무 많이 봐서 그런지 얌전히 있으면 석방될 것이라는 낙관적인 생각도 들지 않고 말이야.

하지만 내 걱정일랑 하지 말게. 난 죽음이 두렵지 않아. 그리스도와 함께 죽은 자 그분과 함께 살리. 그분을 부정한 자 그분의 부정을 받으리라. 무슨 일이 생겨도 자네 같은 친구들이 있다고 생각하니 위로가 되는군. 자네 모친 유니게Eunice와 외조모 로이스Lois는 늘 하나님을 굳건히 믿으시지. 그래서 그런지 자네한테도 그분들과 똑같은 굳건한 믿음이 보여. 몇몇 내가 아는 사람들과 달리, 자네는 하루도 쉬지 않고 올바른 그리스도인이 되려고 하지.

사람들은 우리를 게으르다고 비난하지. 내가 거리에 설교를 하러 가면, 사람들이 "게으름뱅이!" 또는 "일하러 가라!" 하고 고함을 지를 때가 있어. 하지만 왜 알잖나? 복음을 전하는 것이 그저 그런 일이 아니라 '세상의 모든 일'이라는 것을 말이야. 자네는 군인처럼 머리에 벽돌을 맞아 죽는 것도 마다하지 않아야 해. 자네는 운동선수처럼 규칙을 지키며 경기를 해야 해. 자네는 농부처럼 곡식을 수확할 날을 기대하며 매일 열심히 일해야 해. 우리 말고 누가 이런 일을 하나? 나는 감옥에 갇힌 괴짜 거리 선교사라는 것이 부끄럽지 않아. 자네도 부끄러워해서는 안 돼. 솔직히 말해주면, 자네도 이 일을 계속하면 결국 나처럼 될 것이야.

아무래도 데마는 이 소명이 너무 벅찼던 모양이야. 안타깝게도 겁을 잔뜩 집어먹고는 교회를 떠나고 말았어. 하지만 나는 벼랑 끝에 몰리더라도 뒤를 돌아보며 인생에서 올바른 일을 했다고 자랑스럽게 말할 수 있어. 그리고 내가 할 수 있으면 자네도 할 수 있네. 그러니 다른 생각은 말고 일에 열중하게. 후메내오나 빌레도Philetus나 그리스도께서 이미 지상에 돌아오시어 어딘가에 숨어 계신다는 그들의 허무맹랑한 주장에 미혹되지 말게.

얄궂게도 그런 가짜 예언자들 덕분에 그리스도의 재림이 곧 닥치리라는 것을 알게 되는군. 그 마지막 날에 사람들은 탐욕스럽고 교만하며 자아도취의 쾌락주의자가 될 것이야. 말만 그럴싸한 사기꾼들이 집 안으로 슬금슬금 기어들어가 귀가 얇은 자들을 집어삼킬 것이야. 그러니 그런 자들을 가까이하지 말게.

또한 드로비모Trophimus의 기분이 좋아지기를 바라네. 브리스가Prisca와 아굴라Aquila에게 사랑한다고 전해주게. 구리장인 알렉산더에게는 사랑한다고 전해주지 말게. 무슨 짓을 했는지 자기가 잘 알 것이야.

으불로Eubulus가 "무고하지?" 하고 말하는군. 자네가 올 때 (와줄 거지?) 내 외투와 책들 좀 가져다주겠나?

팀, 자네가 정말 보고 싶군. 아들이 없는 내게 자네는 아들이나 같아. 죽기 전에 마지막으로 한 번만 더 자네 얼굴을 볼 수 있으면 좋겠구먼.

아무쪼록 서둘러 와주게나…….

바울

디도서

이보게, 디도.

자네가 궁금할 것 같아 말해주네만, 자네를 크레타로 보낸 이유는 선하고 정직하며 마음이 맑은 사람들을 골라 그곳 교회를 이끌게 하라는 것이야. 특히 크레타에서는 결코 쉬운 일이 아니야.

자네는 그들이 잠을 잘 때 말고는 절대 그들을 믿어서는 안 돼. 크레타는 거짓말쟁이와 사기꾼, 욕심쟁이가 넘치는 곳이야. 그러니 주저하지 말고 그들을 엄하게 다스리도록 하게. 누차 말하지만 할례를 비롯한 유대의 인습을 전부 금지시키게. 이미 지겹게 말했지만 그리스도교는 새로운 신앙일세. 내가 분명히 기억하는데, 할례를 받지 않아도 된다고 했더니 자네가 어지간히도 기뻐했었지. 그러니 내가 당부한 대로 해주겠지?

자네의 권위를 존중하게끔 하게. 자네의 이름을 부를 적에도 '디도'라 부르게 하고 '답답이'라 부르지 못하게 하게. 그들은 잠시도 자네를 가만두지 않을 것이야. 내 말을 믿게!

남자들은 기분 전환 삼아 그것을 바지 안에 잘 넣어두라고 설득하게. 아울러 여자들은 술과 잡담을 줄이게 하게. 자네가 젊은이들이 본받을 모범이 되어줄 것이라 믿네. 자네가 행하기 마땅찮은 것을 그들에게 행하라고 이르지 말게. 내 말을 믿게. 10대들은 1마일 밖에서도 위선자의 냄새를 맡을 수 있어.

내가 크레타 사람들을 좀 비난했다는 것을 모르지는 않지만, 알고 보면 예수님을 찾기 전까지 나는 지금의 그들보다 더 욱더 형편없었어. 내가 나 자신을 일깨우듯이 예수께서 우리가 그럴 만한 자격이 충분해서 그분의 생명을 주신 것이 아니라, 우리가 너무나 간절히 원했기 때문에 그분의 생명을 주셨다는 것을 그들에게도 일깨워주게.

하나 더 말하면, 계보나 율법이나 사소한 교리에 대한 어리석은 논쟁에 휩쓸리지 않도록 하게. 그런 논쟁은 소모적이고

무익하다네. 반대를 일삼는 자나 말썽을 부리는 자에게는 경고를 두 번 주고 나서 교회에서 추방하게. 간질이는 머릿니 몇 마리가 다 자란 게로 변할 때까지 방치하지 말게.

이곳 사람들 모두 자네를 응원하고 있네. 조만간 자네와 교대할 사람을 보내주겠네.

거룩한 포옹을 보내며.

바울

빌레몬서

친애하는 빌레몬에게.

그쪽 일은 다 잘되어 가는가? 잘되기를 바라네. 안타깝지만 지금 내 형편이 그다지 유쾌하지가 않아. 자네도 짐작하겠지만 지금 감옥에 있다네! 비록 그렇기는 하나 나 자신을 로마의 죄인이 아니라 예수 그리스도의 죄인이라 생각하기로 했네. 아무튼 그리스도께서 내가 자유롭기를 바라셨으면 지금 밖에 있지 않겠나? 그래서 자네가 그렇게 생각해주면, 나는 '예수 그리스도의 인간 교정 시설'에서 복역 중이라 생각하고 마음 편히 지낼 것 같아.

아참! 이곳 감옥에 면회를 다니는 사람이 누군지 알아맞혀

보겠나? 자네 하인, 오네시모라네! 사실 이 편지도 어느 정도는 그를 위해 쓰는 것이라네. 이보게! 오네시모가 도망을 쳤고, 그것이 기분 좋을 수는 없겠지. 그 소식을 듣고 자네는 호탕하게 웃지도 장난을 치지도 않더군. 어쨌거나 오네시모가 큰 도움이 되었어. 그러니 그가 돌아가거든 잘 대해주지 않겠나? 그를 죽이지 말라는 말일세! (자네 지금 그럴 생각이었지?)

무엇보다도 오네시모는 그리스도교 동료라서 종이 아니니 형제처럼 대해주어야 하네. 아마 자네가 그를 면천시켜주는 것도 고려해야 할 것이야. 아니면 나에게 빌려주면 더 좋고. 아까도 말했지만 그가 큰 도움이 되었어.

아무튼 그에게 가혹한 처분을 내리지 말아주게. 그가 자네에게 빚을 졌거나 자네에게 어떤 손해를 끼쳤으면 내게 청구하시게. 사실 자네는 상당히 오래전부터 온전한 구원이라든가 영원한 삶이라든가, 내게 이런저런 빚을 지고 있지만 아무려면 어떤가. 그래도 자네가 원하면 지불할 용의가 있네.

그건 그렇고 누가와 마가가 안부를 전하는군. 에바브라도 안부 전해달라는군. 그도 나처럼 그리스도의 감옥에 있다네.

황금처럼 변치 말기를…….

바울

8장
그 밖의 편지와 계시록

로마인이 그리스도교의 문제에 약간 창조적으로 대처하는 상황에서 거짓 예언자들이 설치고, 세상이 화염과 곤충에 휩싸여 종말을 맞이하다.

물론 바울만이 그리스도교에 관한 글을 쓴 것은 아니다. 그는 그리스도교 운동의 지도자도 아니었다. 만약 누군가에게 지도자라는 명칭을 붙여야 한다면 예루살렘 교회의 지도자이자 예수 그리스도의 동생인 야고보일 것이다. 그들의 편지가 분명히 보여주듯 바울과 야고보는 서로 의견이 늘 달랐다. 바울은 그리스도교가 옛 유대의 전통을 진부하게 만들었다고 생각한 반면, 야고보를 비롯해 예수의 옛 제자들 대다수는 우선 자신을 유대인이라 생각했고, 그래서 여전히 유대의 율법과 전통을 지켜야 한다고 생각했다.

교회의 분열을 초래하기는 했지만 이 편지의 대다수는 그리스도인에게 거짓 예언자에 대한 경고와 로마 제국의 박해에 강하게 버티라는 격려의 메시지를 담고 있었다.

로마인들은 관대하려고 노력했다. 그들이 아무리 뒤끝 없는 제국으로 보이고 싶다고 해도 결코 참지 못하는 두 가지가 있었다. 반란과 탈세였다.

수많은 그리스도인이 로마의 신들에게 제물을 바치려고 하지 않았다. 수지맞는 장사나 날씨나 수확을 주피터나 넵튠이나 아르테미스의 호의에 의지하는 로마인들로서는 이런 신들에게 바치는 제물이 세금이나 마찬가지였기 때문에, 그리스도인이 왜 그런 참지 못할 개자식이 되려고 하는지 이해하기 어려웠다. 현지의 신들에게 제물을 바치려고 하지 않는다는 이유 때문에 수많은 그리스도인이 얄궂게도 무신론자라는 죄목의 판결을 받았다. 그리고 형벌로서 매질을 당하거나 투옥되었고, 또는 검투사들의 검투가 시작되기 전 오후 공연에서 들짐승의 먹잇감이 되었다.

서기 52년에 네로 황제가 권력을 장악했고, 로마 대화재의 책임을 그리스도인에게 떠넘기며 본격적인 박해가 시작되었다. 대화재에 대한 보복으로 그는 그리스도인 시신 수백 구를 불태운 인간 횃불을 밝히고 잔치를 열었다.

엎친 데 덮친다고, 서기 66년에 유대인들이 로마에 반란을 일으켰고, 잠시지만 예루살렘에서 로마인들을 몰아내는 데 성공했다. 이 시점부터 로마인은 이 하나님 숭배자들에게 더 이상 관대하지 않기로 했다. 반란을 진압하고, 그 과정에서 수만 명의 유대인을 죽이고, 유대교를 원천적으로 금지시킨 후에 그들은 솔로몬 성전을 무너뜨렸다. 이것은 유대교인은 물론이고 그리스도인에게-그들 대다수가 기본적으로 유대인 그리스도교도였다-충격적인 사건이 아닐 수 없었다. 로마인이 지상의 하나님 집을 무너뜨렸다!

한편, 요한이라는 한 사내가 밧모섬의 동굴에서 살고 있었다. 성전은 무너졌고 유대 동포들이 도살당하고 있는 데다 동료 그리스도인이 고양이 사료로 사용되고 있다는 소식을 듣고는 생각했다. 이것이 바로 세상의 종말이라고, 예수는 분명 지금 돌아와야 한다고, 그렇지 않으면 돌아온들 남은 것이 없을 것이라고. 그래서 그는 종말이 곧 닥칠 세상의 미래상을 담아 〈계시록〉이라는 책을 썼다.

히브리서

유대인들이여, 전할 소식이 있다. 이번 기회에 유대교에서 그리스도교로 개종과 관련해서 오랫동안 끌어온 의문에 답을 해주고자 한다. '자주 하는 질문FAQ'은 아래와 같으니, 아무쪼록 널리 알려주기 바란다.

Q: 예수께서 언제라도 돌아오실 것이라고 말씀하신지, 그게 그러니까 수십 년 전입니다. 어떻게 되는 것인가요?

A: 무엇이 그리 급하냐? 오븐에 피시 스틱을 넣어두지 않았느냐? 걱정하지 마라. 예수께선 오실 때가 되면 오신다. 그동안 하나님의 아드님과 한 약속이나 어기지 마라. 조상들이 모세가 시나이산에서 내려오기를 기다리다 지쳤을 때를 기억하느냐? 그들은 공포에 사로잡혀 금송아지와 우상을 짓기 시작했고, 결국 그들이 어떻게 되었는지 보아라. 그들은 밀주를 뿌리고 밀애를 즐기다 제대로 말아먹었다. 민족 전체가 사막에서 40년 동안 길을 잃고 헤매 다녔다. 그러니 같은 실수를 반복하지 않도록 하라.

Q: 그리스도교의 특징에 대한 가르침이 단순할 때가 많아서 솔직히, 왠지 우리의 지능을 모욕하는 것 같습니다. 모세5경에 대한 복잡한 논쟁을 하던 시절이 그립습니다.

A: 사실 질문보다는 의견에 더 가깝구나. 그래도 대답을 해주면, 당연히 우리의 가르침은 단순하다! 너희는 그리스도교에서 아기나 다름없다. 아기는 단단한 음식을 먹기 전에 젖 먹는 법부터 배워야 한다. 우선 구원과 면죄에 대한 기초를 완전 정복하면 그리스도교 윤리와 이론의 세부 사항에 대한 논쟁에 들어갈 것이다. 더구나 옛 유대 경전들이 그렇게 훌륭히 의문에 대답해주면 무엇 하러 그리스도교로 개종은 하느냐?

Q: 그리스도교 신자라는 것이 상당히 위험해지고 있습니다. 예수께서 필요한 이유 좀 다시 설명해주시겠습니까? 하나님이 유대교와 똑같은 약속을 하시지 않았습니까? 원하는 사람은 다시 유대교로 돌아가면 안 되나요?

A: 두려움에 굴복하여 그리스도교 신앙을 저버리지 마라. 그리스도의 가르침을 듣고 그것을 받아들인 후에 마음을 바꾸는 것은 예수님을 거듭해서 십자가에 못 박는 짓이다. 그리스도는 조롱당하는 것을 가장 싫어하신다.

더구나 유대교인과 그리스도인이 똑같은 약속을 부여받지 않았다. 가령 그것은 옛 성전과 같다. 기억하느냐? 성전 맨 아래층에는 누구나 들어갈 수 있었지만 거룩한 방에는 사제들만

이 들어갈 수 있었고, 그 안에 하나님께서 지내시는 지성소가 있었고 그곳은 대제사장만이 들어갈 수 있었다. 천국도 마찬가지다.

염소와 양을 제물로 바치는 등의 간단한 신앙 행위를 통해서는 기본적인 입성 단계까지 하나님께 다가갈 수 있다. 죽은 염소는 이제껏 너희를 여기까지만 데려다주었다. 그 위로 제독의 라운지와 같은 더 높은 층이 있고, 그곳은 최고의 수행자들에게만 약속되어 있다. 모세와 노아와 아브라함 등 하나님이 어떤 이상한 요구를 하셔도, 가령 아무 데고 한복판에 배를 지으라는 둥 외아들을 죽여 제물로 바치라는 둥 그런저런 요구를 하셔도 마다하지 않는 믿음이 충만한 사람들 말이다.

마지막으로, 하나님이 머무르시는 지성소, 즉 내실이 있다. 안으로 들어가 하나님 곁에 있을 수 있는 분은 예수 그리스도밖에 없다.

예수님은 하나님의 아들이기 때문에 우리에게는 허락되지 않아도 하나님께 가까이 갈 수 있다. 그래서 지성소에 들어가 하나님을 뵈려면 우리의 이름이 예수 그리스도의 손님 명단에 올라야 한다. 옛 율법과 관습을 따르는 것만으로는 안 된다. 천국을 제대로 경험하려면 그것만으로는 어림도 없다.

자, 이 '자주 하는 질문'을 통해 모든 의문이 말끔히 해소되었기를 바란다. 다른 의문 사항이 생기거든 부디 교회의 감독이나 집사에게 물어보라.

야고보서

수신: 각처의 그리스도인

발신: 야고보

예수 그리스도의 동생

교회 지도자

제목: 참 좋은 충고

많은 형제들이 그리스도인이라는 이유만으로 체포되어 구타당하고 투옥되고 있다는 소식은 들었다. 그럼 내가 뭐라고 말할 것 같으냐? 잘됐구나! 동정을 바라거든, 사전에서 동냥과 동치미 사이를 찾아보라. 하나님은 진실한 신자를 원하신다. 시련과 박해만이 애호가와 호사가들이 접근하지 못하게 할 수 있다. 너희가 화형을 당하든 개코원숭이에게 산 채로 잡아먹히든, 마다하지 않는 것은 믿음 때문이지 분명 무료 도넛이나 성찬식 포도주 때문이 아니다.

아마 이런 이유 때문에 그리스도교가 부자들에게 인기가 없을 것이다. 그들은 잃을 것이 너무 많고, 그리스도를 섬기려면 모든 것을 토해낼 각오를 해야 한다. 다음에 부자가 특별대우를 요구하거든 이것을 잊지 마라. 너희를 경찰에 팔아넘기려는 자는 교회 뒷자리에 손수 만든 기름투성이 요의를 두른 사내가 아니라 다름 아닌 앞자리를 구입한 부자 사내라는 것을 말이다. 더군다나 요의를 두른 사내가 천국에서 하나님 곁에 앉을 만큼 선하고 선할진대, 너희가 누군데 그에게 교회 뒷자리로 옮기라 하느냐?

또 바울이 무엇이라 말했든지 예수 그리스도를 믿으면 소파에 발이 걸려 잠든 술주정꾼처럼 천국에 발이 걸려 들어갈 수 있으리라고 기대하지 마라. 하나님은 옳은 것을 믿는다고 해서 훈장을 내리시지 않는다. 하나님을 믿는다고 뜨거운 육즙이라도 된 것 같으냐? 당치도 않다. 악마도 하나님의 존재를 믿는다. 그래서 전지전능하신 하나님은 그분의 존재를 인정하는 너희의 기꺼운 마음에 놀라시지 않는다.

하나님은 믿음이 아니라 헌신을 원하신다. 믿음도 좋지만 그것만으로는 가치가 없다. 만약 너희가 믿음은 충만한데 과부와 고아가 굶주려 죽게 놔두는 그리스도인이라면 그리스도의 일을 시작하거나 너희 자신을 다른 무엇으로 부를 필요 없다. 행하지 않는 믿음은 죽은 믿음이다. 행하는 것만이 너희의 믿음을 보여주는 유일한 증거다.

미래의 원대한 계획을 호언장담하여 우리를 감동시키려고 하지 마라. 미래는 예치금 한 푼 없는 은행이다. 인생은 현재 행하고 있는 것이지 미래에 하려는 계획이 아니다. 오늘 사람들을 먹이고 입히는 수고를 내일로 미루지 마라. 젠장, 내일 살아 있지 않을지도 모르잖느냐. 그리스도의 가르침을 듣고 행하지 않는 그리스도인은 거울 속을 들여다보고 돌아선 순간 자신의 모습을 잊어버리는 사람과 같다.

또한 이웃을 저주한 입으로 하나님을 칭송하지 마라. 한 나무에 무화과와 오렌지가 자랄 수 없듯이 너희가 착한 그리스도인이면서 가증스런 부지깽이일 수 없다. 이것 아니면 저것이라는 말이다, 형제들!

너희는 모두 형제자매라는 것을 명심하라. 재빨리 듣고, 마지못해 말하고, 케첩만큼 느리게 화내라. 작은 불씨 하나가 온 산을 불태우듯이 성난 말 몇 마디가 교회를 산산조각 낸다. 지옥으로 가는 도로는 성급한 말대답으로 포장되어 있지만, 내가 알기로는 하나님께서 남의 말을 귀담아듣는 사람을 죽이신 적이 없다.

서로를 심판하지 마라. 우주를 통틀어 심판할 자격을 갖춘 판관은 오직 하나님뿐이시다. 고로 너희가 누군가를 심판할 때는 기본적으로 너희가 그분의 일을 더 잘할 수 있다고 하나님께 말씀드리는 것이다.

마지막으로, 돈을 좇아다니느라 인생을 헛되이 쓰지 마라. 덕분에 너희는 살찌고 믿지 못할 인간이 될 것이다. 우리가 종말의 나날을 살고 있다는 것을 일깨워주고 싶구나. 이런 때에 돈을 비축하는 짓은, 이를테면 침몰하는 배에 승선해 포커 칩을 긁어모으는 것과 같다.

형제들이여, 내가 너희가 당하는 고난과 박해에 대해 말만 앞세운 것 같아 미안하구나. 너희가 고통받고 있다는 것은 잘 안다. 지금 당장의 삶이 아무리 고달플지라도 끝에 가면 그만한 가치가 있을 것이다. 머잖아 우리 모두 하나님의 나라에서 안전하게 살 테니 힘들더라도 조금만 더 참아라. 그리스도께서 그분의 개미들을 이끌고 소풍을 가실 테니, 걱정일랑 마라.

베드로 전서

아시아의 친구들에게.

일전에 너희 중 누군가 흥미로운 질문을 했다. 예수 그리스도를 믿어야만 천국에 갈 수 있다면, 그리스도께서 태어나기 전에 죽은 사람들은 모두 어떻게 되었나요? 지옥에 있나요? 내가 이 질문에 답해줄 수 있을 것 같구나.

예수께서 십자가에 못 박혀 돌아가신 지 사흘 만에 죽은 자로부터 돌아오셨다. 내가 예수님을 아는데, 그분이라면 십중팔구 사흘 동안 사후세계에서 모든 죽은 영혼들도 그분을 믿을 수 있도록 설교하고 계셨을 것이다. 그래야 말이 되고, 그래야 그분이 하시려는 일과 완전히 일치하기 때문이다. 그래서 나는 죽은 자들이 좀체 걱정되지 않는구나. 그들은 십중팔구 천국에서 잔치를 벌이고 있을 것이다.

너희가 원형경기장에서 어떻게 사자 먹이가 되고 있는지는 이야기 들었다. 두말할 것 없이 지금이 그리스도인이 되기에 최악의 때이다. 그래, 인정하건대 지금이 사자가 되기에 마법 같은 때이다. 너희가 얼마나 고통스러운지도 알고, 너희가 구원을 간청하며 그리스도의 자비를 절규했다는 말도 들었다. 수년 넘게 너희와 알고 지내면서 너희를 모두 사랑하게 되었다. 그래서 이제 너희에게 이런 말을 해야 하는 나 자신을 죽이고 싶구나. 그리스도는 너희를 구해주시지 않을 것이다.

누군가에게 진정 믿지 않는 신을 위해 죽으라고 요구하면, 그들은 포진疱疹에 걸린 뱀보다도 빨리 그를 털어낼 것이다. 오직 하나님의 살아 있는 아드님을 섬기는 자만이 그분을 위해 기꺼이 목숨을 버릴 것이다. 미안한 말이지만, 모든 것이 말해지고 행해진다고 해도 사람들을 그리스도께로 인도하는

것은 너희의 설교나 도덕성이 아니다. 그것은 너희의 죽음이니라. 너희에 앞서 그리스도께서 하셨듯이 너희에게 고통을 주는 자에게 하나님의 나라를 보여주기 위해선 너희가 고통당해야 한다.

법이 너희에게 가하는 형벌을 생각하면 이 무슨 개소리인가 싶다만, 필히 너희는 법을 준수하는 선량한 시민이 되어야 한다. 정부가 아무리 가학적으로 굴어도, 종의 주인이나 남편이 아무리 무자비해도 상관없다. 너희는 무조건 참고 견뎌야 한다. 그래야 너희가 그리스도를 위해 죽음의 길을 떠났을 때, 너희가 아무 죄가 없으며 너희가 오로지 믿음을 위해 죽었다는 것을 사람들이 알게 될 것이다.

너희에게 요구하는 것이 많구나. 그런 요구를 해야 하는 내 마음도 아프다. 하지만 너희를 기다리는 재판을 두려워하지 마라. 누구나 고통스럽다. 다만 악한 자는 벌을 받아 고통스럽고 선한 자는 박해를 받아 고통스러울 따름이다.

최후의 심판의 날이 다가오고 있다. 화염이 으르렁대는 소리가 들리는구나. 너희는 서로를 강하게 견인하여 다 함께 종말을 맞이해야 한다. 사탄이 너희 뒤에 도사리고 앉아 마치 사자처럼–미안하구나. 매우 적절치 못한 비유라는 것은 안다만–요리조리 살피고 발로 건드려보아 약한 자를 가려내 잡아먹으러 나설 것이다. 너희는 힘센 무리처럼 한데 뭉쳐야 하고, 그렇지 않으면 그가 너희를 하나씩 떼어낼 것이다.

더 기쁜 소식을 전할 수 있었으면 좋으련만. 너희들 모두 사랑한다.

이번 생이든 다음 생이든 다시 만날 것을 기약하며…….

베드로

베드로 후서

아시아의 일곱 교회 친구들에게.

저번 편지에 내가 조금 오버해서 세상에 금세 종말이 닥칠 것처럼 말했구나. 내가 너희를 그릇된 길로 인도했으면 미안하다. 너희들 중에 사재기한 사람이 없기를 바란다.

너희 중에는 친구나 동료에게 세상의 종말이 임박했다고 말했다가 바보가 된 기분을 느낀 사람이 있을 것이다. 하지만 불신자들이 너희를 어떻게 생각하는지 알잖나? 그러니 걱정하지 마라. 사람들은 늘 너희의 믿음을 조롱하려고 한다. 그들은 이렇게 말하곤 한다. “이봐, 엘리야! 이번 전차 경주는 누가 이기나?” 아니면 “이보게, 오늘 세상이 끝나나? 아니면 아티초크를 심어도 괜찮나?”

그들의 비웃음을 사는 짓을 삼가라. 예수께서 오실 정확한 날짜와 시간도, 그분이 오시면 밤에 도둑처럼 오실지 아니면

닌자처럼 오실지 아무도 모른다. 아무튼 아무도 예측하지 못한다. 예수께서 언제 오실지 모른다고 너희가 느슨하게 풀어져 대충해서는 안 된다. 사실은 그 반대다. 너희는 그분이 언제든 불시에 찾아오실 것처럼 살아야 한다.

그러니 한시도 방심하지 마라. 특히 교회가 거짓 예언자들로 썩어가고 있는 듯하니, 열성을 다해 너희의 실망감을 없애려고 노력해라. 서글프게도 그 많은 거짓 예언자들이 한때는 선하고 올곧은 그리스도인이었다. 하지만 나는 그들이 옛 죄업의 길로 돌아갈 수밖에 없으리라고 생각한다. 개는 자신이 게워낸 토사물로 돌아가고 돼지는 자신이 싸지른 진창으로 돌

"이번 주 토요일에 세상이 끝장난다고 했어? 다음 주 토요일이라고 말한 것인데."

아간다. 이런, 내가 다시 오버하고 있구나.

이런 사람들을 너무 가까이하지 마라. 하나님께서 미소년 몇 때문에 소돔과 고모라를 숯덩이로 만드셨거늘, 거짓 예언자들을 위해 무엇을 준비해두셨을지 상상에 맡기겠다. 너희가 모두 여기까지 와서 결승점에 다다른 이때에 누군가의 발에 걸려 넘어지는 것을 보고 싶지 않구나.

아시아의 신자들이여, 사랑한다! 너희는 모두 내게 씨를 뺀 체리이니라.

베드로

요한 1서

안녕, 친구들!

예수님이 누구신지, 또한 지상에 무엇 하러 오셨는지 혼란이 많은 듯해 오해를 바로잡고자 한다.

예수님은 진짜 인간이셨다. 그러니까 피와 살이 있었다는 말이다. 그분은 일부 동아리에서 주장하듯이 천사라든가 어떤 영적 존재가 아니셨다. 솔직히 너희들 중에 내 취향이라고 하기에는 지나치게 뉴에이지스러운 사람이 있다. 예수께서 유령이나 인어나 솔방울 안에 산다든가, 혹은 그런 식의 기이한 무엇이라고 주장하는 사람이 있으면 그가 진실을 말하는지 구별할 수 있는 손쉬운 방법이 있다.

다른 무엇보다도 그리스도의 진정한 제자는 그리스도의 가르침을 구체화한다. 낮에 부활하신 그리스도에 대해 설교하던 자를 밤에 사창가에서 마주쳤으면, 그런 자는 진실하지 않다. 그런 자의 말은 재미는 많으나 진실하지 않다. 또한 그리스도를 따르지 않아도 천국에 갈 수 있다고 말하는 자도 믿지 마라. 그자의 말도 개 풀 뜯어 먹는 소리다! 너희가 무엇을 믿든 상관없지만, 예수께서 진짜 피와 살이 있는 사람이 아니었다고 말하는 자도 믿지 마라! 왠지 그 말이 나를 몹시 화나게 하는구나.

"우리 신앙에선 사랑이 중요하다고, 이 바보들아!"

끝으로, 정녕 그리스도께서 보낸 자인지를 구별할 수 있는 좋은 방법은 그가 이웃을 사랑하는지 보는 것이다. 사랑은 그리스도가 손꼽으신 최고의 덕목이었다. 그러니 이웃에게 증오에 찬 행동을 하는 자는 분명 그리스도에 대해 아무것도 모르는 자다.

요한

요한 2서

하나님의 선택받은 부인에게. (너희가 누군지 너희는 안다!)

자, 너희가 여자가 아니라 교회라는 것은 안다만 내가 이미 비유한 적이 있어 지금 그것을 사용하려는 것이다. 여인이여, 네 자식들이 바르고 튼튼하게 자라고 있다니 기쁘기 그지없구나. 그들은 하나님의 계명과 다른 모든 것을 충실히 지키는 훌륭한 자녀들이로다. 멋지다! 사랑으로 충만한 자식들이다. 그리스도의 가르침 중에서 서로 사랑하는 것이 당연히 가장 중요하다.

저번 편지에서 말했듯이 그곳에는 거짓 예언자들이 많다. 그노시스교파Gnostics, 히피Hippies, 기타 등등. 너희는 정말 훌륭한 부인이다. 나는 이런 이단들로 말미암아 네 믿음이 탈선

하는 것을 보고 싶지 않구나. 네게 그리스도가 없어도 천국에 갈 수 있다고 말하는 자를 믿지 마라. 그들은 거짓 예언자이다. 그리고 그리스도께서 진짜 인간이 아니라 모종의 영이나 유령이라고 주장하는 자도 십중팔구 거짓 예언자다. 누가 알겠느냐? 적그리스도일지. 아무튼 그들을 집 안에 들여놓지 마라.

할 말이 많고도 많지만 종이와 잉크가 모자라니 나머지 이야기는 직접 만날 때까지 기다려야 할 것 같구나. 곧 만날 수 있기를 바란다.

사랑하며.

요한

"여자한테 쓰는 편지라면 좋겠구먼……. 거참 근사할 텐데."

요한 3서

친애하는 가이우스Gaius에게.

이 편지가 그대에게 무사히 전해지길 바랍니다. 선교여행 중인 그리스도인을 그대의 집에 맞이하여 어떤 환대를 하고 있는지 알고 있습니다. 무척 감동하고 있다는 말을 전해야겠군요. 그들 중에는 그대의 언어를 모르는 사람도 있다지요. 그들이 그대의 말을 알아듣지는 못하지만, 뜨거운 식사와 품질 좋은 발 각질 제거제만큼 '환영한다!'는 그대의 마음을 잘 전해주는 것도 없지요.

그리스도인이 서로 다른 데도 서로를 도와주는 것은 늘 좋은 일이지요. 우리가 이교도의 신세를 적게 지면 질수록 좋습니다. 불신자가 그대를 안으로 맞이하여 처음에는 식사를 대접하고 잠자리를 마련해줄지 모르나, 피의 제전이든 닭고기 숭배든 그것이 무엇이든 그대가 같이 해주기를 바라는 것은 인지상정이지요.

말이 나온 김에 하는데 디오드레베Diotrephes는 대체 왜 그런답니까? 왜 그렇게 얼간이처럼 구는 것입니까? 내가 그의 교회에서 설교하는 것조차 못하게 합니다. 내가 그의 인기를 가로채기라도 할까 봐 두려운 것인가요? 장담하는데 그래서 그런 것이죠? 그는 완전 밉상입니다. 그가 예배 중에는 성인군자인 척하면서 선교여행 중인 그리스도인은 그의 집에 머물지 못하게 합니다. 한술 더 떠서, 교회 구역신자들이 그들을 받아들이는 것조차 못하게 합니다. 아니, 도와주지는 못할망정 다른 사람이 도와주는 것까지 못하게 하는 머저리가 어디 있답니까?

아무튼 할 말은 많고도 많지만 언제나 그렇듯이 종이와 잉크가 별로 없는지라 이만 줄이겠습니다. 곧 만나게 되기를 바랍니다.

영원한 신앙의 벗,
요한

"누구든 종이 좀 보내주시겠소?"

유다서

수신: 지중해 동부지역 예수 그리스도 교회 감독 및 지역 관리자

발신: 야고보의 동생 유다

제목: 품질 관리에 대하여

신사 여러분.

먼저 또 한 해의 성공을 축하드립니다. 여러분의 적잖은 헌신 덕분에 그리스도 교회가 꾸준히 성장하고 있습니다. 하지만 이 기회를 통해 회원 수를 늘리려고 일을 대강 처리하지 말라는 당부를 드리고 싶군요.

교회들 중에 부도덕하고 분란을 일삼는 자들이 서까래까지 가득한 교회가 있다더군요. 이런 자들이 교회의 평판을 훼손하고 교구 신자들을 그릇된 길로 인도하여 사랑의 만찬을 망쳐놓을 것입니다.

들은 바에 따르면, 우상을 숭배하고 사통을 하면서 힘든 하루를 보내고 나서 면죄를 받기 위해 교회에 나오는 자들이 있다지요. 또한 교회를 창조적 글쓰기 강습회쯤으로 여기는지 그들이 원하고 주장하는 교의면 무엇이든, 그것이 제정신이 아니어도 거룩한 경전처럼 다루어질 것이라 생각하는 자들도 있다고요.

이런 거짓 예언자들이야말로 종말이 곧 닥치리라는 것을 보여주는 증거입니다.

그런 자들에게 관용을 베풀지 마십시오. 그들이 그리스도인이라는 이유만으로 하나님이 그들을 좋아하시지는 않습니다. 하나님께서 이집트에서 유대인을 구하신 후에 그들 중 일부를 물리치셨으니, 하나님이 곁에 두고 싶어 하시지 않는 자들은 여러분도 곁에 두어서는 안 됩니다.

그렇다고 그리스도 교회에 새로운 신자를 맞이하려는 노력을 하지 말라는 말이 아닙니다. 성장은 좋은 것입니다. 빈자리가 없는 것이 교회에서는 중요하지요. 하지만 사람들을 끌어당기는 것은 메시지여야 합니다. 닭 잡으려다가 닭장을 잃지 마십시오.

끝으로, 여러분의 지속적인 노고에 감사드립니다. 위대한 또 한 해를 위해 건배!

추신: 이 편지를 쓰는 한편으로 새 찬송가에 공을 들이고 있었습니다. 아직 몇 소절밖에 쓰지 못했으나 정말 멋지다는 생각이 드는군요. 첫 소절은 이렇게 시작합니다.

위엄과 권능,
예수 그리스도를 통하여!
영원히 더럽혀지지 않을지니……

아직 여기까지밖에 쓰지 못했습니다. 완성되면 교회에서 부를 수 있도록 보내드리지요.

계시록

아시아의 일곱 교회에게.

기쁜 소식입니다. 여러분은 머잖아 박해에서 벗어날 것입니다. 슬픈 소식입니다. 여러분은 머잖아 죽게 될 것입니다. 그렇습니다. 우리가 고대해온 세상의 종말이 드디어 다가왔습니다! 제가 동굴 감옥에 앉아 일에 열중해 있는데 주님의 천사가 나타나시어 이런 계시를 전하셨습니다.

천국에는 총 7장으로 구성되고 각 장이 단단히 봉인된 거대한 책이 있습니다. 봉인이 깨져 책이 펼쳐지면 모든 지옥이 속박에서 벗어납니다. 처음 네 개의 봉인은 네 개의 대재앙, 그러니까 정복, 전쟁, 기근, 죽음을 풀어놓습니다. 마지막 죽음은 진짜 암캐 새끼이니 가능한 한 가까이 가지 마십시오. 그가 임무를 다했을 즈음이면 인간 종족의 4분의 1이 죽습니다. 거의 모든 사람이 한데서 살면서 쓰레기더미를 뒤지고 있습니다. 개는 대재앙에 큰 영향을 받지 않습니다.

그리고 그리스도께서 나머지 봉인을 여시며, 그중에는 근사하지 않은 것이 없습니다. 다섯 번째 봉인이 깨지면 믿음으로 말미암아 살해된 그리스도인들이 모두 살아납니다. 그들은 간신히 얼굴만 되찾고 나서 하나님께 죽음에 대한 복수를 간청하기 시작합니다. 하나님께선 동료의 압박에 굴복하시고, 여섯 번째 봉인이 열리면 대지진이 일어나고 태양이 검게 변하며 달이 핏빛으로 붉게 물듭니다. 수백만의 사람이 죽습니다. 너무도 견디기 힘든 상황인지라 사람들이 동굴에 숨어 그들 위로 산을 무너뜨려달라고 간청합니다.

마지막 일곱 번째 봉인이 열리면 세상은 전쟁과 지진과 죽음으로부터 잠시 한숨을 돌립니다. 이 평화로운 시기는 30분 동안 지속됩니다. 휴식시간이 끝나면 일곱 천사가 나팔을 불기 시작하고, 그러면 유성과 피로 된 우박과 아기의 머리를 뜯어내는 괴물들이 돌아옵니다.

이런 일들이 벌어지는 가운데 한 임신한 여인이 아들을 낳

"앙코르! 앙코르!"

으려고 합니다. 하지만 어디에도 아기를 낳을 곳이 없습니다. 머리가 일곱 개 달린 붉은 용이 아기가 나오면 잡아먹을 기회를 호시탐탐 노리고 있습니다.

하지만 여인은 용의 아가리에서 아기를 낚아채어 천국까지 도망을 갑니다. 용이 그들을 뒤쫓아 천국까지 오지만 하나님이 이렇게 말씀하십니다.

"저 용이 여기까지 와서 무엇을 하는 것이냐?"

천사들이 빗자루로 용을 찰싹찰싹 때리며 훠이훠이 저리 가라 합니다. 천사들에게 지상으로 쫓겨 내려온 용은 살금살금 숨어 다니며 지상에 있는 여인의 자식들에게 복수하겠다고 다짐합니다.

(잠깐! 혹시 제가 유향을 흡입하고 있는 것은 아닌지 의심하실 듯해 일러두는데 사실 저는 암호로 글을 쓰고 있는 것입니다. 지금쯤 눈치를 채셨겠지만 용은 사탄입니다. 여인은 이스라엘이고, 아들은 우리 주 예수 그리스도입니다. 비밀이니 아무한테도 말하시면 안 됩니다!)

여인의 자식들을 비참하게 살게 하려고 용은 짐승 두 마리를 일으켜 세웁니다. 첫 번째 짐승은 머리가 일곱 개이고 뿔이 열 개이며, 머리마다 음란한 글귀가 낙서처럼 휘갈겨 적혀 있습니다. 그가 세상을 다스립니다. 말할 필요 없이 음란한 낙서가 적힌 머리 일곱 개 달린 짐승이 다스리는 나라는 상식적이고 온건한 통치 모델이 아닙니다.

(잠깐! 암호로 적고 있다는 것을 잊지 마십시오. 첫 번째 짐승은 로마 제국의 알레고리입니다. 예수 그리스도가 사탄에게서 벗어나자 지금 사탄이 로마인을 이용하여 이스라엘의 자식들과 전쟁을 하고 있는 것입니다. 그들은 성전을 무너뜨렸고, 우리가 황제를 신으로 받들지 않는다고 네로가 지방 축제에서 상을 타려고 애를 쓰는 것처럼 그리스도인을 죽이고 있습니다. 다시 말하지만, 로마인에게 제가 이런 말을 했다고 말하지 마십시오. 저는 오래전부터 동굴 감옥에 갇혀 지내고 있습니다. 더는 곤란해지고 싶지 않습니다.)

다음으로, 용은 두 번째 짐승을 보냅니다. 이 짐승은 양과 같은 뿔이 있고, 숫자 666으로 통합니다. (히브리 학교에 안 다니신 분들을 위해 설명을 드리면, 숫자 666은 네로 황제의 이름에 해당하는 알파벳 숫자입니다.) 이 짐승은 거짓 예언자입니다. 그는 사람들에게 첫 번째 짐승을 신으로 받들라고 강요합니다. 하지만 그러지 마십시오. 그렇지 않으면 하나님께서…… 글쎄요, 그냥 상황이 아주 요상해질 것이라고만 해두죠.

로마 제…… 아니지, 다시 말해 그 짐승과 거짓 예언자와 세상의 모든 왕들이 단 한 번 영원히 하나님의 백성을 멸하기 위해 아마겟돈Armageddon으로 알려진 전쟁터에 모입니다. 바로 이때 드디어 예수 그리스도께서 지상으로 돌아오십니다. '반지의 제왕'처럼 백마를 타신 채 손에 검을 높이 드시고는 하늘나라에서 달려 내려오십니다. 그분은 로마 군사를 마지막 하나까지 죽이시고 그들의 무기를 장작으로 쓰십니다. 그러고는 첫 번째 짐승과 거짓 예언자를 드롭킥으로 날려 단번에 불의 호수Lake of Fire에 처넣으십니다. 여러분이 사랑하는 예수님의 친숙한 모습하고는 사뭇 다르다는 것은 모르지 않으나 에잇, 사내가 괴롭힘을 참는 데도 한계가 있지요.

그건 됐고, 이제 세상이 상당히 많은 종말을 맞이합니다.

그런데 이제껏 무엇이 문제였을까요? 왜 하나님은 식물과 동물과 그리스인을 만드시는 수고를 하셨을까요? 왜 하나님은 모세와 그분의 히치하이크 민족을 이집트에서 구하시는 시간 낭비를 하신 것일까요? 사막을 방황하다 이스라엘에 이르러 다윗과 솔로몬이 다스리는 왕국을 세우기까지 그 오랜 세월을 말이죠? 40년 동안 바빌로니아에서 고생하다가 돌아와 성전을 재건한 것이 다 무슨 소용이 있었을까요? 왜 하나님은 엘리야와 다니엘과 세례자 요한과 마지막으로 당신의 아드님 예수 그리스도를 보내셨을까요? 그분이 지진과 유성과 피부병으로 인간 종족을 멸하실 수 있다는 것을 보여주기 위해선가요?

아니요, 그렇지 않습니다. 하나님은 절멸시키실 목적으로 인간을 만드시지 않았습니다. 믿거나 말거나, 하나님이 세상을 끝장내신 까닭은 분노하셔서가 아니라 사랑하시기 때문입니다.

여러분이 익숙하고 증오하는 세상이 파괴되어야 하나님이 지상으로 돌아오시어 완전 백지에서 새로 시작하실 수 있습니다. 하나님이 모든 죽은 그리스도인에게 생명을 되돌려주시고 순교자들에게 수월한 정부의 일을 맡기십니다. 그러고는 온 누리를 하나님의 나라로 다스리시며 태초에 하셨던 대로, 햄스터를 돌보듯이 우리를 돌봐주십니다.

세상은 옛 에덴동산의 모습을 되찾습니다. 다만 전보다는 조금 더 북적거리고…… 말하는 뱀의 수가 적을 뿐입니다.

| 에필로그 |

어느 날 오후, 나는 새넌 휠러와 술을 마시고 있었다. (그래요. 우리는 오후에 즐겨 마십니다.) 어떻게 나온 말인지 분명하지는 않지만, 나는 〈욥기〉를 세 단락으로 요약해서 이야기를 들어본 적이 없는 친구에게 들려주었다고 말했다. 뜻밖에도 새넌이 말했다.

"《성경》을 전부 그런 식으로 요약해보면 어때? 내가 만화를 그려줄 테니까."

이 책은 이렇게 태어났다. 나는 어려울 것이 없다고 생각했다. 《성경》을 읽으며 자랐는데, 한 서書를 세 단락으로 쓰는 데 시간이 걸려봤자 얼마나 걸리겠는가? 그것이 3년 전이었다.

얼마 지나지 않아, 기억을 더듬어 《성경》을 다시 쓴다는 것은 항문으로 껌을 씹을 수 있다는 말과 같다는 것을 깨달았다. 더군다나 세 단락은 무엇이든 제대로 다루기에 충분하지 않

은데 벅차게 많은 《성경》 66권에는 당치도 않았다. 그래서 2년 동안 《성경》 공부를 했다. 《성경》을 처음부터 끝까지 두 번에 걸쳐 읽으며 지속적으로 편집과 수정을 했고, 박사학위 후보자를 들볶아 공짜 조언도 구했다. 덕분에 이 책을 《성경》 이야기 모음집으로 만들었을뿐더러 《성경》을 유의미한 수준까지 이해하게 되었다. 아울러 어디서나 흔하게 볼 수 있지만 다소 불가사의한 이 거룩한 책에 대한 통찰력을 얻었다.

《성경》 중에는 이 거두절미한 고농축 매체로 손쉽게 바뀌는 서들도 있었다. 〈누가복음〉과 〈욥기〉와 〈에스더〉 등은 멋진 중심 서사와 깔끔한 결말을 갖추고 있어 《성경》 농축액을 짜내는 데 어렵지 않았다. 개중에는 플롯이 많지는 않지만 깊이가 있어 좋은 자료가 되는 서들도 있었다. 〈잠언〉과 〈전도서〉와 〈야고보서〉는 원서 자체가 워낙 재치 있고 심오해서 쓰기가 수월했다.

어떤 서들은 이 과정을 단호히 거부했다. 예를 들어 〈시편〉은 가요집에 지나지 않는데 어떻게 농축한단 말인가? 나는 한참이나 우왕좌왕하다가 고전음악 150곡이 수록된 선집으로, 최고의 히트곡 박스세트로 소개하는 데 생각이 미쳤다.

뭐니뭐니 해도 가장 어려운 것은 〈계시록〉이었다. 계시록은 읽는 내내 마치 '던전 앤 드래건' 게임에서 고전을 면치 못하는 것 같았다. 어찌나 어려운지 감조차 잘 잡히지 않았다. 마치 수수께끼처럼 아리송하고 혼란스럽고 해석이 개방적인

데 어떻게 제대로 이해하기를 바라겠는가? 이런 때 다행히도 일레인 페이젤Elaine Pagel이 쓴 더없이 소중한 저작 《계시록: 계시록의 미래상과 예언과 정책Revelations: Visions, Prophecy, and Politics in the Book of Revelation》과 마주쳤다.

난생 처음으로 〈계시록〉을 이해한 기분이 들었고, 앞으로 수천 년 후에 일어날 사건에 대한 예측이 아니라 사랑하는 모든 것이 파괴되는 것을 목격하면서 세상의 종말이 다가왔다고 생각한 한 남자의 기도로서 이해하게 되었다. 덕분에 〈계시록〉이 전하는 메시지가 텔레비전 전도사나 〈레프트 비하인드Left Behind〉30) 시리즈가 전하는 어떤 메시지보다도 더더욱 강력하고 인간적으로 보였다.

이 책이 어떻게 받아들여질지 잘 모르겠다. 우선 지극히 불경스럽다. 내가 신앙인이라면 불경스럽게 느껴질 것 같다. 나는 거룩한 것들이 진실을 대가로 존재한다고 생각한다. 그래서 언제나 침대 밖으로 나왔을 때처럼 상황을 포착하려는 노력, 진실이 화장을 하기 전에 진실을 보려는 노력이 나의 개인적 사명이라고 생각한다. 그래서 이 책을 통해 《성경》을 이해하기 쉽게 만드는 것은 물론이고, 우리가 《성경》을 진정 이해할 수 있도록 거룩한 포장지를 모두 벗겨내고 싶었다. 하

---

30) 1995년부터 2007년까지 출간된 총 16권의 베스트셀러 기독교 소설. 지구가 종말을 맞이할 때 진실한 믿음이 있는 사람은 공중으로 들려 올라가 구원을 받고, 믿음이 없는 사람은 뒤에 남아 세상의 재앙을 겪는다는 줄거리. 니콜라스 케이지 주연의 영화도 있다.

나님의 분노 조절의 문제를 완곡하게 표현하지 않은 것이라든지, 하나님과 유대인의 결혼이라는 별난 설정이라든지, 바울의 요절복통할 성차별적 태도를 곧이곧대로 표현한 것이라든지, 다윗 왕이 자기중심적인 찌질한 허세남이었을 수도 있다든지 하는 표현 말이다. 이것을 수긍하기 어려운 독자도 있을 것이다.

주로는 책을 홍보할 목적으로, 부차적으로는 반응을 평가할 목적으로 섀넌과 나는 이 책의 초고에서 일정 부분을 발췌하여 견본 원고를 만들었다. 이 원고를 보고 화를 내는 사람도 있었다. 하지만 정말 마음에 들어 하는 사람이 더 많았다. 알고 보니 대다수의 그리스도인이 《성경》에 대해 상당히 좋은 유머감각을 소유하고 있었다. 한 목사는 10여 개의 원고를 덥석 낚아채다가 교회의 신자들에게 나눠주었고, 예순아홉 살의 수녀는 성경교실의 수업시간에 사용하겠다고 말했다. 그들은 무례하고 간혹 신성모독적인 유머를 공격이 아닌 정직한 시도로 인정하는 듯했다.

이 원고 중의 하나가 우연히 출판사 탑 셸프 프러덕션즈Top Shelf Productions의 크리스 스타로스Chris Staros의 손에 들어갔고, 그는 섀넌과 나에게 멋진 이메일을 보내 출판 의사를 보여주었다. 탑 셸프를 통해 책을 출판하기로 결정하자 우리는 가장 먼저 '제목은 무엇으로 할 것인가?'라는 문제에 부딪혔다. 몇 건의 제안이 무위로 돌아간 후에, 거절당한 제안들이 마음에 안 든 것은 아니지만 'God is disappointed in you(하나님은 당신에게 실망하셨다)'가 《성경》을 한 구절로 압축하는 것 같아 책의 제목으로 완벽해 보였다.

연구하고 집필하는 데 '젠장'이나 '개자식' 등의 표현이 과연 《성경》에 적절한 말인지 혼돈 속에서 통찰을 얻는 데 3년의 시간이 걸렸다. 이 책이 '신의 개입'이라는 은혜를 받았다고 주장하지는 않겠으나 분명 그렇게 느껴진 순간이 없지는 않았다. 아마 '신의 개입'은 우리의 노력과 절망, 그리고 우리가 그럭저럭 제대로 이해하고 있는 희망을 칭할 것이다.